Elke Bergsma & Anna Johannsen

Die Gewalt des Sturms

EDITION M

Das Buch

Hauptkommissarin Lina Lübbers ist nach wie vor fest entschlossen, den Maulwurf in den eigenen Reihen zu enttarnen, als es in Aurich zu einem Tötungsdelikt kommt. Der Inhaber einer Anwaltskanzlei wird brutal ermordet aufgefunden. Alles deutet darauf hin, dass er Opfer eines Raubüberfalls wurde.
Linas Kollegin Kea Siefken sieht sich nur wenig später mit einem weiteren Fall konfrontiert: Der Inhaber einer Spedition wurde auf einem abgelegenen Feldweg von einem unbekannten Autofahrer überfahren – doch war es wirklich ein Unfall?
Je tiefer die beiden Ermittlerinnen graben, desto mehr Ungereimtheiten tun sich auf. Zudem gerät ihr Kollege Hauke Behrends als Informant des niederländischen de Jong-Clans zunehmend an seine Belastungsgrenze – und plötzlich ist im Dickicht der Herausforderungen jeder im Team mit der Frage konfrontiert, wem seine Loyalität gilt …

Die Autorinnen

Elke Bergsma, Jahrgang 1968, ist in Ostfriesland aufgewachsen und hat hier, in der wundervollen Weite der von Windmühlen, Leuchttürmen, Deichen, Schafen und Kühen geprägten Landschaft, auch das Lesen gelernt. Mit der Krimireihe »Büttner und Hasenkrug« begeistert sie seit 2013 ihre Leser.
Anna Johannsen lebt seit ihrer Kindheit in Nordfriesland. Sie liebt die Landschaft und Menschen der Region, besonders verbunden ist sie den nordfriesischen Inseln, auf denen eine ihrer Krimireihen, »Die Inselkommissarin«, spielt.

ANNA JOHANNSEN
ELKE BERGSMA

DIE GEWALT DES STURMS

KRIMINALROMAN

Ein Fall für Lina Lübbers
& Kea Siefken

EDITION M

Deutsche Erstveröffentlichung bei
Edition M, Amazon Media EU S.à r.l.
38, avenue John F. Kennedy, L-1855 Luxembourg
August 2024

Umschlaggestaltung: semper smile, München, www.sempersmile.de
Umschlagmotiv: © HALCHYNSKA KSENIIA/Shutterstock; © Hussmann/Shutterstock
1. Lektorat: Kanut Kirches
2. Lektorat: Rainer Schöttle
Korrektorat: Manuela Tiller / DRSVS
Gedruckt durch:
Amazon Distribution GmbH, Amazonstraße 1, 04347 Leipzig /
CPI Druckdienstleistungen GmbH, Ferdinand-Jühlke-Straße 7, 99095 Erfurt /
CPI books GmbH, Birkstraße 10, 25917 Leck /
Libri Plureos GmbH, Friedensallee 273, 22763 Hamburg

ISBN 978-2-49671-626-9
e-ISBN 978-2-49671-625-2

www.edition-m-verlag.de

Eins

Lina

Ich taste mit geschlossenen Augen das Bett ab und schrecke auf. Erst jetzt nehme ich die Geräusche aus dem Bad wahr. Jana duscht. Ich habe vergessen, dass sie heute zum Frühdienst in den Backshop muss.

Nur mit einem um den Körper gewickelten Handtuch kommt sie ins Schlafzimmer und bleibt vor dem Bett stehen. »Sorry, habe ich dich geweckt?«

Ich richte mich auf und breite meine Arme aus. Sie schüttelt den Kopf. »Ich muss mich beeilen. Noch einmal darf ich nicht zu spät kommen.«

»Soll ich dir einen schnellen Kaffee machen?«, frage ich, obwohl ich ahne, was sie antworten wird.

»Nein, alles gut. In ein paar Minuten bin ich doch schon an der Quelle.« Sie grinst. »Oder hast du das schon vergessen, Frau Hauptkommissarin?«

»Nur für einen klitzekleinen Moment«, sage ich mit gespielt verzagter Miene.

Sie lacht, greift nach ihren Klamotten, die sie am Abend zuvor ordentlich gefaltet auf den Stuhl gelegt hat, und schwebt aus dem Zimmer.

Wir haben uns in dem Backshop kennengelernt, der nicht einmal fünfzig Meter von meiner Auricher Wohnung entfernt liegt. Ich höre sie singen und weiß, dass ich sie schon vermissen werde, wenn sich die Wohnungstür hinter ihr schließt.

Sie kommt zurück aus dem Bad, beugt sich zu mir herunter und küsst mich auf den Mund. »Du meldest dich?«

Ich nicke und sehe ihr hinterher.

Jana wird in fünf Wochen fünfundzwanzig und ist vierzehn Jahre jünger als ich. Neben ihrer Arbeit geht sie zum Abendgymnasium und hat nur selten Zeit für mich.

Die Tür fällt ins Schloss, ich ziehe die Decke über den Kopf und versuche, nicht an morgen zu denken. Es war nicht geplant, dass ich mich ausgerechnet jetzt verliebe. Mein Einsatz im Auricher Kommissariat ist auf wenige Monate begrenzt. Ich will zurück nach Osnabrück, zurück zu den Kollegen dort, ohne geheimen Auftrag und das ganze Versteckspiel. Wenn der Maulwurf gefunden ist, gehe ich. Aber im Moment weiß ich weder, wie ich das eine noch das andere schaffen soll.

»Kaffee?«

Ich habe soeben Hauke Behrends die Wohnungstür geöffnet. Er kommt herein und nickt. »Stark bitte.«

Hauke ist Oberkommissar im Auricher Kommissariat und arbeitet seit einigen Wochen zwangsweise als verdeckter Ermittler. Nachdem er durch einen Rückfall in die falsche Pokerrunde gekommen ist und dort eine erhebliche Summe verloren hat, ist er in die Fänge eines kriminellen Clans geraten, der ihn erpresst, um an interne Informationen der Polizei zu gelangen. Durch meine Vermittlung im Osnabrücker Präsidium ist er zum Doppelagenten aufgestiegen, ohne zu wissen, dass ich keine normale Kollegin bin, sondern beauftragt wurde, einen mutmaßlichen Maulwurf in der Auricher Polizei zu finden. Wir treffen uns regelmäßig in meiner Wohnung, um das weitere Vorgehen zu besprechen.

»Der sollte stark sein.« Ich gieße Hauke ein und schiebe ihm die Zuckerdose zu. Er lächelt gequält und schaufelt sich drei Teelöffel Zucker in den Kaffee.

»Ein Croissant?« Die Brötchen habe ich kurz vor Haukes Erscheinen bei Jana im Backshop gekauft. Als sie die Tüte über den Tresen reichte, berührten sich kurz unsere Hände. Um ein Haar hätte ich mich hinübergebeugt, um Jana zu küssen.

Hauke zuckt mit den Schultern. »Ich habe schon seit Wochen keinen richtigen Hunger mehr. Fünf Kilo sind einfach so verschwunden.«

Ich lächele ihn an. »Steht dir gut. Und jetzt nimm schon. Sonst laufen dir bald die jungen Dinger hinterher. Und du weißt, wer das nicht …«

»Schon gut«, fällt er mir ins Wort und greift nach dem Croissant. Ich habe keine Ahnung, was sich genau zwischen ihm und unser beider Chefin Kea Siefken in den letzten Wochen abgespielt hat, aber ich bin mir sicher, dass sie zumindest einmal zusammen im Bett gelandet sind. Hauke schweigt dazu, Kea wäre die Letzte, die mir davon erzählen würde.

»Wie hat der Clan auf deine Info reagiert?«, bringe ich das Gespräch auf unser eigentliches Thema. Hauke hatte nach Absprache mit dem Osnabrücker Präsidium den Zeitpunkt einer geplanten Razzia in einem Auricher Restaurant weitergegeben. Es besteht der Verdacht der Geldwäsche.

»Glaubst du wirklich, dass ich von denen etwas erfahre? Da reagiert niemand auf meine Info. Weder ein Dankeschön noch ein Tadel. Ich werde von denen wie ein Lakai behandelt. Sie lassen mich spüren, dass sie mich in der Hand haben.«

»Du hast die Info direkt an Harald Knaup übergeben?«

»Klar, der ist doch mein Mittelsmann, oder sollte ich Führungsoffizier sagen?« Haukes Stimme klingt gereizt.

»Wo und wie?«

»Na, in seiner Wohnung, in der auch die Pokerrunden stattgefunden haben. Der Typ hat nicht mal mit der Wimper gezuckt, als ich ihm von der bevorstehenden Razzia erzählt habe. Eine schnöde Notiz hat er sich gemacht. Mehr nicht.«

»Hattest du den Eindruck, dass er schon von der Razzia Wind bekommen hat?«, frage ich ruhig weiter.

Hauke wirft mir einen erstaunten Blick zu. »Du meinst, sie haben noch eine Quelle?«

»Hast du da in der letzten Zeit nicht auch schon mal drüber nachgedacht?«, taste ich mich vorsichtig an das Thema heran.

»Klar, immer mal wieder. Auch in den letzten zwei Jahren. Aber ich habe es immer wieder verworfen. Niemand aus unserer Mannschaft würde das machen.« Er stutzt. »Mich kann man ja wohl kaum zählen.«

»Nein, natürlich nicht.« Ich beschließe, die Maulwurftheorie nicht weiter zu vertiefen. Hauke könnte misstrauisch werden, und das ist das Letzte, was ich im Moment gebrauchen kann. Aber vielleicht habe ich einen Denkanstoß gegeben, und er spricht mich irgendwann wieder auf die Theorie an. »Mich wundert einfach nur, warum Kaup so zurückhaltend ist. Ich war davon ausgegangen, dass du mit Aufgaben überhäuft wirst.«

»Vielleicht warten sie nur auf die richtige Gelegenheit. Ich habe in diesen Dingen keine Erfahrung.«

Ich greife nach der Thermoskanne. »Noch einen Kaffee?«

Hauke schüttelt den Kopf.

Ich sehe, dass ihn etwas bedrückt, und kann mir gut vorstellen, was es ist. »Dir geht es nicht gut?«

Hauke zögert, räuspert sich und scheint nicht so richtig zu wissen, ob und wie viel er mir sagen will. Schließlich nickt er. »Wenn ich ehrlich bin … also, komme ich mit dieser ganzen

Geschichte nicht wirklich gut zurecht. Ich schlafe schlecht und kann den Kollegen kaum noch in die Augen schauen. Ich weiß nicht, wie lange ich das noch durchhalte.« Er zuckt mit den Schultern. »Dabei ist noch nicht wirklich viel passiert.«

»Hatte ich dir erzählt, dass ich schon zweimal undercover gearbeitet habe?«

»Nein. Du meinst so richtig rein in die kriminelle Scheiße?«

»Ja, wenn du es so ausdrücken willst. Einmal war es eine Organisation, die sich auf Menschenhandel …«, ich male Anführungszeichen in die Luft, »spezialisiert hat. Ich habe mich als Fahrerin und Betreuerin der Mädchen aus Südosteuropa angeboten. War eine heiße Sache, und ich wäre um ein Haar unter die Räder gekommen.«

»Und das andere Mal?«

»Drogenhandel. Ich habe so getan, als wenn ich deale, und mich langsam hochgearbeitet, bis ich die Strukturen der Organisation durchleuchtet hatte. Leider bin ich nur bis ins mittlere Management gekommen. Weiter oben haben die sich komplett abgeschottet. Von denen, die aufgeflogen sind, hat zum Glück niemand gecheckt, wer sie verpfiffen hat.«

»Respekt!«, sagt Hauke und scheint es ehrlich zu meinen. »Nicht, dass ich dir das nicht zugetraut hätte, aber für eine solche Undercover-Aktion muss man schon reichlich taff sein.«

»Und ein wenig naiv. Beide waren verdammt gefährlich. Was ich sagen will: Deine Mission steht unter einem ganz anderen Stern. Du agierst weiter als Polizist und nicht als Krimineller. Dein Auftrag ist bei Weitem nicht so gefährlich.«

»Darum ging es mir auch nicht in erster Linie. Ich habe einfach das Gefühl, dass ich alle im Kommissariat betrüge.«

Ich weiß, wie es ihm geht. Selbst ich – die mit niemandem im Auricher Kommissariat befreundet und erst kurz dabei ist – habe ein zunehmend flaues Gefühl im Magen. Über kurz oder lang muss ich Farbe bekennen und den Maulwurf finden.

Spätestens zu dem Zeitpunkt werden alle über meinen wirklichen Auftrag Bescheid wissen.

»Meinst du nicht«, fährt Hauke fort, »dass ich zumindest Kea davon erzählen kann? Sie muss doch wissen, was läuft. Wie soll ich jemals wieder vertrauensvoll mit ihr zusammenarbeiten können?«

»Zwischen euch beiden läuft was?«, frage ich, obwohl ich weiß, dass ich mich zurückhalten sollte. Kea steht nicht unbedingt auf Platz eins meiner Maulwurf-Verdächtigenliste, aber ich habe sie auch noch nicht gestrichen. Selbst Hauke ist noch nicht aus dem Spiel. Kriminaldirektor Carstens hat mich noch gestern ermahnt, niemanden aus der Gruppe auszuschließen.

Hauke zögert lange, bevor er tief seufzt. »Ja und nein. Wir sind …« Er bricht ab und legt seinen Kopf in den Nacken. »Was soll ich drum herumreden? Wir sind im Bett gelandet. Mehr war nicht.« Er scheint über seine eigenen Worte erschrocken zu sein und hebt abwehrend die Hände. »Nicht, dass du jetzt etwas Falsches denkst. Es war kein One-Night-Stand.« Er senkt den Kopf. »Oder vielleicht doch. Ich weiß es schlicht und einfach nicht.«

»Wie wäre es mit fragen?«

»Keine Chance. Du kennst doch Kea. Wenn sie nicht reden will, beißt du dir die Zähne an ihr aus.« Er hält kurz inne. »Aber darum geht es eigentlich gar nicht. Wir sind seit einer Ewigkeit befreundet, und ich will sie einfach nicht weiter anlügen. Das hat nichts mit dieser Nacht zu tun.«

»Nein?«

Hauke winkt ab. »Nicht wirklich. Und jetzt lassen wir das.«

Ich nicke und wechsele das Thema. »Noch mal zu Harald Kaup. Er hat also so getan, als wenn ihn deine Information zur geplanten Razzia kaltlassen würde?«

»Der ist Pokerspieler durch und durch. Was der genau denkt, werde ich wohl kaum rauskriegen. Kaltgelassen? Mag sein. Oder vielleicht war es auch auf Zeit spielen. Aber auch da könnte ich mich irren. Ich bin vorsichtig, wenn ich mit ihm spreche. Mein Schauspieltalent hält sich leider in Grenzen.«

Ich will gerade antworten, als mein Handy klingelt. Nach einem Blick aufs Display nehme ich das Gespräch an.

»Moin, Birte. Ich bin in zwanzig Minuten im Kommissariat. Können wir …«

»Nein«, unterbricht mich Birte Lammers schroff. Sie ist die Sekretärin unseres Kommissariats und nimmt die Telefongespräche für unsere Einheit entgegen. »Ich bin allein hier und kann Kea nicht erreichen. Ein Toter in der Kanzlei eines Anwalts und Notars. Du musst …«

»Langsam, Birte. Was genau ist passiert?«

Ich höre, wie sie tief durchatmet. »Ein Kollege des Streifendienstes hat sich gerade gemeldet.« Sie bricht ab, klingt aber inzwischen ruhiger. »Sie sind zur Kanzlei Stoever in der Hermannstraße gerufen worden. Eine Frau der Reinigungsfirma …«

»Ja?«, frage ich, als Birte nicht weiterspricht.

»Ich weiß den Namen der Firma nicht mehr.«

»Das ist im Moment nicht so wichtig. Erzähl bitte weiter.«

»Ein Toter. In der Kanzlei. Er ist am Stuhl festgebunden. Und der Safe ist aufgebrochen.«

»Hausnummer?«

»Dreiundvierzig.«

»Ich übernehme das. Hauke rufe ich selbst an. Sag Kea Bescheid, wenn du sie erreichst.«

»Ja. Das mache ich natürlich.«

Ich beende das Gespräch, springe auf und laufe in den kleinen Flur meiner Wohnung. Hauke folgt mir kommentarlos.

In der Straße, die Birte mir genannt hat, verringere ich die Geschwindigkeit. Hauke zeigt auf ein Gebäude. »Da vorn ist es. Du kannst hinter dem Mercedes parken.«

Ich fahre in die Parklücke, stelle den Motor aus und stehe im nächsten Augenblick auf dem Bürgersteig. Hauke ist bereits an der Haustür, der uniformierte Kollege erkennt ihn. Zusammen eilen wir durch den Eingangsbereich der Kanzlei, ziehen uns im Laufen die Latexhandschuhe über und treffen bei der nächsten Tür auf einen weiteren Kollegen. Er sieht blass aus, die Frau neben ihm scheint geweint zu haben. Ihr Make-up ist verlaufen, sie schluchzt leise.

»Peters«, spricht Hauke den uniformierten Polizisten an. »Was ist passiert?«

Er zeigt auf die Frau. »Das ist Frau Klein. Sie hat uns gerufen.« Er zeigt in den Raum hinein. »Durch die Tür hinten rechts. Am besten schaust du dir das selbst an.«

Hauke nickt und scheint erst jetzt zu merken, dass er mich nicht vorgestellt hat. Er deutet auf mich. »Die Kollegin Lübbers.« Er räuspert sich und fügt schnell hinzu: »Hauptkommissarin. Kea ist verhindert.«

Peters nickt und tritt zur Seite.

Wir ziehen uns Schuhschützer an und stülpen uns einen Haarschutz über. Auf eventuelle Spuren auf dem Boden achtend, gehen wir hintereinander langsam auf die Tür zu und bleiben kurz darauf stehen. Das Büro misst an die dreißig Quadratmeter. Durch zwei der vier Fenster scheinen die ersten Sonnenstrahlen des Tages auf das alte Eichenparkett. Der antike Schreibtisch ist mit Unterlagen und Akten übersät. Um den Besprechungstisch aus Glas stehen drei moderne Freischwinger mit schwarzem Lederbezug. Auf dem vierten sitzt ein Mann, den ich auf Anfang sechzig schätze. Seine Beine und Hände sind mit Klebeband an dem Stuhl fixiert. Sein Kopf ist nach vorn gesunken. Ich sehe aus der Entfernung, dass er tot ist, gehe aber nach einem kurzen Blickkontakt mit Hauke auf ihn zu und halte ihm zwei Finger an die Halsschlagader.

»Und?«, fragt Hauke.

Ich schüttele den Kopf. »Wir brauchen die Spurensicherung. Sofort.«

Haukes Blick wandert zur fensterlosen Wand, an der neben zwei Einbauregalen ein Tresor steht. Es ist unschwer zu erkennen, dass er gewaltsam aufgebrochen wurde.

Zwei

Kea

Ich winke einer Nachbarin zu, die an diesem sonnig-warmen Sommermorgen auf dem Weg zur Arbeit vorbeigeradelt kommt; und gleich darauf auch der alten Frau Schulze von schräg gegenüber, die mit ihrem knallroten Kleinwagen in überschaubarem Tempo vermutlich zum Einkaufen fährt. Hätte mich jemand gefragt, wie vielen Menschen ich an diesem Morgen bereits zugewinkt habe, ich hätte es nicht sagen können. Acht vielleicht? Oder zwölf?

Fakt ist, dass meine Kinder und ich uns an der Straße vor unserem Haus die Beine in den Bauch stehen, und das seit mehr als einer halben Stunde. Neben uns zwei prall gefüllte Koffer sowie zwei Rucksäcke, an denen jeweils ein in einen Beutel gepresster Schlafsack und eine Isomatte baumeln.

Mein vierzehnjähriger Sohn Jonas, für den das frühe Aufstehen in den Sommerferien eine einzige Zumutung ist, gibt natürlich mir die Schuld daran, dass sie immer noch nicht unterwegs an die polnische Ostsee sind. »Bestimmt hast du mal wieder alles falsch verstanden«, mault er mich an.

»Klar«, entgegne ich und halte ihm die Textnachricht unter die Nase, die mir sein Vater gestern Abend geschrieben hat. »Weil man ja an dem Satz *Ich bin dann morgen früh um 7:30 bei euch* so unendlich viel falsch verstehen kann.«

Nebenbei sehe ich, dass unsere Sekretärin Birte Lammers versucht hat, mich zu erreichen. Dafür aber habe ich jetzt den Kopf nicht frei. Ich werde sie zurückrufen, sobald ich das hier hinter mich gebracht habe. Es wird schon nicht so wichtig sein. Und wenn doch, wird Birte ihr Anliegen sowieso meiner Kollegin Lina vortragen, die das Glück hat, sich nicht ständig über die Unzuverlässigkeit eines Ex-Manns ärgern zu müssen. Was auch immer passiert sein mag, es ist bei ihr in den besten Händen.

»Hi, Freya«, ruft eine junge Radlerin im Vorbeifahren meiner fünfzehnjährigen Tochter zu. Die schaut nicht mal von ihrem Smartphone auf, sondern hebt nur kurz die Hand zum Gruß. Im Gegensatz zu ihrem Bruder scheint Freya nicht einmal mitzubekommen, dass irgendetwas an diesem Morgen nicht nach Plan läuft. Sie sitzt auf einem kniehohen Betonpfosten unseres Gartenzauns und daddelt, was das Zeug hält. Zwischendurch hält sie das Smartphone auf irgendein Objekt gerichtet, schießt ein Foto, und schon geht es weiter mit dem Tippen und Wischen.

Ich hatte versucht, meine beiden Pubertiere zu überreden, das Smartphone zu Hause zu lassen. Digitales Detox sozusagen. Hätte ich ihnen vorgeschlagen, statt des Urlaubs jeden Tag drei Stunden Mathe zu büffeln, hätte das Entsetzen in ihren Augen kaum größer sein können.

»Menno, da hätte ich ja doch länger schlafen können«, meldet sich Jonas erneut nörgelnd zu Wort, wobei er den Basketball, den er mitnehmen möchte, rhythmisch auf dem grauen Pflaster des Bürgersteigs auf und ab hüpfen lässt. »Aber du hast ja gesagt, dass wir uns beeilen sollen. Und nun stehen wir hier einfach nur blöd rum.«

Ich ignoriere ihn und versuche stattdessen zum gefühlt hundertsten Mal, seinen Vater anzurufen. Er geht nicht ran. Kurz kommt mir der Gedanke, dass ihm etwas passiert sein könnte, aber ich verwerfe ihn gleich wieder. Peter ist einfach so unzuverlässig, wie er ist, und es scheint mit den Jahren nicht besser zu werden.

»Da! Papa kommt!«, ruft Jonas plötzlich mit so viel Begeisterung aus, wie ich sie schon seit Wochen nicht mehr an ihm erlebt habe. »Siehst du, er hält Wort.«

Auch diese Verdrehung der Tatsachen lasse ich unkommentiert stehen. Vor lauter Erleichterung, dass es nun endlich weitergeht, verraucht sogar die Wut auf meinen Ex. Der parkt seinen BMW am Straßenrand und steigt aus. Er nimmt Freya, die wieder in die Realität zurückgekehrt ist, in den Arm und wuschelt Jonas den Kopf. »Na«, ruft er gut gelaunt, »bereit für ein cooles Camping-Abenteuer am Ostseestrand? Dann schmeißt schon mal euer Zeug in den Kofferraum!«

Für einen kurzen Augenblick sehe ich in ihm wieder den Mann, in den ich mich einst verliebt habe. Gut aussehend, charmant, unternehmungslustig. Wir waren ein wirklich gutes Team. Bis zu dem Tag, als vor nicht einmal zwei Jahren meine beste Freundin Silvia starb – und mit ihr so vieles, was das Leben unserer Familie bis dahin ausgemacht hatte. Unter anderem unsere Ehe, die der Trauer nicht standgehalten hat.

»Na«, begrüßt Peter mich und drückt mir einen freundschaftlichen Kuss auf die Wange. »Ist ein bisschen später geworden. Ich bin … äh … aufgehalten worden.« Er zwinkert mir verschwörerisch zu. »Tut mir leid.«

Damit deutet er genau das an, was ich nie hatte wissen wollen. Es gibt eine neue Frau in seinem Leben. Was ganz normal ist, denn warum sollte ein Mann wie Peter nach einer Scheidung lange allein bleiben? Dennoch versetzt es mir einen Stich. Wenn es das Schicksal nicht so schlecht mit uns gemeint hätte …

»Los, sagt eurer Mutter Tschüss und dann geht's los!«, reißt mich Peters Stimme aus meinen Gedanken.

Zwei Umarmungen, ein Armknuffen, ein paar Ermahnungen, ein letztes Mal winken, bis das Auto um die nächste Ecke biegt – das war's.

Frei, denke ich, ich bin tatsächlich frei, und das für zwei ganze Wochen! Jetzt kann ich tun und lassen, was ich will. Keiner schert sich mehr darum, wann ich nach Hause komme, was es zu essen gibt oder ob das Lieblingsshirt wieder frisch gewaschen im Schrank liegt.

Doch warum fühlt es sich trotzdem so schal an, in das leere Haus zurückzugehen?

Nun sei nicht albern!, rufe ich mich zur Ordnung. Genieße deine Freiheit und …! Birtes Anruf kommt mir wieder in den Sinn. Als ich mein Smartphone in der Hand halte, sehe ich, dass sie zwischenzeitlich noch zwei weitere Male versucht hat, mich zu erreichen. Es scheint also tatsächlich dringend zu sein.

Ich seufze schwer. Das war's dann also mit der gemütlichen Tasse Kaffee am Küchentisch, die ich mir zum Einstieg in meine zeitweilige Freiheit hatte gönnen wollen.

»Kea? Na endlich!«, begrüßt mich eine hörbar genervte Birte. »Wo steckst du denn den ganzen Morgen?«

Ich verkneife mir, sie darauf hinzuweisen, dass es noch nicht einmal halb neun ist. »Dir auch einen wunderschönen guten Morgen. Was gibt's denn so Dringendes?«

»Lina und Hauke sind bereits ausgerückt. Einbruch in eine Kanzlei. Mutmaßlicher Raubmord.«

»Es muss doch auch mal ohne mich gehen, oder? Wo also liegt das Problem?«

»Das Problem liegt in der anderen Sache, die vorhin reinkam.«

»Was für eine Sache?«

»Ein toter Jogger. Mit einem Pkw zusammengestoßen.«

»Unschön. Aber doch wohl eher eine Angelegenheit für die Kollegen vom Verkehr.«

»Nee, nicht mehr. Die haben es an uns abgegeben. Der Fahrer des Pkw ist flüchtig. Die Kollegen warten am Unfallort auf dich.«

»Und der ist wo?«

»Schirumerfeld.«

»Schirum was?«

»Feld. Schirumerfeld. Das liegt rund fünf Kilometer südlich von Aurich. Ich schicke dir die Koordinaten, die ich von den Kollegen bekommen habe.«

Ich werfe einen bedauernden Blick auf meine Kaffeemaschine. »Okay, Birte, alles klar. Ich mache mich in fünf Minuten auf den Weg.«

Wenn es einen Ort gibt, der im Nirgendwo liegt, dann ist es dieser. So meine Feststellung, als ich aus meinem am Wegesrand geparkten Wagen steige. Bevor ich zu meinen Kollegen rübergehe, schaue ich mich um. Ich stehe inmitten von Feldern, Wiesen und Weiden. Nicht weit von hier grast eine Herde schwarzbunter Kühe und betrachtet neugierig und wiederkäuend das Geschehen. Ich vermute, dass sie eine solch hektische Betriebsamkeit nicht gewohnt sind. Der betonierte Feldweg unter meinen Füßen ist an vielen Stellen rissig oder gar aufgebrochen. Was an dem schweren landwirtschaftlichen Gerät liegen mag, das vermutlich tagtäglich über den Beton donnert. Auf jeder Seite des Feldwegs zieht sich ein Graben entlang, doch sieht es nicht so aus, als wäre zurzeit viel Wasser darin.

»Kea, da bist du ja endlich! Wie schön, dich wiederzusehen!«

Eine Frau hat sich aus der Gruppe der Einsatzkräfte gelöst und kommt fröhlich winkend auf mich zugelaufen. Ich brauche einen Moment, bis ich erkenne, um wen es sich handelt.

»Kirsten«, rufe ich dann freudig aus, »du bist zurück!«

»Du tust so überrascht«, sagt sie, nachdem sie mich kurz in den Arm genommen hat. »Dabei war es doch klar, dass ich heute wieder einsteige, oder?«

Am 1. Juli, ja. Natürlich weiß ich schon seit Längerem, dass ihre Elternzeit mit diesem Tag endet, nur habe ich heute Morgen bei all der Hektik nicht daran gedacht. »Wie geht's deiner Kleinen?«

»Die ist putzmunter. Leon gewöhnt sie zurzeit in der Kita ein. Aber sie schlägt sich ganz tapfer. Ist kein Heulkind, würde ich mal sagen.«

»Kommt ihr heute noch mal rüber, bevor unsere blasse Friesenhaut Blasen schlägt?«, ruft unser Kollege Jörn Thiessen, der sich anscheinend in der prallen Sonne nicht ganz wohlfühlt. Und tatsächlich sieht sein Gesicht schon ganz rot aus. »Moin. Ist wirklich kein Vergnügen hier«, mault er, als ich wenig später zu ihm trete. Er steht neben einem leblosen Mann, der auf dem mit Gras bewachsenen Randstreifen zum Liegen gekommen ist. Unter seinem auf der rechten Gesichtshälfte liegenden Kopf hat sich eine große Blutlache gebildet. Seine Beine stehen in einem seltsamen Winkel vom Körper ab, sein leerer Blick ist auf den Graben gerichtet. Sein rechter Arm ist ausgestreckt, als würde er im hohen Gras nach etwas tasten.

»Nun hab dich nicht so, Jörn.« Kirsten schaut zum Himmel hinauf, an dem nicht eine Wolke zu sehen ist. »Sei doch einfach froh, dass wir einen so schönen Sommer haben. Ist ja nicht selbstverständlich in Ostfriesland.«

Wo sie recht hat, hat sie recht, aber dennoch ist es nicht das, was uns gerade zu interessieren hat. »Moin zusammen.« Ich nicke in die Runde. »Was haben wir?«

»Keno de Vries, neununddreißig Jahre alt, wohnhaft in Schirumerfeld, verheiratet, zwei Kinder«, referiert Jörn. Auf meinen erstaunten Blick hin deutet er auf einen älteren Mann mit Schiebermütze auf dem Kopf, der, die Unterarme auf dem Lenkrad abgestützt, auf einem uralt anmutenden Trecker sitzt. »Er kennt ihn. Kommt auch aus dem Kaff.«

»War er es, der den Toten gefunden hat?«

»Ja. Er sagt, dass de Vries jeden Morgen auf dieser Strecke joggt. Bei Wind und Wetter.«

»So wie du mit dem Fahrrad«, stelle ich fest.

»Ja, so wie ich. Nur anders.« Ich warte darauf, dass Jörn noch eine Bemerkung dazu macht, aber anscheinend hat er sich heute darauf verlegt, nur das Nötigste zu reden.

»Was machte de Vries beruflich?«

»Er hat eine Spedition.«

»Was Größeres?«

»Nein, nur er und zwei Fahrer, sagt unser Zeuge.«

»War schon ein Arzt hier?«

»Ja. Er ist schon wieder weg. De Vries hat sich bei dem Unfall schwerste Schädelverletzungen zugezogen, sagt er. Wenn überhaupt, dann hat er nur noch wenige Minuten gelebt, nachdem es ihn den Kopf voran auf den Boden geschlagen hat. Bewusst mitgekriegt hat er aber eher nichts mehr.«

»Was sagt der Arzt zum Todeszeitpunkt?«

»Ungefähr um sieben Uhr heute Morgen.«

»Wir gehen davon aus, dass ihn das Fahrzeug mit hoher Geschwindigkeit erwischt hat«, meldet sich Lars Snietjer, der Leiter unserer Kriminaltechnik, zu Wort. »Moin, Kea.«

»Moin.« Mein Blick folgt dem Feldweg in beide Richtungen. »Der Weg verläuft schnurgerade, das Wetter ist perfekt und damit auch die Sicht. Kaum vorstellbar, dass der Fahrer des Pkw den Jogger nicht gesehen hat. Oder wurde er womöglich von der Sonne geblendet?«

Snietjer schüttelt den Kopf. »Eher nicht. Er war in Richtung Norden unterwegs, genauso wie das Opfer. Die Morgensonne aber steht im Osten.«

»So früh am Morgen dürfte sie dennoch recht tief stehen. Sie könnte ihn durch das Seitenfenster geblendet haben.«

»Nicht um diese Jahreszeit.«

»Hm.«

»Aber selbst wenn der Fahrer des Pkw, aus welchem Grund auch immer, geblendet worden ist, so lässt etwas anderes zumindest aufmerken.«

»Nämlich?«

»Es gibt keine Bremsspuren. Weder wurde das Fahrzeug vor dem Aufprall abgebremst noch unmittelbar danach.«

»Das heißt, der Fahrer hat ihn einfach niedergemäht?«

»Ja.« Snietjer wirft mir einen bedeutungsvollen Blick zu.

»Du gehst davon aus, dass der Unfall absichtlich herbeigeführt wurde?«

»Sagen wir mal so: Es wurde allem Anschein nach nichts dafür getan, ihn zu verhindern. Und ganz sicher hat sich der Fahrer des Pkw einen Dreck um den Jogger geschert, nachdem es den auf den Randstreifen geschmettert hat. Ich denke, wir sollten ein Tötungsdelikt zumindest in Betracht ziehen.«

»Das wäre eine Möglichkeit, ja. Vielleicht war der Fahrer oder die Fahrerin aber auch nur durch ein Telefonat oder ein schreiendes Kind abgelenkt, hat sich mit jemandem auf dem Beifahrersitz gestritten … Möglichkeiten gibt es viele. Nicht selten hauen die Unfallverursacher zunächst einmal ab, melden sich jedoch später schuldbewusst bei uns. Warten wir also erst mal ab, bevor wir voreilige Schlüsse ziehen.«

Zwei in schwarze Hose und weißes Hemd gekleidete Männer bauen sich, die Hände in die Hüften gestemmt, vor uns auf. »Können wir ihn mitnehmen?« Ich schaue sie verdattert an.

Offenbar war ich so auf das Gespräch konzentriert, dass ich den Leichenwagen gar nicht habe kommen sehen.

Ich fange Snietjers Blick ein. »Können sie?«

Er zuckt mit den Schultern. »Die Kollegen von der Verkehrspolizei haben alles aufgenommen und sich mit mir abgestimmt. Sie werden den Bericht schicken. Von meiner Seite aus spricht also nichts dagegen. Wir jedenfalls haben, was wir brauchen.«

Ich nicke den Bestattern zu. »Gut. Dann bringen Sie ihn bitte in die Rechtsmedizin.«

Drei

Lina

»Kein schöner Anblick«, murmelt Hauke. Wir stehen vor dem Haus der Kanzlei, um den Kriminaltechnikern bei ihrer Arbeit nicht im Weg zu stehen. Es wird eine Zeit dauern, bis wir die Räumlichkeiten wieder betreten können.

»Kanntest du Klaas Stoever persönlich?«

Hauke schüttelt den Kopf. »Nein, nur über drei Ecken. Ist ja auch nicht mein Jahrgang.«

Klaas Stoever, Anwalt und Notar, ist laut seiner Vita im Internet sechzig Jahre alt, hat die Kanzlei von seinem Vater übernommen, ist verheiratet mit Brigitte Stoever und hat zwei erwachsene Kinder.

»Aber ich habe schon hier und da etwas von ihm gehört, und ich glaube, der eine oder andere Kollege hat sich von ihm beraten oder vertreten lassen. Hauskauf, Erbe und so.«

»Wir müssen zu seiner Frau. Die Spurensicherung wird noch eine Weile brauchen. Wollen wir …«

»Ja«, unterbricht mich Hauke und zeigt auf meinen Dienstwagen.

Das Haus der Stoevers steht in einem angesagten Auricher Neubaugebiet. Verkehrsberuhigt und gleichzeitig gute Lage zur Innenstadt. Eine der typischen Stadtvillen, die in den letzten Jahren überall aus dem Boden schießen: weiß verputzter Bau mit großen Fensterfronten und Flachdach, Doppelgarage und gepflegtem Garten.

»Schick«, kann ich mir nicht verkneifen zu bemerken. »Und teuer.«

»Das nützt ihm jetzt auch nichts mehr«, brummt Hauke.

Wir gehen auf die Haustür zu, die von innen geöffnet wird, bevor wir sie erreichen. Eine Frau Anfang fünfzig, elegant gekleidet, attraktiv und mit wachem Blick, schaut uns fragend an.

»Frau Brigitte Stoever?«, frage ich, als Hauke keine Anstalten macht, das Gespräch zu führen.

»Ja, bitte?«

»Lina Lübbers, Kriminalpolizei Aurich.« Ich deute auf Hauke. »Mein Kollege Hauke Behrends. Könnten wir Sie kurz sprechen?«

»Worum geht es? Mein Mann ist nicht zu Hause. Wenn Sie ihn sprechen wollen, versuchen Sie es in ein oder zwei Stunden in der Kanzlei.«

»Wir möchten mit Ihnen sprechen. Können wir vielleicht …«, sage ich mit Blick ins Haus.

Die Frau zieht die Augenbrauen zusammen und wirkt nicht mehr so selbstsicher wie Sekunden zuvor. »Ist etwas passiert?«

Ich beuge mich leicht vor. »Dürfen wir reinkommen?«

Erst jetzt tritt Frau Stoever zur Seite und führt uns anschließend ins geräumige Wohnzimmer des Hauses. Sie bietet uns einen Platz auf dem Sofa mit Ausblick in den Garten an und setzt sich auf den gegenüberstehenden Sessel. Jetzt schaut sie zwischen Hauke und mir hin und her und wartet ruhig darauf, dass wir uns erklären.

»Es tut mir leid, Ihnen eine traurige Nachricht überbringen zu müssen. Wir haben Ihren Mann heute Morgen tot in seiner Kanzlei aufgefunden.«

Sie reißt die Augen weit auf, ist aber im nächsten Augenblick gefasst, atmet einmal tief durch und nickt schließlich. »Schlaganfall?«

»Über die genauen Umstände können wir noch nichts sagen, aber im Moment müssen wir von einem nicht natürlichen Tod ausgehen.«

Brigitte Stoever scheint einen Moment irritiert zu sein, bevor sie erneut nickt und fragt: »Was ist passiert?«

»Arbeitet Ihr Mann häufig spätabends?«, fragt Hauke.

»Hin und wieder. Manche Mandanten ziehen es vor, den Termin auf den Abend zu verlegen.«

»Wir können noch nicht mit Sicherheit sagen, was in der vergangenen Nacht passiert ist«, übernehme ich wieder das Gespräch. »Im Moment stellt es sich so dar, dass Ihr Mann in der Kanzlei überfallen und der Tresor aufgebrochen wurde.« Ich halte kurz inne. »Sie sprachen vorhin von einem Schlaganfall. Ist Ihr Mann diesbezüglich vorbelastet gewesen?«

Frau Stoever nickt. »Definitiv. Er hatte bereits zwei kleinere Schlaganfälle und war seit geraumer Zeit in Behandlung.« Sie schaut mich streng an. »Könnten Sie jetzt bitte sagen, was genau passiert ist? Wie ist mein Mann gestorben?«

Hauke wirft mir einen Blick zu, ich nicke. Er räuspert sich. »Die Ermittlungen haben gerade erst begonnen. Aber wir vermuten, dass Ihr Mann gezwungen werden sollte, die Kombination des Safes herauszugeben und er dabei einen Schlaganfall oder einen Herzinfarkt erlitten hat. Morgen oder übermorgen können wir Ihnen mehr dazu sagen.«

Ich bin erstaunt, wie gefasst die Frau die Nachricht vom Tod ihres Mannes aufnimmt. Entweder hat sie sich extrem unter Kontrolle oder ihr geht die Nachricht tatsächlich nicht nahe.

»Wann hat Ihr Mann gestern das Haus verlassen?«, frage ich. »Und wann haben Sie ihn zurückerwartet?«

Brigitte Stoever schaut auf den flachen Tisch vor unserem Sofa und steht auf. »Entschuldigen Sie, ich habe Ihnen überhaupt nichts angeboten. Möchten Sie etwas trinken? Kaffee, Tee, Wasser? Es dauert nicht lange.«

»Vielen Dank, aber das ist nicht nötig«, sage ich und warte, bis sie sich wieder setzt.

Sie scheint meine Frage nicht vergessen zu haben. »Nun gut. Sie sind von der Polizei und ich kann ja wohl davon ausgehen, dass unser Gespräch absolut vertraulich ist.«

»Selbstverständlich«, sagt Hauke mit einem Hauch Unterwürfigkeit in der Stimme. Ich hätte etwas vorsichtiger geantwortet. Wir sind Kriminalbeamte und keine Psychologen oder Priester, wir schreiben Protokolle, die der Staatsanwalt im Falle eines Prozesses durchaus öffentlich machen könnte.

»Unsere Ehe ist … war an einem Tiefpunkt angelangt. Mein Mann hatte regelmäßig Affären, ich habe mich damit abgefunden und mein eigenes Leben geführt. Vielleicht beantwortet das Ihre Frage. Ich habe meinen Mann weder gestern Abend erwartet, noch weiß ich, was er vorhatte und warum er in seiner Kanzlei war. Es tut mir leid, ich kann Ihnen diesbezüglich nicht weiterhelfen.«

»Ihr Mann hatte aktuell eine …« Um ein Haar hätte ich *Beziehung* gesagt. »… Affäre?«

»Davon gehe ich aus. Er war seit Wochen ausgesprochen gut gelaunt und wenig zu Hause. Eigentlich sind das untrügliche Zeichen dafür, dass … nun gut, Sie sehen mir sicher nach, wenn ich nicht näher darauf eingehe. Den Namen der aktuellen Auserwählten kenne ich übrigens nicht. Sie sollten da besser Frau Hinrichs fragen. Das ist seine Sekretärin.«

Ich nicke. »Kennen Sie den Vornamen von Frau Hinrichs und die Adre…«

»Anke.« Unterbricht sie mich und nennt mir Straße und Hausnummer von Anke Hinrichs. »Telefon weiß ich leider nicht.« Sie hält inne. »Sie dürfte heute freihaben. Wenn ich mich richtig entsinne, sagte Klaas etwas in dieser Richtung.«

Ich bedanke mich. »Darf ich fragen, wann Sie dieses Haus gebaut haben?«

Brigitte Stoever deutet ein Lächeln an. »Dürfen Sie.« Sie sieht sich im Raum um. »Das war vor knapp fünf Jahren.«

»Sie haben nie an Scheidung gedacht?«, fragt Hauke.

Brigitte Stoever wirft ihm einen abfälligen Blick zu. »Nein. Das kam für mich nie infrage.«

Wir gehen auf meinen Dienstwagen zu. Hauke bleibt stehen und schüttelt den Kopf. »Merkwürdige Ehe. Warum hat diese Frau sich das gefallen lassen?«

»Da fragst du die Falsche.« Ich ziehe mein Handy aus der Tasche, rufe die Kriminaltechniker an und erfahre, dass sie in spätestens einer Stunde fertig sein werden. Mein nächster Anruf geht ans Kommissariat, wo mir Birte mitteilt, dass Kea zu einem tödlichen Unfall mit Fahrerflucht gerufen wurde und ich sie allenfalls auf dem Handy erreichen kann. Ich gebe durch, dass wir noch eine weitere Zeugin befragen und anschließend zurück zur Kanzlei fahren, bevor wir am frühen Nachmittag zurück im Kommissariat sein werden.

»Ich habe gerade Frau Hinrichs gegoogelt«, sagt Hauke, als wir auf meinen Dienstwagen zugehen. »Viel gibt es nicht über sie. Sie ist in einem Auricher Sportverein aktiv und bei der *Tafel.* Anfang vierzig, würde ich vermuten.« Hauke hält mir sein Smartphone entgegen. Das Foto in den *Ostfriesischen Nachrichten* zeigt eine unscheinbare Frau mit kurzen braunen Haaren.

»Auf geht's!«, fordere ich Hauke auf.

Zehn Minuten später stehen wir vor einem dreigeschossigen Mietshaus neueren Datums. Auf unser Klingeln hin klickt es in der Gegensprechanlage, und eine weibliche Stimme fragt nach unserem Anliegen. Ich halte meinen Ausweis in die Kamera, der Türöffner summt. Die Wohnung im ersten Stock ist großzügig geschnitten und nur mit wenigen hochwertigen Möbeln ausgestattet. Anke Hinrichs führt Hauke und mich in den Wohn- und Essbereich und bietet uns einen Platz am Tisch an.

»Worum geht es denn?«, fragt sie vor dem Tisch stehend.

»Setzen Sie sich doch«, fordere ich sie auf. Sie kommt meiner Bitte zögernd nach.

»Herr Klaas Stoever wurde heute Morgen tot in der Kanzlei aufgefunden«, beginnt Hauke, während ich die Frau aufmerksam beobachte. »Er war an seinem Stuhl fixiert und wurde mutmaßlich überfallen.« Anke Hinrichs schaut hektisch zwischen Hauke und mir hin und her, fährt sich mit der leicht zitternden Hand durch die Haare und will etwas sagen, aber ihre Stimme scheint ihr nicht zu gehorchen.

»Wie lange arbeiten Sie bereits in der Kanzlei?«

Sie starrt Hauke an, als wenn er etwas vollkommen Unpassendes gesagt hätte. Wir warten, bis die erste Schockwelle bei ihr verebbt ist.

»Sind Sie in der Lage, uns ein paar Fragen zu beantworten?«, setzt Hauke neu an.

Sie nickt. »Ja, ich glaube schon. Was hatten Sie noch gefragt?«

»Wie lange Sie bereits für Herrn Stoever gearbeitet haben.«

»Ich habe meine Ausbildung in der Kanzlei gemacht und bin anschließend übernommen worden.« Anke Hinrichs redet langsam, ihr scheint jedes Wort schwerzufallen. »Damals war noch der Senior in der Kanzlei tätig. Frau Schulz, sie war meine

Ausbilderin, ist dann zusammen mit dem Senior gegangen. Seitdem bin ich allein zuständig.«

Normalerweise würde ich jetzt fragen, wie persönlich ihr Verhältnis zu Klaas Stoever gewesen ist, aber ich möchte sie im Moment nicht weiter verunsichern. Es gibt wichtigere Fragen.

»Der Tresor in der Kanzlei ist aufgebrochen worden. Sie wissen sicher, was dort aktuell aufbewahrt wurde?«

»Nein«, antwortet sie etwas zu schnell. »Nein, ich kenne die Kombination nicht. Das war allein die Sache von … Herrn Stoever.«

Ich bin mir sicher, dass sie ihren Chef beim Vornamen nennen wollte, lasse mir aber nichts anmerken. »Wurde normalerweise Geld im Tresor aufbewahrt?«

»Das weiß ich nicht genau«, weicht sie meiner Frage aus.

»Gehe ich recht in der Annahme, dass Sie die rechte Hand Ihres Chefs waren?«, hake ich nach.

Sie schweigt.

»Frau Hinrichs. Herr Stoever ist einem Gewaltverbrechen zum Opfer gefallen. Sie werden sicher wollen, dass wir den oder die Täter fassen.«

Sie nickt.

»Der Tresor ist aufgebrochen worden. Die Experten sagten uns, dass er ausgesprochen sicher war und es eine Weile gedauert haben könnte, bis die Einbrecher ihr Ziel erreicht hatten. Es kann also kein Zufall sein, dass der Tresor geöffnet wurde. Wir müssen wissen, was dort gelegen haben könnte.«

»Klaas hat manchmal …« Sie stutzt und scheint bemerkt zu haben, dass sie Stoever beim Vornamen genannt hat. »Er hat manchmal Geld dort aufbewahrt. Das habe ich gesehen.«

»Wie viel ungefähr? Sprechen wir hier von ein paar Tausendern oder liegen die Summen erheblich höher?«

»Ich …« Anke Hinrichs verstummt.

»Frau Hinrichs, es ist wirklich wichtig, dass Sie uns helfen.« Ich halte kurz inne, lege ihr die Hand auf den Arm und suche ihren Blick. »Sie mochten Herrn Stoever sehr. Habe ich recht?«

Sie nickt und sagt nach einer Weile: »Manchmal waren es größere Beträge. Mehr weiß ich nicht.«

»Wie groß?«

»Zehntausend, zwanzig oder auch mehr. Ich habe das Geld nur kurz gesehen und kann das nicht so einschätzen. Was Klaas damit gemacht hat und von wem es gekommen ist, weiß ich auch nicht.«

»Danke, Frau Hinrichs. Ich muss noch wissen, ob sich Herr Stoever gestern Abend mit jemandem treffen wollte. Sie führen doch sicher seinen Terminkalender.«

»Nur den offiziellen Kalender.«

»Es gab also auch Termine, die Sie nicht verwaltet haben?«

Anke Hinrichs nickt.

»Und gestern Abend war so ein Termin?«

»Ich glaube schon.«

»Sie wissen aber nicht, mit wem er verabredet war?«

Anke Hinrichs schüttelt den Kopf.

»Kam es häufig vor, dass Herr Stoever sich am Sonntagabend mit einem Mandanten getroffen hat?«

»Eigentlich nicht. Es war wohl eher unter der Woche. Aber ich habe die Termine nicht gemacht und auch im Nachhinein nicht immer davon erfahren.«

»Ich muss Ihnen leider noch ein oder zwei Fragen stellen.« Ich warte auf eine Reaktion und fahre fort, als Anke Hinrichs nickt. »Frau Stoever hat ausgesagt, dass ihr Mann regelmäßig Affären hatte. Wir haben nach seiner aktuellen Bekanntschaft gefragt. Frau Stoever konnte uns da nicht weiterhelfen und meinte, Sie wüssten vielleicht den Namen der Frau.«

Anke Hinrichs wirft mir einen empörten Blick zu, schweigt aber.

»Wir müssen dringend mit der Frau sprechen, Frau Hinrichs«, sagt Hauke. »Bitte helfen Sie uns. Ihr Chef hätte es sicher so gewollt.«

Anke Hinrichs zögert lange, bevor sie leise seufzt. »Wenn ich etwas mitbekommen habe, war es rein zufällig. Es mag sein, dass Herr Stoever sich keine große Mühe gegeben hat, die Damen vor mir geheim zu halten, aber offen mitgeteilt hat er es mir nicht. Warum auch?«

»Das behauptet auch niemand«, sagt Hauke und schenkt ihr ein freundliches Lächeln.

»Sollte es eine aktuelle Bekanntschaft gegeben haben, habe ich davon keine Kenntnis«, fährt Anke Hinrichs fort.

»Herr Stoever hat sich dieses Mal also doch bemüht, es zu verheimlichen?«, frage ich.

»Kann sein. Ich weiß es nicht.«

Ich entnehme der Antwort, dass Frau Hinrichs durchaus klar war, dass Stoever eine neue Affäre begonnen hatte, er aber dieses Mal erheblich diskreter war.

Ich weiß nicht, warum, aber ich glaube der Frau, dass sie nicht in alle geschäftlichen Angelegenheiten ihres Chefs involviert war und auch nicht weiß, wer seine aktuelle Freundin ist. Im Moment scheint es ohnehin sinnlos, sie weiter zu bedrängen. Ich breche die Befragung ab und bitte sie, morgen gegen zehn Uhr in die Kanzlei zu kommen. Sie ist die Einzige, die uns sagen kann, ob außer dem Inhalt des Tresors noch mehr entwendet wurde.

Meine letzte Frage, ob wir jemanden verständigen sollen, verneint sie.

»Sind Sie ganz sicher, dass Sie allein zurechtkommen?«, fragt Hauke mit einfühlsamer Stimme.

Sie richtet sich auf, lächelt matt. »Ja, vielen Dank. Ich komme schon zurecht.«

Auf der Fahrt zurück zur Kanzlei schweigen wir. Ich bin mit meinen eigenen Gedanken beschäftigt, sehe im Wechsel die Ehefrau und die Angestellte vor mir und versuche, deren Reaktionen auf die schreckliche Nachricht zusammenzubringen. Anke Hinrichs muss ein sehr persönliches und enges Verhältnis zu ihrem Chef gehabt haben, was allerdings ihrer Angabe widerspricht, dass sie über bestimmte Abläufe in der Kanzlei angeblich nicht informiert gewesen ist. Die Ehefrau, die sich nicht scheiden lassen wollte, aber keine Gefühle mehr für ihren Mann hatte, passt genauso wenig ins Bild.

»Der Mann ist mir ein Rätsel«, bringt Hauke meine Gedanken auf den Punkt, als wir vor der Kanzlei parken.

»Ich bin gespannt, was sonst noch so rauskommt.«

Der stellvertretende Leiter der Kriminaltechnik, Florian Wilken, wartet bereits im Flur auf uns. Er vertritt Lars Snietjer, der mit dem Unfall mit Todesfolge beschäftigt ist.

»Der Leichnam ist ins Rechtsmedizinische Institut nach Oldenburg unterwegs«, berichtet Wilken. »Ihr kümmert euch darum?«

Ich nicke. »Hast du etwas, was du mir jetzt schon sagen kannst?«

»Der Tresor ist fachmännisch aufgeschweißt worden. Fingerabdrücke gibt es im Büro zuhauf – was allerdings bei einer Kanzlei kein Wunder ist. Es wird eine Weile dauern, bis wir uns da durchgearbeitet haben. Das Gleiche gilt für eventuelle DNA-Funde. Wenn du mich fragst, kannst du die Fingerabdrücke vergessen. Wer so professionell vorgeht, trägt mit Sicherheit Handschuhe. Wenn die Typen richtig clever waren, haben sie sogar keine DNA hinterlassen.«

»Keine rosigen Aussichten«, werfe ich ein.

»Ich kann nicht mehr, als meinen Job machen«, bemerkt er leicht verschnupft.

»Das sollte keine Kritik sein«, rudere ich zurück. »Ich weiß, dass ihr verdammt gründlich arbeitet.«

»Das will ich aber auch meinen. Okay, der Mann war an Händen und Beinen am Stuhl gefesselt. Als wir das Klebeband durchtrennt haben, ist mir gleich aufgefallen, dass er an den Fesseln gezerrt hat. Aber das wird die Rechtsmedizin sicher besser erklären können.«

»Wie lange braucht man, um so einen Tresor zu öffnen?«

»Länger, aber das habe ich dir ja vorhin schon gesagt. Ich habe mir das Teil noch einmal gründlich angeschaut. Vorausgesetzt, da wusste jemand, was er macht, wird es schon ein bis eineinhalb Stunden gedauert haben. Wenn es kein Experte war, deutlich länger.«

»Ich will deinem Bericht nicht vorgreifen, aber ist die Kanzlei von den Eindringlingen durchsucht worden?«

»Ich denke schon. Die Person oder Personen haben zwar kein Chaos angerichtet, wie wir das von anderen Tatorten kennen, aber wir haben deutliche Spuren entdeckt, die auf eine Durchsuchung hinweisen. Auf alles Weitere musst du leider warten.«

»Bericht morgen?«

»Eher nicht. Ich muss die Ergebnisse mit Lars besprechen. Ob das zeitlich alles klappt, kann ich dir nicht sagen.«

Ich bedanke mich bei ihm und nehme den Schlüssel der Kanzlei in Empfang.

Vier

Kea

Familie de Vries lebt auf einem für ostfriesische Verhältnisse eher kleinen Gulfhof inmitten von saftig grünen Weiden. Eine aus acht Kühen und vier Kälbern bestehende Herde grast in unmittelbarer Nähe des Hauses, zwischen ihnen laufen ein paar Ziegen herum.

»Ein kleines Idyll«, stellt Kirsten fest, als wir auf das große, dunkelgrün gestrichene Stalltor zufahren und ein paar Hühner und Gänse gackernd und schnatternd davoneilen.

»Das wir nun leider zerstören müssen«, seufze ich. Kaum, dass wir ausgestiegen sind, nähert sich uns schwanzwedelnd ein großer graubrauner Hund, der entweder einer Rasse angehört, die ich nicht kenne, oder aber mehrere Rassen in sich vereint.

»Der tut nichts!«, ruft uns aus einem sommerlich blühenden Garten mit altem Baumbestand eine Frau zu. Sie legt eine Hacke beiseite und kommt uns bis auf Höhe einer Sitzgruppe, die um einen Tisch herum im Schatten einer riesigen Buche steht, entgegen. »Moin«, sagt sie, als wir voreinanderstehen. Sie hebt ihre dreckverschmierten Hände auf Brusthöhe nach oben.

»Bitte entschuldigen Sie, dass ich Ihnen nicht die Hand gebe, aber ich habe gerade in der Erde gewühlt, wie Sie sehen.«

»Kein Problem. Sind Sie Stefanie de Vries?«, frage ich. Die zierliche, in T-Shirt und Latzhose gekleidete blonde Frau funkelt uns mit so strahlenden Augen an, dass ich mir wünsche, sie möge nicht die Ehefrau des toten Joggers sein. Denn in diesem Fall würde, so meine Befürchtung, dieses Strahlen in den nächsten Minuten erlöschen. Vielleicht sogar für immer.

»Ja, die bin ich. Was kann ich für Sie tun?« Sie wischt sich mit dem Unterarm den Schweiß von der Stirn.

»Kea Siefken«, stelle ich mich vor. »Und dies ist meine Kollegin Kirsten Nannen. Wir sind von der Kriminalpolizei.«

Wie ich vermutet habe, erlischt das Strahlen in ihren Augen fast unmittelbar. Stattdessen zeichnet sich nun Angst auf ihrem Gesicht ab. »Ist irgendwas mit den Kindern?«

»Nein.« Normalerweise hätte ich jetzt gefragt, ob wir reingehen können, doch ist weit und breit kein anderer Mensch zu sehen, der von unserem Gespräch etwas mitbekommen hätte, also können wir es auch hier hinter uns bringen. »Es geht um Ihren Mann.«

»Keno?«, fragt sie ein wenig zu schrill. »Er ist joggen, müsste aber jeden Moment zurück sein.« Sie betont den letzten Satz wie eine Frage und schaut uns fast flehend an.

»Es tut uns sehr leid, Frau de Vries, aber leider müssen wir Ihnen mitteilen, dass …«

»Nein«, unterbricht sie mich. »Nein, das kann nicht sein. Keno ist … Er ist nur joggen.« Sie lässt sich auf eine bunt bemalte Holzbank sinken. »Nur joggen«, schiebt sie wie ein Echo hinterher. Sie nickt, als müsse sie es sich selbst bestätigen.

»Er ist von einem Auto angefahren worden«, ergreift Kirsten das Wort. »Leider hat er es nicht überlebt.«

Stefanie de Vries schüttelt erneut den Kopf. »Nein, das kann nicht sein. Auf der Route, die er läuft, fahren nur sehr selten Autos.« Hoffnung schleicht sich in ihren Blick. »Es muss sich um ein Versehen handeln.«

Ich ziehe mir einen Gartenstuhl heran und setze mich ihr gegenüber. »Ein Versehen ist leider ausgeschlossen, Frau de Vries«, sage ich einfühlsam. »Ihr Mann ist tot. Es tut mir sehr leid.«

Als hätte er verstanden, was ich sage, lässt sich der Hund neben mir mit einem tiefen Seufzer ins Gras sinken.

Wir lassen der Frau Zeit, sich ein wenig zu sammeln, dann frage ich: »Sehen Sie sich in der Lage, uns ein paar Fragen zu beantworten?«

Sie nickt kaum wahrnehmbar. »Was ist mit dem Fahrer?«, fragt sie dann selbst. »Wer ist es?«

»Das wissen wir nicht.«

Sie schaut mich ungläubig an.

»Der Fahrer des Wagens hat sich von der Unfallstelle entfernt.«

»Fahrerflucht?« Jetzt steht schieres Entsetzen in ihren Augen. »Er hat sich nicht um Keno gekümmert?«

»So sieht es leider aus, ja. Natürlich könnte es auch eine Fahrerin gewesen sein. Wir wissen es nicht.«

»Aber … aber wer macht denn so was?«

»Das versuchen wir herauszufinden.« Ich scheuche ein Insekt weg, das ständig um meinen Kopf surrt. »Wie man uns sagte, betreibt Ihr Mann eine Spedition.« Ich schaue mich um. »Der Standort scheint aber nicht hier zu sein, oder?«

»Doch. Doch, doch.« Sie wirkt, als hätte sie Schwierigkeiten, sich zu konzentrieren, was unter den gegebenen Umständen nicht verwunderlich wäre. »Es ist nur eine kleine Spedition. Keno hat sie von seinem Vater übernommen. Zwei Lkw, mehr nicht.« Sie deutet auf ein Nebengebäude aus rotem Backstein. »Sie stehen immer dadrin.«

»Auch jetzt?«

»Nein. Sie sind unterwegs.«

»Das heißt, Ihr Mann beschäftigt auch Mitarbeiter?«

Stefanie de Vries nickt. »Zwei Fahrer. Timo und Bernhard. Mein Mann … Keno … er fährt auch manchmal selbst, aber nur, wenn es unbedingt sein muss. Er ist lieber zu Hause und kümmert sich hier um alles.«

»Um die Landwirtschaft, nehme ich an.«

»Die ist eigentlich mehr … also, die ist mein Ding.« Sie greift sich an die Schläfe, als hätte sie plötzlich fürchterliche Kopfschmerzen. »Bitte entschuldigen Sie, aber ich … ich kann mich kaum konzentrieren.«

Ich deute auf eine halb mit Wasser gefüllte Karaffe, die auf dem Gartentisch steht. Im Wasser schwimmen Zitronenscheiben und Minzblätter. »Möchten Sie vielleicht etwas trinken?«

»Ja. Ja, das wäre gut. Danke.«

Ich fülle ein Glas mit Wasser und reiche es ihr. Sie nimmt es mit bebenden Händen und führt es an den Mund. Wir geben ihr ein paar Minuten Zeit, in denen sie wie hypnotisiert in ihr Glas starrt und nur ab und zu mal an diesem nippt.

»Geht's wieder?«, frage ich schließlich.

Sie nickt.

»Ihr Mann hilft also nicht in der Landwirtschaft?«

»Doch. Keno hilft mir, wenn er Zeit hat. Eigentlich aber sitzt er meistens im Büro und organisiert die Fahrten.« Sie stockt, als hätte sie den Faden verloren. Dann aber sagt sie: »Das ist viel Arbeit. Also die Spedition. Die Konkurrenz schläft nicht, wie er immer sagt.«

Das glaube ich ungesehen. Das Speditionsgewerbe ist ein heiß umkämpfter Markt. Dass man auf diesem mit nur zwei Lkw existieren kann, erstaunt mich. »Was macht denn die Spedition für Fahrten?«

»Ach, mal dies und mal das. Was gerade so anfällt. Die letzten Tage waren Timo und Bernhard in Bulgarien.«

»Wann werden sie zurück sein?«

»Heute Abend, denke ich. Heute Morgen hat Keno die Meldung bekommen, dass sie an der tschechischen Grenze sind.« Ihre Stirn umwölkt sich. »Ich weiß gar nicht, was jetzt werden soll. Ich kenne mich doch überhaupt nicht aus damit.«

»Das können Sie sich ja dann in aller Ruhe überlegen«, entgegne ich hilflos.

Sie schüttelt den Kopf und ruft fast panisch: »Ich mache das auf gar keinen Fall weiter! Wie soll denn das gehen? Ich habe doch gar keine Ahnung davon.«

»Vermutlich sind Sie mit der Landwirtschaft ausgelastet, oder?«

»Nein. Also es ist schon Arbeit, aber das mache ich nur nebenbei. Zum Ausgleich für meinen anderen Job.«

»Was ist das für ein Job?«

»Ich bin Krankenschwester, arbeite im Schichtdienst. Das lässt sich alles gut verbinden, weil Keno ja meistens zu Hause ist. Dann ist auch immer jemand bei den Kindern.« Sie scheint noch nicht akzeptieren zu wollen, dass ihr Mann nicht wieder nach Hause kommen wird, spricht sie von ihm doch immer noch in der Gegenwart. Aber das ist bei Angehörigen nach einer solchen Nachricht nicht selten. Sie wird Zeit brauchen, es zu begreifen.

»Wie alt sind denn Ihre Kinder?«

»Zweieinhalb und vier.«

»Wo sind sie jetzt?«

»Sie sind mit meinen Eltern nach Holland gefahren. Keno und ich holen sie am Wochenende …« Sie stockt und reißt erschrocken die Augen auf. Nur wenige Augenblicke später fließen die ersten Tränen. Anscheinend ist ihr bewusst geworden, dass aus dieser gemeinsamen Fahrt nun nichts mehr wird. Kirsten reicht ihr ein Papiertaschentuch.

»Wann ist denn Ihr Mann heute Morgen zum Laufen aufgebrochen?«, versuche ich, das Thema nach einer längeren Pause wieder auf den Unfall zu bringen.

»So gegen sieben. Wie immer eigentlich«, sagt sie zwischen zwei Schluchzern.

»Das heißt, er lief regelmäßig?«

»Jeden Tag.«

»Immer dieselbe Strecke?«

Sie nickt. »Eine Runde über die Feldwege. Manchmal die größere, manchmal die kleine. Es kommt ganz drauf an.« Worauf es ankommt, sagt sie nicht. Ich hake nach.

Sie schnäuzt sich in ihr Taschentuch, dann zuckt sie mit den Schultern. »Zeit. Wetter. So was eben.«

»Seit sieben Uhr ist schon viel Zeit vergangen. Haben Sie sich nicht gewundert, dass Ihr Mann nicht schon längst wieder zurück ist?«

»Ich dachte, er ist bei irgendwem auf einen Tee hängen geblieben. Das kam schon ab und an mal vor.«

»Sie hätten ihn anrufen können.«

»Keno hat beim Laufen nie sein Telefon dabei. Und wie gesagt, das kommt schon mal vor, dass er sich irgendwo verquatscht. Er ist sehr gesellig.«

Genauso wie der Hund schaue ich auf, als plötzlich ein durchdringendes Quietschen und gleich darauf ein metallisches Scheppern ertönt. Eine Radfahrerin ist auf den Hof gefahren, hat ihr Fahrrad nach einer Vollbremsung achtlos fallen lassen und kommt nun auf uns zugerannt. »Steffi!«, ruft sie, und dann noch mal: »Steffi! Ich habe es gerade gehört! Ich … ich kann es gar nicht glauben!«

»Ramona!« Laut aufschluchzend springt Stefanie de Vries von der Bank auf, gleich darauf liegen sich die beiden Frauen in den Armen und lassen ihren Tränen freien Lauf. Der Hund springt winselnd um sie herum, als würde auch er jetzt begreifen, dass etwas Schreckliches passiert sein muss.

»Ähm … wir … nun gut«, sage ich. Ich lege meine Visitenkarte auf den Gartentisch, dann gebe ich Kirsten mit einer Geste zu verstehen, dass wir uns wieder auf den Weg machen. Alles Weitere hat bis später Zeit.

Kaum, dass wir im Auto sitzen und vom Hof gefahren sind, kommt uns laut knatternd ein Trecker entgegen.

»Ist das nicht der Landwirt, der Keno de Vries tot aufgefunden hat?«, fragt Kirsten.

Ja, das ist er. Ich will ihm ausweichen, doch er macht keine Anstalten, zur Seite zu fahren, sondern kommt auf der schmalen Straße direkt vor uns zum Stehen. Es folgt ein hydraulisches Zischen, dann erstirbt das Knattern des Dieselmotors. Um uns herum herrscht wieder eine himmlische Ruhe.

Der Landwirt, dessen Namen ich nicht kenne, stapft in dunkelgrünen Gummistiefeln auf uns zu. Ich frage mich gerade, wie es jemand bei dieser Hitze in einem solchen Schuhwerk aushalten kann, als er an meine Scheibe klopft. »Muss mit Ihnen reden.«

Ich schalte nun meinerseits den Motor aus, öffne die Tür und steige aus. Kirsten folgt meinem Beispiel. »Moin, Herr …« Ich schaue ihn fragend an.

»Onken. Karl Onken. Moin«, sagt der rotgesichtige Mann, den ich auf ungefähr sechzig Jahre schätze. Seine schwarze, verdreckt aussehende Jeans wird von Hosenträgern gehalten, sein Flanellhemd mit den bis zu den Ellenbogen hochgekrempelten Ärmeln wölbt sich über seinem beachtlichen Bauch. Die Daumen seiner schwieligen, suppentellergroßen Hände hat er in die Schlaufen seiner Jeans gehakt.

Ich stelle auch mich und Kirsten vor.

»Hab mir schon gedacht, dass Sie hier sind.«

Ich nicke. Ja, ein Besuch der Polizei bei den Angehörigen des Opfers ist nach einem solchen Vorfall naheliegend. »Ist Ihnen zum Unfall noch was eingefallen?«

»Jo.« Er lüftet kurz seine Mütze, unter der ein fast kahler Kopf zum Vorschein kommt, dann kratzt er sich an der Stirn. »Also nee, mir nich. Ich sach mal so: Ilse, was meine Frau is, der is was eingefallen. Also, als ich ihr von Keno seinem Unfall erzählt hab, da is ihr was eingefallen.« Er kratzt sich erneut, diesmal an der Schläfe. »Sie war ganz schön geschockt, als ich ihr das erzählt hab.«

»Das ist verständlich, ja.« Ich frage mich, wann er auf den Punkt kommt, aber ich will ihn auch nicht hetzen – obwohl es weiß Gott nicht besonders angenehm ist, ungeschützt in der prallen Sonne zu stehen.

»Und dann hat Ilse mich losgeschickt, dass ich es Ihnen sagen soll. Weil ich mir ja schon gedacht hab, dass Sie nun bei Steffi sind, hat sie gemeint, ich soll mal schnell mit 'm Trecker herfahren.«

»Und was genau ist Ihrer Frau eingefallen?«

»Sie hat ein Auto gesehen, sacht sie.«

Ich horche auf. »Ein Auto? Am Unfallort?«

»Nee.«

Schade. »Wo denn dann?«

»Die letzten Tage ist es ihr aufgefallen, sagt sie. Weil es nicht hierhin gehört.«

»Sie meinen, es hat ein fremdes Kennzeichen?«, vermutet Kirsten.

Er schaut meine Kollegin an, als hätte er ihre Anwesenheit erst jetzt bemerkt, wendet sich dann aber wieder mir zu. »Nee. Hm. Also davon hat Ilse nix gesacht.«

Noch mal schade.

»Aber ich kann sie ja mal danach fragen.«

»Das wäre nett, ja.« Ich nestele eine Visitenkarte aus der hinteren Hosentasche und drücke sie ihm in die Hand. »Da steht meine Nummer drauf. Falls Ihre Frau etwas zum Kennzeichen weiß, kann sie mich ja anrufen.«

Er nickt und schiebt die Karte nun seinerseits in die Hosentasche, ohne einen Blick darauf zu werfen. Ich hoffe, dass sie vor der nächsten Wäsche wieder ihren Weg nach draußen findet.

»Hat Ihre Frau denn gesagt, was für ein Auto das war, das sie beobachtet hat?«

»Ein schwarzes, sagt sie.«

»Geht das genauer?«

»Ein großes schwarzes.«

Aus den Augenwinkeln sehe ich, dass sich Kirsten ein Lachen verkneift, und auch ich habe Mühe, nicht zu grinsen. »Welche Marke dieses Auto hatte, hat sie aber nicht gesagt?«

»Nee, davon versteht sie nix. Sie sacht immer, dass die für sie alle gleich aussehen. Aber dass es so 'n großes war, das hat sie gesehen. Sie meint, dass es wohl so eins gewesen sein könnte, wie auch unser Tierarzt fährt.«

»Was fährt denn Ihr Tierarzt für eins?«

»Einen Toyota. Einen von den großen. SUV heißen die ja wohl.« Er spricht die Buchstaben deutsch aus.

»Na, da kommen wir der Sache ja schon näher. Und wann hat Ihre Frau das Auto zum letzten Mal gesehen?«

»Heute Morgen, sagt sie. Ist wohl an unserem Hof vorbeigefahren, als sie gerade die Wäsche auf die Leine gehängt hat.« Er deutet hinter sich und meint offenbar einen Bauernhof, der vielleicht einen Kilometer entfernt liegt.

»Und sie ist sich sicher, dass es derselbe Wagen war, den sie auch schon in den letzten Tagen hier gesehen hat?«

»Jo.« Ein erneutes Kratzen am Kopf. »Der ist ihr auch aufgefallen, weil der immer so schnell unterwegs war. Sie hatte richtig Angst um unsere Hühner, sagt sie.«

Als ich ihn weiterhin fragend anschaue, sagt er: »Jo. Und mehr weiß ich nun auch nicht.«

»Sie haben uns schon sehr geholfen, Herr Onken. Vielen Dank, dass Sie extra hergekommen sind.«

»Da nich für.«

Wir verabschieden uns, und wenig später hat er auch seinen Trecker so rangiert, dass wir vorbeifahren können.

Fünf

Lina

»Das passt doch alles hinten und vorn nicht«, mault Hauke vor sich hin, als ich den Motor starte und auf der Straße wende.

»Was meinst du genau?«, frage ich. Zwar vermute ich, dass Hauke mehr zu sich selbst gesprochen hat, bin aber trotzdem interessiert.

»Wer bricht denn allen Ernstes einen Tresor in einer Kanzlei auf? Entweder lag da ein erheblich größerer Geldbetrag drin, als die Sekretärin vermutet, und die Täter wussten das, oder …« Er zuckt mit den Schultern. »Sei ehrlich, das ergibt doch keinen Sinn. Das Risiko, dass Stoever jemanden von denen identifiziert hätte, wäre doch viel zu groß gewesen.«

»Es sei denn, er wäre garantiert nicht damit zur Polizei gegangen«, werfe ich ein.

»Schwarzgeld oder Geldwäsche oder etwas Ähnliches?«

Ich nicke. »Oder es lagen wichtige Papiere im Tresor, die für jemanden einen hohen Wert darstellen.«

»Zum Beispiel?«

»Wenn ich das wüsste, wären wir schon einen großen Schritt weiter. Notare bewahren durchaus etwas für ihre Mandanten auf. Ein Testament zum Beispiel.«

Ich habe inzwischen vor dem Kommissariat geparkt, mache aber keine Anstalten, auszusteigen, als sich sehe, dass Hauke den Kopf in den Nacken legt und die Augen schließt. Ein deutliches Anzeichen dafür, dass er eine Situation in Gedanken durchspielt.

»Also gut, gehen wir mal davon aus, dass der oder die Täter wissen, dass Stoever spätabends in der Kanzlei ist.« Hauke schaut mich jetzt wieder an. »Entweder haben sie ihn dorthin gelockt oder ihn beschattet. Es war ja wohl keine Seltenheit, dass er abends gearbeitet hat. Sie brechen in die Kanzlei ein und überwältigen Stoever.«

»Wäre eine Möglichkeit.«

»Sie brauchen ihn, damit er die Kombination des Tresors verrät. Vielleicht hat er sich geweigert, und sie mussten härtere Maßnahmen ergreifen. Sie fesseln ihn an den Stuhl, aber bevor er mit etwas rausrücken kann, bekommt er einen Anfall und stirbt. Was passiert dann?«

»Planänderung. Sie brechen den Tresor auf«, schlage ich vor.

»Aber woher haben sie die notwendigen Werkzeuge? Ich bin kein Experte, aber es sah danach aus, als wäre der Tresor aufgeschweißt worden. Wie der Kollege ja bestätigt hat, muss der Aufwand ein erheblicher gewesen sein. Von den Kenntnissen, die man dafür braucht, einmal ganz abgesehen.«

»Ich weiß, worauf du hinauswillst«, sage ich. »Der oder die Täter haben also in aller Seelenruhe die Werkzeuge geholt und sich dann ans Werk gemacht. Der Tote saß derweil weiter auf dem Stuhl. Ziemlich abgebrüht.«

»Mehr noch. Woher kam der Spezialist, der über die notwendigen Kenntnisse verfügt? Der Plan war ja, die Kombination von Stoever zu bekommen.«

»Zufall? Entweder hatte der oder einer der Täter die Kenntnisse …«

»Möglich, aber ich würde sagen, sie mussten den Experten erst mal herankarren. Was aber wiederum heißt, dass sie sehr spontan auf diese Person zugreifen konnten. In beiden Fällen können wir davon ausgehen, dass es keine kleinen Kriminellen von nebenan waren, die von irgendwoher einen Tipp bekommen haben, dass im Tresor ein größerer Geldbetrag liegt. Das war eine organisierte Aktion von Profis.«

»Klingt erst mal logisch.« Ich zeige auf die Uhr im Wagen. »Die Kollegen warten.«

Kea nickt mir freundlich zu. Ihre anfängliche Abneigung mir gegenüber hat sich inzwischen zu einer kollegialen Zusammenarbeit gemausert. Zwar scheint sie immer noch unsicher zu sein, ob ich mit Hauke mehr als nur gut befreundet bin, aber letztlich sind wir auf einem guten Weg.

Der Raum füllt sich allmählich. Die Frau neben Kea muss Kirsten Nannen sein, die nach ihrer Elternzeit wieder eingestiegen ist. Einen Stuhl weiter setzt sich gerade Frank Erken auf seinen angestammten Platz. Er ist Oberkommissar und einer der heißen Kandidaten auf meiner Verdächtigenliste für den Maulwurf. Neben ihm nimmt kurz darauf Jörn Thiessen Platz, der Jüngste im Team. Auch er steht weit oben auf der Liste. Hauke sitzt wie immer neben mir. Lothar Hempen eilt als Letzter in den Besprechungsraum. Er ist vor wenigen Tagen aus einem vierwöchigen Urlaub zurückgekommen. Ich hatte bisher wenig Kontakt zu ihm und muss mich noch ausführlich mit seiner Akte beschäftigen, die ich von den Osnabrücker Kollegen bekommen habe. Birte Lammers, die Sekretärin des Kommissariats, sitzt links neben Kea und hat bereits den Kugelschreiber in der Hand. Sie führt das Protokoll der Teamsitzungen.

Kea schaut in die Runde, die Gespräche verstummen.

»Wie sich herumgesprochen haben sollte, haben wir zum Wochenanfang zwei mutmaßliche Tötungsdelikte auf den Tisch bekommen. Erstens: ein tödlich verunglückter Jogger in Schirumerfeld. Der Fahrer des Fahrzeugs hat Unfallflucht begangen. Wir stehen noch ganz am Anfang, aber dazu gleich mehr. Zweitens: Klaas Stoever, Anwalt und Notar, ist heute von der Reinigungskraft tot in seiner Kanzlei aufgefunden worden. Lina wird uns gleich ins Bild setzen.« Sie wirft mir einen auffordernden Blick zu. »Willst du anfangen?«

Ich schlage meine Notizen auf und berichte ausführlich von den letzten Stunden. »Der Bericht der Rechtsmedizin steht noch aus. Die Kollegen der Kriminaltechnik arbeiten mit Hochdruck an der Auswertung der Spuren.«

Kea bedankt sich bei mir und stellt ihren Fall vor. »Ohne der Obduktion und der Auswertung der Spurensicherung vorgreifen zu wollen, gibt es einige Ungereimtheiten. Es ist kaum Verkehr auf dem besagten Feldweg, die Stelle, an der das Opfer angefahren wurde, ist gut einsehbar. Es gab keine Bremsspuren. Im Moment behandeln wir den Fall als Unfallflucht, aber ich kann und will nicht ausschließen, dass es sich um eine geplante Tat handelt.«

Ein Raunen geht durch die Gruppe.

»Nun gut, mir ist schon klar, dass es personell schwierig werden könnte. Ich habe bereits mit der Chefetage gesprochen und um Unterstützung aus Norden und Wittmund gebeten. Im Moment ist mir nicht viel Hoffnung gemacht worden. Urlaubszeit, krankheitsbedingte Ausfälle, unbesetzte Stellen. Also, macht euch auf die eine oder andere Überstunde gefasst. Auch für das kommende Wochenende solltet ihr euch nicht allzu viel vornehmen.« Betretene Gesichter und leises Murmeln der Kollegen lassen Kea reagieren. Sie hebt entschuldigend beide Hände. »Tut mir leid. Da müssen wir durch. In der nächsten Woche kann die Welt schon wieder ganz anders aussehen.« Sie hält kurz inne. »Lina wird verantwortlich den Fall Stoever leiten. Frank, Lothar und Jörn werden sie dabei unterstützen. Kirsten und Hauke bilden mit mir das andere Team. Wir treffen uns, wenn irgend möglich, täglich am späten Nachmittag hier zum Meeting. Ausnahmen sind mit mir abzusprechen.« Sie schaut in die Runde. »So weit alles klar?«

Im ersten Augenblick will ich Einspruch einlegen. Hauke hat mit mir den Tatort besichtigt und die ersten Zeugen befragt. Wir sind ein eingespieltes Team, und mir leuchtet nicht ein, weshalb wir nicht weiter zusammen an dem Fall arbeiten sollten. Ich halte mich aber zurück, um Kea nicht in Verlegenheit zu bringen. Außerdem erinnere ich mich an meinen eigentlichen Auftrag. Ich bin hier, um den Maulwurf zu finden. Es wird Zeit, dass ich mich den weiteren Kollegen etwas mehr nähere. Wo geht das besser, als bei der gemeinsamen Arbeit an einem Fall?

Hauke beugt sich zu mir. »Was soll das denn schon wieder?«, flüstert er. Aber auch er scheint die offene Auseinandersetzung mit Kea zu scheuen. Ich kann nur vermuten, womit das zusammenhängt.

»Kea braucht dich als Verstärkung. Die junge Kollegin wird eine Weile brauchen, bis sie sich wieder eingearbeitet hat.«

Hauke zuckt nur mit den Schultern. »Was soll's? Vielleicht klärt sich das mit der Fahrerflucht ja schnell. Nicht selten tauchen die Fahrer nach ein bis zwei Tagen von allein auf.«

»Sehen wir uns heute Abend in der *Arche*?«

Hauke nickt und steht auf. »Ich geh dann mal zur Chefin.«

Ich geselle mich zu meinen SoKo-Kollegen, die an der Tür auf mich warten. »Wir treffen uns in einer Viertelstunde bei mir.«

Zurück im Büro wähle ich die Nummer des zuständigen Staatsanwalts. Alexander van Zoest nimmt das Gespräch nach dem zweiten Klingelton an.

»Guten Tag, Dr. van Zoest«, begrüße ich ihn. Am Vormittag habe ich kurz mit ihm gesprochen und ihm dabei die ersten Erkenntnisse durchgegeben. Jetzt berichte ich ihm von den Befragungen und bitte darum, Zugriff auf die Mandantenakten der Kanzlei zu bekommen.

»Sie wissen, dass wir eine gute Begründung brauchen, ansonsten stellt uns kein Richter den Beschluss aus«, wirft er ein. »Der Mandantenschutz ist ein hohes Gut in unserem Land.«

Ich habe den Einwand erwartet. »Das Aufeinandertreffen der Täter mit Herrn Stoever war kein Zufall. Die Wahrscheinlichkeit, dass die Täter den Tresor öffnen wollten, um Dokumente von Herrn Stoevers Mandanten zu entwenden, ist aus meiner Sicht größer, als dass es ihnen um Geld ging. Niemand betreibt diesen Aufwand und geht dieses große Risiko ein, um zwanzig- oder dreißigtausend Euro zu erbeuten.«

»Haben wir Beweise für Ihre These? Nein. Aber ich stimme Ihnen im Prinzip zu und werde mir etwas einfallen lassen, um den zuständigen Richter zu überzeugen. Schon allein, weil der Fall außerordentlich brisant ist. Wo kommen wir hin, wenn jetzt schon Notare in ihrer Kanzlei überfallen und getötet werden?« Der Staatsanwalt legt eine Pause ein. »Ihnen ist klar, was für Wellen die Tat schlagen wird? Ich habe bereits mit Frau Siefken darüber gesprochen, dass wir für übermorgen eine Pressekonferenz anberaumen werden. Frau Siefken und Sie sollten dort anwesend sein.«

Ich verabschiede mich von Alexander van Zoest, wähle direkt darauf die Nummer der Oldenburger Rechtsmedizin und lasse mich mit Dr. Hassel verbinden.

»Gibt es bereits einen Termin für die Obduktion?«, frage ich nach der Begrüßung.

Ein kurzer Seufzer leitet die Antwort ein. »Lassen Sie mich raten. Ihr Fall ist außerordentlich wichtig und muss unbedingt vorgezogen werden. Wie Sie sicher wissen, habe ich auch noch eine Leiche von Ihrer Kollegin auf meinem Tisch.«

»Ich hatte nicht vor, Sie zu bedrängen«, rudere ich schnell zurück. »Allerdings hat mir der Staatsanwalt für übermorgen eine Pressekonferenz angekündigt. Ohne zumindest vorläufige Ergebnisse aus Ihrem Haus wird mich die Medienmeute zerreißen.«

»Das ist nachvollziehbar. Ich werde sehen, was sich machen lässt. Sie hören morgen von mir.«

Ich bedanke mich herzlich und hoffe, dass mir ein weiterer Drängelanruf erspart bleibt.

Ich öffne das Fenster. Warme Luft strömt mir entgegen. Ich schließe die Augen, denke an meinen letzten Urlaub in Südfrankreich und träume davon, mit Jana zu verreisen.

Wenige Minuten später sitzen die Kollegen vor meinem Schreibtisch. Ich berichte kurz von den beiden Telefongesprächen. »Als Erstes werden wir zusammen die Anwohner rund um die Kanzlei befragen. Es ist jetzt gleich fünfzehn Uhr. Wir teilen uns auf und treffen uns gegen achtzehn Uhr wieder hier im Kommissariat.«

Als ich frage, wer mit mir kommt, meldet sich Lothar Hempen.

»Wir nehmen meinen Wagen«, schlage ich vor, als ich neben Lothar Hempen auf den Parkplatz zugehe. Bisher habe ich nur einige Worte mit dem Kollegen gewechselt, der kurz vor meinem Dienstantritt in Aurich zu seiner Reise durch die USA aufgebrochen war und erst Mitte der letzten Woche zurückgekehrt ist.

»Schon wieder eingewöhnt?«, frage ich, als wir im Auto sitzen und ich den Motor starte.

»Nicht wirklich. Erst der Jetlag, dann die Berge von Briefen und der Büroalltag im Kommissariat. Aber ich will nicht klagen, die Reise war fantastisch. Ach, was sage ich, sie war der absolute Wahnsinn.«

»Kann ich mir vorstellen.« Lothar Hempen hat bereits in der großen Runde über seine Wanderungen durch drei Nationalparks und die mehrtägigen Aufenthalte in San Francisco und New York berichtet. Meine Schwester Sarah hat jahrelang davon geschwärmt, eine ähnliche Reise machen zu wollen. Das war lange vor den Drogen und ihrer letzten tödlichen Spritze.

Lothar Hempen ist groß und wirkt durchtrainiert. Ich kann ihn mir gut als Wanderer vorstellen und gleichzeitig als jemand, der durch die angesagten Clubs von San Francisco zieht und sich die Nacht um die Ohren schlägt. Er strömt Gelassenheit und Kraft aus und ist mit seinen vollen schwarzen Haaren und den markanten Gesichtszügen der Typ Mann, dem die Frauen in Scharen nachlaufen.

»Ich habe dich noch gar nicht richtig in Aurich begrüßt«, sagt er mit einem charmanten Lächeln. »Du scheinst dich aber in der kurzen Zeit prima eingelebt zu haben. Respekt!«

»Wir hatten ein paar turbulente Tage und einen aufreibenden Fall. Aber davon hast du ja sicher schon gehört.«

»Allerdings.« Er grinst breit. »Da ist man mal für ein paar Wochen unterwegs, und schon geht hier die Post ab.«

In der Straße, in der die Kanzlei liegt, finde ich schnell einen Parkplatz. Im ersten Haus öffnet uns eine junge Frau die Tür, wir werden hereingebeten und erkundigen uns, ob sie am gestrigen Abend oder in der Nacht etwas gehört oder beobachtet hat.

Nach zwei Stunden legen wir eine kurze Pause ein. Keiner der bisher befragten Zeugen konnte uns weiterhelfen. Lothar reicht mir den Kaffeebecher und das Croissant. Beides hat er aus einer nahe gelegenen Bäckerei besorgt.

»Danke«, sage ich nach dem ersten Biss. »Das tut gut.« In der Hektik des Tages habe ich wieder einmal vollkommen vergessen, etwas zu essen.

»Zwei Häuser haben wir noch«, sagt Lothar, dem man die gefühlt hundert Befragungen mit den immer gleichen Fragen nicht ansieht. »Ich denke schon die ganze Zeit darüber nach, warum der Anwalt Geld in seinem Tresor gehabt haben soll. Ist das nicht ungewöhnlich?«

»Durchaus«, sage ich mit vollem Mund.

»Sind denn Unterlagen oder Dokumente aus dem Tresor verschwunden?«

»Die Sekretärin wird morgen alles sichten, hat aber schon gesagt, dass sie mit dem Tresor nichts zu tun hatte.«

»Die Kollegen haben sich die Unterlagen noch nicht angeschaut?«

»Ohne Beschluss ist mir das zu heiß. Viel verspreche ich mir sowieso nicht davon. Wenn die wirklich was gesucht haben, ist das nicht mehr in der Kanzlei.«

»Klingt logisch.« Lothar trinkt den letzten Schluck aus seinem Becher. »Ich bringe den Müll kurz weg, dann können wir weitermachen.«

Eine alte Dame aus dem Haus schräg gegenüber der Kanzlei öffnet uns die Tür. Sie mustert unsere Ausweise und bittet uns ins Haus. Wir lehnen ihr Angebot, uns Tee zu machen, dankend ab und stellen die üblichen Fragen.

»In der vergangenen Nacht?« Frau Schulte nickt. »Ja, da war reichlich Verkehr, würde ich sagen. Sie müssen wissen, ich schlafe nicht mehr so gut wie in jungen Jahren. Das ist lästig, aber was soll man machen?«

»Es war also mehr Verkehr in der Straße als normalerweise?«, frage ich nach.

»In der Nacht, also so ab elf Uhr, da ist es hier fast immer ruhig. Gestern habe ich aber noch um Mitternacht ein Auto gehört, das jedoch nicht ganz durch die Straße gefahren ist. Dann ist eine Autotür zugeschlagen worden. Ich bin zum Fenster und habe gesehen, dass da jemand was aus dem Auto holt. Zwei große Taschen. Die müssen schwer gewesen sein. Der Mann war kräftig gebaut …« Sie schaut Lothar an. »So wie Ihr Kollege, würde ich mal sagen.«

»Kannten Sie das Auto?«, fragt Lothar. »Steht es häufiger hier in der Straße?«

Frau Schulte schüttelt den Kopf. »Nein, ich glaube nicht.«

»Und der Mann ging dann in die Kanzlei?«

»Das weiß ich nicht genau. Über der Kanzlei befindet sich ja noch eine Wohnung.«

Ich nicke. Die alte Dame scheint mitzudenken. Allerdings ist das dort wohnende Ehepaar, wie Hauke und ich schon am Vormittag erfahren haben, noch für zwei Wochen im Urlaub.

»Können Sie den Mann beschreiben?«

»Es war doch dunkel, junge Frau. Die Laterne vor dem Haus leuchtet schon seit ein paar Tagen nicht mehr. Aber bevor sich da jemand aus der Stadtverwaltung drum kümmert, können noch Monate vergehen.«

»War der Mann allein?«, fragt Lothar mit ruhiger, warmer Stimme.

»Ich habe nur ihn gesehen.« Sie stutzt. »Meinen Sie denn, dass er etwas damit zu tun hat, dass der liebe Herr Stoever tot ist?«

»Wir wissen noch nicht, was gestern Nacht in der Kanzlei passiert ist«, weiche ich ihrer Frage aus. »Haben Sie die Automarke erkannt?«

Frau Schulte schüttelt den Kopf. »Damit kenne ich mich nicht so gut aus. Es war auf jeden Fall ein großes Auto. Dunkel oder schwarz.«

Lothar beugt sich leicht vor. »Konnten Sie das Kennzeichen erkennen?«

»Junger Mann, meine Augen sind zwar noch gut, aber darauf habe ich doch nicht geachtet.«

Ich reiche Frau Schulte eine Visitenkarte. »Ich schicke morgen jemanden vorbei, der Ihnen ein Protokoll vorlegt. Wenn Ihnen noch etwas einfällt, rufen Sie mich einfach an oder sagen es morgen dem Kollegen.«

Wir verabschieden uns von der alten Dame und gehen zum nächsten Haus.

Sechs

Kea

»Was bezweckst du damit, Kea?« Hauke zieht einen Stuhl heran und setzt sich mir gegenüber an den Schreibtisch.

»Womit genau?«, frage ich, obwohl mir völlig klar ist, worauf er anspielt. Ich hatte gehofft, dass Kirsten bereits vor Hauke in meinem Büro sein würde, denn dann wäre uns diese Diskussion – zumindest für heute – erspart geblieben. Unsere Kollegin ist aber gerade rausgegangen, um unseren Nachschub an Kaffee zu sichern.

»Nun tu nicht so!« Hauke wirkt ungehalten. »Wochenlang gehst du mir aus dem Weg, und nun holst du mich plötzlich in dein Team, obwohl ich mit Lina an einem anderen Fall arbeite.« Er zieht eine Grimasse, dann beugt er sich vor und sagt mit leiser Stimme: »Oder hast du mich so schmerzhaft vermisst, dass du mich unbedingt in deiner Nähe haben willst?«

»Nun sei nicht albern!«, entgegne ich schärfer als beabsichtigt. »Dich in mein Team zu holen, war eine rein professionelle Entscheidung. Es hat nichts, aber auch gar nichts damit zu tun, dass wir …« Ich mache eine wegwerfende Handbewegung. »Ach, ist ja auch egal.«

»Sprich es ruhig aus, Kea. Dass wir miteinander geschlafen haben, wolltest du sagen.«

»Das gehört nicht hierher.«

»Ach ja? Und wohin gehört es dann?« Hauke fährt sich mit den Fingern durchs Haar und seufzt. »Ich verstehe dich nicht, Kea. Ich meine, unsere gemeinsame Nacht kürzlich … Ich hatte wirklich nicht den Eindruck, dass es dir nicht gefallen hätte, mit mir zusammen zu sein. Warum können wir denn nicht einfach wie zwei erwachsene Menschen …«

Er flucht unterdrückt, als nun Kirsten zur Tür hereinkommt. Sie hält ein Tablett mit einer Thermoskanne, einer Packung Kekse und drei Tassen in den Händen. »So. Nun sind wir erst mal versorgt.« Sie stellt das Tablett auf den Besprechungstisch. Die im Raum liegende Spannung scheint ihr völlig zu entgehen, denn während sie Kaffee einschenkt, ergänzt sie gut gelaunt: »Ihr glaubt ja gar nicht, wie froh ich bin, nach der Stillzeit endlich wieder so viel Kaffee trinken zu können, wie ich möchte. Es war ein echtes Martyrium, so lange darauf verzichten zu müssen. Umso mehr, als doch mein Mann so ein Kaffeejunkie ist, dass es in unserem Haus ständig nach nichts anderem riecht.«

»Na toll. Reden wir also über Kaffee.« Hauke wirft mir einen Blick zu, als wollte er mich erdolchen.

Ich aber bin einfach nur froh, nicht auf seinen kurzen Vortrag reagieren zu müssen. *Ich hatte wirklich nicht den Eindruck, dass es dir nicht gefallen hätte.* Genau da liegt ja mein Problem. So oft schon habe ich mich seither danach gesehnt, wieder in seinen Armen zu liegen. Und auch jetzt, da er mir so dicht gegenübersitzt und mir mit jeder seiner Bewegungen der maskuline Duft seines Aftershaves in die Nase steigt, verlangt jede Zelle in mir nach Berührung. Ich seufze innerlich. Vielleicht war es wirklich keine gute Idee, ihn in mein Team zu holen. Aber es ist nun mal passiert, und ganz bestimmt werde ich mir nicht die Blöße geben, diese Entscheidung wieder rückgängig zu machen.

»Hi, übrigens.« Kirsten klopft Hauke auf die Schulter. »Wir haben uns heute ja noch gar nicht richtig begrüßt. Das Winken im Besprechungsraum lasse ich nicht gelten. Komm, steh auf!«

Hauke tut, wie ihm geheißen, und drückt Kirsten an sich. »Willkommen zurück! Du hast uns gefehlt.«

»Tatsächlich? Weil Kea dir in meiner Abwesenheit vermutlich das Leben schwer gemacht hat, oder?« Sie zwinkert uns beiden zu. »Kleiner Scherz.«

Der zu keinem unpassenderen Zeitpunkt hätte kommen können. Ich hatte ganz vergessen, wie aggressiv fröhlich Kirsten sein kann. Was nervtötend ist, wenn man sich selbst gerade im emotionalen Chaos befindet.

»So.« Ich erhebe mich von meinem Schreibtischstuhl und setze mich an den Besprechungstisch. Hauke folgt meinem Beispiel, wenn auch mit angesäuertem Gesichtsausdruck. Er greift sich gleich drei Kekse auf einmal und verschlingt sie wie ein Verhungernder. Ich aber kenne ihn gut genug, um zu wissen, dass es nicht der Hunger ist, der ihn dazu antreibt, sondern emotionaler Stress. Wie oft habe ich mich in der letzten Zeit dafür verflucht, ihm – und mir? – überhaupt Hoffnung gemacht zu haben, und das noch dazu auf eine sehr leidenschaftliche Weise.

»Na, dann lasst uns gleich loslegen«, besinne ich mich auf meine Arbeit. »Wie ich vorhin bereits referiert habe, wissen wir noch nicht viel über den Unfall mit Fahrerflucht. Aber immerhin haben wir den Hinweis auf einen schwarzen Pkw, vermutlich einen SUV, der sich in den letzten Tagen im Bereich Schirumerfeld herumgetrieben hat. Wenn man Bauer Onken glauben kann – beziehungsweise seiner Frau –, dann gehört der Wagen niemandem, der dort wohnt oder regelmäßig in der Gegend verkehrt. Natürlich sollten wir das noch einmal überprüfen. Kann ja sein, irgendwer hat sich einen neuen Wagen zugelegt, von dem die Onkens noch nichts wissen. Kirsten, würdest du das veranlassen?«

»Klar.« Kirsten macht sich eine Notiz.

Um Hauke genauer in diesen Fall einzuweisen, erkläre ich ihm noch einmal detaillierter als in der Besprechungsrunde, was wir bislang erfahren haben.

»Das sind zwar viele Details, aber in der Summe ist es so gut wie nichts«, stellt Hauke fest. »Genau genommen sind wir also auf der Suche nach einem flüchtigen Fahrer.« Er schiebt die Unterlippe vor. »Der Kriminalfall des Jahrhunderts. Ich bin beeindruckt.«

Kirsten sieht ihn irritiert an. »So destruktiv kenne ich dich gar nicht, Hauke. Stimmt irgendwas nicht?«

Mit einem Seitenblick auf mich hebt er abwehrend die Hände. »Nee, nee, alles gut. Wenn die Chefin sagt, wir müssen uns um die Sache kümmern, dann kümmern wir uns drum.«

Ihrem Gesichtsausdruck nach zu urteilen, führt diese Antwort nicht dazu, Kirstens Irritation zu mindern.

Ich hingegen schlucke eine bissige Erwiderung hinunter und bin froh, als in diesem Moment das Telefon auf meinem Schreibtisch klingelt. Was auch immer in Hauke gefahren ist, ich kann mir kaum vorstellen, dass es ausschließlich an meiner Zurückweisung liegt. Es muss also noch irgendetwas anderes geben, das ihn in diese miese Stimmung versetzt. Ob es mit seiner Spielsucht zusammenhängt?

»Moin, Herr Doktor Hassel«, begrüße ich den Rechtsmediziner und schalte den Lautsprecher ein. »Liegt das Obduktionsergebnis bereits vor?«

»Noch nicht abschließend«, antwortet er. »Allerdings hat Ihre Kollegin bei uns so viel Druck aufgebaut, von wegen Medien und so, dass ich mich genötigt sehe, Sie mit den ersten Ergebnissen der Obduktion zu behelligen.«

Auch er klingt angesäuert, doch lasse ich das einfach mal so stehen. Wenn er wegen Linas Intervention bereits Ergebnisse für uns hat, umso besser. »Schießen Sie los!«

»Ich kann Ihnen schon einiges zum möglichen Unfallhergang sagen. Sie werden aber selbst feststellen, dass es noch so manch offene Frage gibt.«

»Das heißt?«

»Ein Verbrechen möchte ich zwar nicht beschwören, kann es aber auch nicht ausschließen.«

Ich weiß nicht so genau, warum ich es mache, aber ich nicke Hauke mit besserwisserischer Miene zu. Er zieht eine Grimasse.

»Können Sie das bitte näher erläutern?«, fordere ich ihn auf.

»Den Wunden nach zu urteilen, die das Opfer davongetragen hat, muss sich das Fahrzeug ihm mit einer außergewöhnlich hohen Geschwindigkeit genähert haben.«

»Was heißt das genau?«

»Ich habe mich mit Herrn Snietjer von Ihrer Kriminaltechnik besprochen, und gemeinsam sind wir zu dem Schluss gekommen, dass das Fahrzeug mindestens siebzig Stundenkilometer schnell gewesen sein muss, als es mit dem Opfer kollidierte. Was, auch da waren wir uns einig, auf einem Feldweg ziemlich schnell ist.«

»Allerdings kann eine schnurgerade Strecke durchaus dazu verleiten, aufs Gas zu drücken«, meldet sich Hauke zu Wort. »Zumal, wenn kein weiteres Fahrzeug in der Nähe ist.«

»Das ist richtig. Nur waren wir uns auch einig, dass es höchst unwahrscheinlich ist, dass ein Fahrer nicht abbremst, wenn er sich einem Fußgänger nähert.«

»Er kann abgelenkt gewesen sein.«

»Ja, das wäre möglich. Allerdings würde das nicht den Winkel des Aufpralls erklären.«

»Welchen Winkel?«, fragen Kirsten und ich gleichzeitig.

»Das Fahrzeug ist mit der linken Körperseite des Opfers kollidiert. Und dies, wie bereits erwähnt, bei hoher Geschwindigkeit.«

»Ich verstehe immer noch nicht so ganz, worauf Sie hinauswollen, Herr Doktor Hassel«, sage ich.

»Dann hören Sie mir am besten zu«, kommt es schulmeisterlich zurück. »Ich könnte mir folgendes Szenario vorstellen. Natürlich könnte es auch anders gewesen sein, aber Herr Snietjer und ich waren uns einig, dass dies der wahrscheinlichste Tathergang ist.«

»Nun bin ich aber mal gespannt«, knurrt Hauke mürrisch, allerdings so leise, dass der Doktor es vermutlich nicht gehört hat.

»Also«, fährt Hassel fort, »unser Opfer dreht seine Laufrunde. Das Fahrzeug nähert sich mit hoher Geschwindigkeit von hinten. Gehen wir davon aus, dass es sich um einen Verbrenner und nicht um ein Elektrofahrzeug handelt, hat der Läufer ihn bei der aktuellen Wetterlage mit Sicherheit frühzeitig kommen hören. Es sei denn, er ist taub oder extrem schwerhörig. Oder er trug Kopfhörer mit lauter Musik. Trifft eins von beiden zu?«

»Nein.«

»Also muss er das Fahrzeug gehört haben. Und was macht man in einer solchen Situation, wenn man weiß, dass man auf einem schmalen Weg läuft?«

»Ich würde vermutlich stehen bleiben und mich nach dem Fahrzeug umdrehen«, sage ich. »Sobald ich sehe, dass es mit hoher Geschwindigkeit auf mich zukommt, würde ich zur Seite springen, sprich ihm Platz machen.«

»Richtig. Keineswegs aber würden Sie noch ein Stück weiter auf die Straße treten, nicht wahr?«

»Natürlich nicht. Hat unser Opfer das denn getan?«

»Ja. Den Verletzungen nach zu urteilen, ist er mit einem Frontbügel kollidiert, im Volksmund auch Bullenfänger genannt. Wenn Sie mich fragen, sollten diese Dinger längst verboten sein. Viel zu gefährlich.«

Für einige Sekunden herrscht nachdenkliches Schweigen, dann meldet sich Hauke zu Wort. »Ihrer Analyse nach zu urteilen, handelt es sich wohl eher um einen Suizid als um ein Verbrechen. Denn wie Sie gerade richtig sagten, wäre jeder normale Mensch dem Wagen ausgewichen, sprich, er hätte, wenn es wirklich eng wird, einen Satz nach hinten gemacht. Zur Not einen Hechtsprung in den Graben. Aber doch keinesfalls auf die Straße!«

»Ja, das wäre eine Möglichkeit«, meint Hassel nach kurzem Zögern. »Oder aber er ist vor Schreck erstarrt. Auch das kommt vor. Fakt ist aber immer noch, dass der Fahrer weder gebremst noch gehalten hat, um sich um das Opfer zu kümmern. Und ganz sicher gehört diese Art von Unfall nicht zu jenen, die vom Fahrer nicht bemerkt werden. Das ist völlig ausgeschlossen, zumal bei Tageslicht.«

»Da stimme ich Ihnen zu«, sagt Kirsten. »So ein Fahrzeug hört man gemeinhin nicht erst auf den letzten drei Metern. Und Platz zum Ausweichen ist dort inmitten der Felder definitiv genug.«

»Tja, wie auch immer. Ich dachte, ich teile es Ihnen kurzfristig mit, damit Sie daraus Ihre Schlüsse ziehen können.«

»Können Sie denn schon mehr zu dem zweiten Opfer sagen?«, frage ich.

»Sie meinen den Notar?«

»Ja.«

Er stöhnt theatralisch. »Den schiebe ich morgen früh mit ein.«

»Danke für Ihr Entgegenkommen.« Ich verabschiede mich von ihm, setze mich zurück an den Besprechungstisch und nehme mir ebenfalls einen Keks, nachdem Hauke in der Zwischenzeit die halbe Packung geleert hat. »Ganz egal, ob es sich um ein absichtliches Tötungsdelikt oder einen Selbstmord handelt – unsere Aufgabe ist es, den Fahrer des Unfallwagens ausfindig zu machen.« Ich schaue Kirsten an. »Ich nehme an, alle Autowerkstätten in der Region sind informiert?«

Kirsten nickt. »Ja. Allerdings halte ich es für höchst unwahrscheinlich, dass sich der Fahrer an eine offizielle Werkstatt wendet. Womöglich ist der Schaden am Wagen auch gar nicht so groß. So ein Bullenfänger macht ja schon was aus, wenn es zum Aufprall kommt.«

»Sonst bräuchte man ja keinen«, knurrt Hauke.

Mein Telefon klingelt. Es ist Birte. »Ein Kollege vom Verkehr ist in der Leitung. Es gibt wohl einen weiteren Zeugen«, teilt sie mir mit.

»Okay, stelle ihn bitte durch.« Ich schalte den Lautsprecher ein.

»Moin, Kea, ich hab da was für euch«, meldet sich mein Kollege gleich darauf.

»Es geht um einen weiteren Zeugen, sagt Birte?«

»Exakt. Er hat einen Vorfall gemeldet, aus dem wir schließen, dass in diesen womöglich der Unfallwagen involviert war. Er berichtet von einem schwarzen Fahrzeug, das heute Morgen um kurz nach sieben mit ziemlichem Karacho durch Schirum gerast sein soll.«

»Meinst du Schirumerfeld?«

»Nein, Schirum. Das ist nur wenige Kilometer von Schirumerfeld entfernt, wenn man in Richtung B72 fährt. Der Zeuge, ein gewisser Bernd Jochens, behauptet, dass das Fahrzeug beinahe seinen Dackel überfahren hätte. Der lief wohl frei herum und konnte dem Wagen gerade noch ausweichen.«

»Dann war der Dackel ja mehr auf Zack als unser Opfer«, stellt Hauke nüchtern fest, dann knackt der nächste Keks in seinem Mund.

»Hat der Zeuge eine Beschreibung des Fahrzeugs geben können?«, erkundige ich mich.

»Er sagt, es sei ein Toyota RAV4 gewesen. Ein schwarzer. Mit so 'nem Bullenfänger vorn dran.«

»Sag bloß.« Ich nicke meinen Kollegen zu. »Na, das ist doch mal eine Aussage, mit der wir was anfangen können. Das Kennzeichen hat er sich nicht zufällig notiert?«

»Doch.«

»Doch?« Damit hatte ich jetzt nicht gerechnet. Sollte es so einfach sein?

Sollte es nicht, denn nun sagt mein Kollege: »Dem sind wir schon nachgegangen. Es gibt allerdings kein Fahrzeug, das auf dieses Kennzeichen registriert ist.«

»Womit unser Fall erst so richtig interessant wird«, sagt Kirsten. »Ich finde, wir sollten den Zeugen aufsuchen und uns von ihm alles noch mal genau erklären lassen.«

»Das sollten wir auf alle Fälle tun«, stimme ich zu. »Und das am besten gleich.«

»Das habe ich mir schon gedacht, dass du das sagen würdest«, seufzt der Kollege. »Aber ich muss dich enttäuschen. Ihr werdet ihn heute nämlich nicht mehr antreffen. Er hat uns mitgeteilt, dass er heute in Hannover und erst morgen wieder in Schirum ist.«

»Nun gut«, sage ich mit einem Seufzer, »da kann man nichts machen. Fakt ist, dass wir einen Fall haben; denn ganz sicher fährt keiner grundlos mit einem nicht offiziellen Kennzeichen durch die Gegend. Also machen wir uns an die Arbeit.«

Sieben

Lina

Ich betrete die *Arche*, die inzwischen zu meiner Stammkneipe geworden ist. Hauke ist nirgendwo zu sehen, ich setze mich an die Theke und winke Steffen zu, der gerade einen Gast bedient.

Steffen gehört seit unserer gemeinsamen Zeit im Kinderheim zu meiner Familie. Ohne ihn hätten meine Schwester Sarah und ich die Zeit im Heim nicht überstanden. Seitdem haben wir uns nie wieder aus den Augen verloren. Steffen ist Freund und großer Bruder und ein wenig auch Vaterersatz für mich. Obwohl er wusste, dass ich nur für eine Übergangszeit nach Aurich versetzt werde, hat er sich von Osnabrück auf den Weg gemacht und in der *Arche* einen Job gefunden. Und die große Liebe. Inzwischen lebt er mit Beene, dem Besitzer der Kneipe, zusammen und schwärmt mir bei jedem Treffen von ihm vor.

»Lina! Ich dachte schon, du hast mich vergessen. Wie lange warst du schon nicht mehr hier? Und jetzt erzähl mir nicht, dass du eine neue Kneipe gefunden hast. Das würde ich dir …«

»Nein!«, unterbreche ich ihn lachend. »Ich hatte wenig Zeit.«

»Die Bäckersfrau«, kombiniert er treffsicher. Ich habe ihm vor ein, zwei Wochen beiläufig von Jana erzählt. Dass sich mein Beziehungsstatus geändert hat, weiß er noch nicht.

»Jana!«, korrigiere ich ihn. »Und ja, ein wenig hat sie wohl mit meiner Abwesenheit hier zu tun.«

Steffen schaut mich kopfschüttelnd an. »Und das erfahre ich erst jetzt?«, sagt er mit gespielt beleidigter Miene.

»Ich wollte nicht zu früh darüber reden.«

Steffen rollt mit den Augen. »Ich sehe dir doch an, wie verliebt du bist. Ich will deine Jana unbedingt kennenlernen. Wann? Oder ist sie schon auf dem Weg hierher?«

»Nein, Abendgymnasium. Und morgens muss sie häufig früh raus.«

Steffen deutet mit dem Kopf in den Raum hinein, ich drehe mich um und sehe Hauke auf mich zukommen. Steffen begrüßt ihn und fragt uns, was wir trinken wollen. Kurz darauf schiebt er zwei volle Biergläser zu uns herüber. Hauke greift nach seinem Glas und trinkt einen kräftigen Schluck.

»So schlimm?«, frage ich.

»Müssen wir uns jetzt darüber unterhalten?«

Ich ignoriere seine Bemerkung. »Kea?«

»Wer ist das jetzt schon wieder?«, murmelt er.

»Also schlimm«, kombiniere ich und beschließe, nicht weiterzubohren. Hauke hat inzwischen das Glas geleert und gibt Steffen einen Wink.

»Seid ihr weitergekommen?«, fragt er.

»Kann ich noch nicht sagen. Wir haben auf jeden Fall eine alte Dame in der Nachbarschaft gefunden, die mutmaßlich einen der Täter beobachtet hat. Ich hoffe, dass ich morgen die ersten Obduktionsergebnisse bekomme.«

»Läuft. Wir haben mit Dr. Hassel telefoniert. Er nimmt Stoever morgen als Erstes auf den Tisch.«

»Perfekt.« Ich werfe einen Blick auf die Uhr. Ich habe Jana vor einer halben Stunde angeschrieben und gefragt, ob wir uns später sehen. Sie hat mir ein JA mit fünf Ausrufezeichen zurückgeschickt.

»Hast du noch was vor?«, fragt Hauke. »Oder warum schaust du ständig auf die Uhr?«

»Ach nichts, das war ein anstrengender Tag und morgen geht es wieder früh weiter. Ich will nicht zu spät ins Bett kommen.«

Warum kann ich Hauke nicht einfach sagen, dass ich es nicht erwarten kann, bis ich Jana wiedersehe? Habe ich Angst, wie er reagieren würde? Selbst in Osnabrück habe ich mein Privatleben für mich behalten. Und Aurich ist noch konservativer, in Polizeikreisen wird gern mal über homophobe Witze gelacht, und das Anderssein steht hier nicht hoch im Kurs. Auch wenn ich nicht glaube, dass Hauke Probleme damit haben würde, dass ich auch Frauen liebe, bleibt doch ein Restzweifel.

Er schaut mich ungläubig an. »Du und schlafen? Ich dachte, das spielt bei dir eine untergeordnete Rolle.«

»Ich werde auch nicht jünger. Übrigens, hast du gehört, dass die Ärzte Luis Gómez eine gute Chance geben, bald aus dem Koma zu erwachen?« Gómez war eine der Hauptpersonen unseres letzten großen Falls, der bei einer Verfolgungsjagd mit seinem Motorrad stürzte und seitdem im Koma liegt. Genau wie die Ermittlungen, die vorläufig eingestellt wurden.

»Kea erwähnte es am Rande. Keine Ahnung, was das heißen soll. In den nächsten Tagen oder Monaten? Oder wird es noch Jahre dauern? Ist das überhaupt vorhersehbar?«

Ich zucke mit den Schultern. »Da können wir wohl nur abwarten.«

Ich blinzele zum Wecker neben meinem Bett. Heute bin ich diejenige, die früher beim Dienst erscheinen muss. Jana kann ausschlafen, da sie erst gegen Mittag ihre Kollegin im Backshop ablösen muss.

Wie gern würde ich mich jetzt bei Jana ankuscheln und weiterträumen. Aber ich muss aufstehen, duschen und mich anziehen. Und mir klar darüber werden, wann ich Jana beichte, dass mein Leben in Aurich eher auf Monate als auf Jahre ausgelegt ist. Wie wird sie reagieren? Wir haben uns nicht die ewige Treue geschworen; vielleicht bin ich für sie nur eine kurze Affäre und sie ist froh, nicht selbst über das Ende entscheiden zu müssen. Nein, so ist es nicht, das spüre ich tief in meinem Inneren. Aber das macht es nur umso schwieriger.

Dieses Mal stehe ich vor dem Bett, und Jana hält mir die Arme entgegen. Ich lasse das Handtuch fallen und krieche unter ihre warme Bettdecke.

»Was haben wir für verrückte Jobs«, flüstert sie schläfrig. »Ich will mit dir wegfahren. Weit weg. Dahin, wo uns niemand davon abhält, liegen zu bleiben.«

»Ich auch«, flüstere ich zurück und küsse sie zärtlich.

»Dr. Hassel. Schön von Ihnen zu hören«, flöte ich, als der Rechtsmediziner mich eine Dreiviertelstunde später am Telefon begrüßt. So früh habe ich seinen Anruf nicht erwartet. »Sagen Sie bloß, es gibt schon …«

»Würde ich sonst anrufen?«, unterbricht er mich. »Ich habe Ihren Toten vorgezogen. Um es kurz zu machen: Apoplex – Herr Stoever ist einem Schlaganfall erlegen. Ich weiß, was Sie gleich fragen werden. Ja, es wäre möglich gewesen, ihn zu retten. Zumindest hätte er eine gute Chance gehabt, wenn ein Notarzt schnell vor Ort gewesen wäre. Damit haben wir Punkt eins geklärt. Punkt zwei: Es gibt Abwehrverletzungen, die aber ausgesprochen gering sind. Er wird sich kaum gewehrt haben, als er an den Stuhl gefesselt wurde. Allerdings hat er wohl versucht, sich von den

Fesseln zu befreien, aber schnell gemerkt, dass es keinen Zweck hat. Punkt drei: Herr Stoever ist geschlagen worden. Mehrmals ins Gesicht und mindestens ein Schlag in die Magengrube. Keiner der Schläge war auch nur annähernd tödlich. Viertens: Der Todeszeitpunkt liegt zwischen zwanzig Uhr und Mitternacht der besagten Nacht. Noch Fragen? Der Bericht sollte morgen oder spätestens übermorgen auf Ihrem Tisch liegen.«

»Keine Fragen – nur ein riesengroßes Dankeschön.«

»Nun gut.« Dr. Hassel klingt leicht verlegen. »Ich muss an die Arbeit. Sie hören von mir.« Er legt ohne weiteren Abschiedsgruß auf.

Kaum habe ich das Telefon aus der Hand gelegt, als es an der Tür klopft und jemand eintritt. Florian Wilken nickt mir zu und setzt sich auf den Besucherstuhl vor meinem Schreibtisch. »Ich dachte, du willst sicher einen kleinen Zwischenbericht.«

»Immer doch. Leg los!«

»Ich bin die bisherigen Ergebnisse noch einmal mit Lars durchgegangen. Es gibt keine Einbruchsspuren, weder am Schloss der Eingangstür noch an einem der Fenster. Sprich, Klaas Stoever muss seine Peiniger mit hoher Wahrscheinlichkeit reingelassen haben. Oder sie hatten einen Schlüssel.«

»Den Schlüssel würde ich erst mal ausschließen«, werfe ich ein. »Also kannte er die Täter oder hat zumindest jemanden in seiner Kanzlei erwartet.«

»Sehe ich auch so«, bestätigt der Kriminaltechniker. »Die Kanzlei ist durchsucht worden. Nicht von Grobmotorikern, sondern von jemandem, der wusste, wie man keine unnötigen Spuren hinterlässt. Warum dieser Aufwand, musst du herausfinden. Es wird auf jeden Fall Zeit gekostet haben, alle Unterlagen anzusehen.«

Heißt das, dass die Täter das Gesuchte nicht im Tresor gefunden und ihre Suche auf die Kanzlei ausgedehnt haben?

»Es wird immer verworrener«, kommentiere ich das Gehörte.

Florian Wilken nickt. »Definitiv. Die Analyse der Fingerabdrücke und der DNA-Spuren wird eine Weile dauern. Es sind einfach zu viele. Mit viel Glück haben wir auch am Klebeband etwas gefunden, aber das kann ich im Moment noch nicht zusagen. Die Analyse wird schwierig werden. Rechne bitte nicht damit, dass du diese Woche in der Sache etwas von uns hörst.« Er hält kurz inne. »Viel mehr kann ich dir auch nicht liefern. Wir durften ja weder den Laptop noch das Handy untersuchen, von den Dokumenten und Unterlagen in der Kanzlei mal ganz abgesehen.«

»Ich habe mit dem Staatsanwalt gesprochen. Er versucht, einen Beschluss zu bekommen. Dann sehen wir weiter.«

Florian Wilken steht auf. »Wenn du noch Fragen hast, weißt du ja, wo du mich findest.«

Mit einer gefüllten Kaffeetasse in der Hand betrete ich das Besprechungszimmer, in dem mein Team bereits auf mich wartet. Die Herren nicken mir zu, ich setze mich und berichte von den ersten Ergebnissen aus der Rechtsmedizin und der Kriminaltechnik.

Über die Befragung der Anwohner haben wir uns bereits gestern am späten Nachmittag ausgetauscht. Bis auf die Aussage von Frau Schulte gab es keine relevanten Erkenntnisse.

Frank Erken räuspert sich. »Wenn ich jetzt eins und eins zusammenzähle, war das kein normaler Raubüberfall, der aus dem Ruder gelaufen ist. Seht ihr das auch so?«

Jörn Thiessen nickt eifrig. »Ehrlich gesagt, ist das die verrückteste Geschichte, die ich seit Langem gehört habe. Was bitte schön war in dem Tresor, was diesen Aufwand und den Kollateralschaden rechtfertigt?«

Einen toten Anwalt und Notar als Kollateralschaden zu bezeichnen, ist mehr als grenzwertig, aber ich halte mich mit Kritik zurück, um die Diskussion nicht abzuwürgen.

»Und was schließt du daraus?«, fragt Lothar Hempen seinen jungen Kollegen. Seine Stimme klingt leicht überheblich, was mir gar nicht gefällt.

»Der Notar steckt tief drin im kriminellen Sumpf«, antwortet Jörn unbeeindruckt. Er scheint die herablassende Art seines Kollegen zu kennen und zu ignorieren.

Lothar zieht eine Augenbraue hoch. »Eine Abrechnung im kriminellen Milieu? Sollten wir nicht kleinere Brötchen backen?«

Ich beuge mich leicht vor. »Zuerst mal halten wir uns an die Fakten. Die weisen darauf hin, dass hier Profis am Werk waren. Der Tod von Klaas Stoever scheint nicht beabsichtigt gewesen zu sein. Die Schläge lassen vermuten, dass er nicht gewillt war, mit den Tätern zu kooperieren. Mutmaßlich wollten sie die Zahlenkombination des Tresors. Der Schlaganfall kam den Tätern dazwischen, sie mussten umdisponieren und gegebenenfalls einen Experten für den Tresor ordern. Die Beobachtungen von Frau Schulte passen da ins Bild. Der Todeszeitpunkt ebenso. Der Experte kommt mutmaßlich ein bis zwei Stunden nach Klaas Stoevers Tod. Die Arbeiten werden bis weit nach Mitternacht gedauert haben. Aus diesen Fakten schließe ich, dass der Inhalt des Tresors extrem wichtig für die Täter ist. Da aber trotz der Öffnung des Tresors die Akten und Unterlagen in der Kanzlei durchsucht wurden, gehe ich gleichzeitig davon aus, dass die Täter das Gesuchte nicht gefunden oder nicht komplett gefunden haben.«

»Oder sie hatten einfach nur Zeit, als der Experte den Tresor aufgeschweißt hat«, schlägt Jörn vor.

»Und haben aus Langeweile alles durchsucht?«, sagt Frank kopfschüttelnd.

»Alles schön und gut, aber bringt uns das jetzt wirklich weiter?«, wirft Lothar ein. Seine Stimme ist zwar zurückhaltender als bei seinen vorherigen Äußerungen, aber unterschwellig spüre ich die Aggressivität in seinen Worten.

Ich räuspere mich. »Wir machen einen Schritt nach dem nächsten, und dabei ist es wichtig zu ergründen, welche Richtung wir einschlagen müssen.«

Mein Handy klingelt. Der Blick aufs Display sagt mir, dass es der Staatsanwalt ist. »Da muss ich ran«, sage ich und nehme das Gespräch an. »Herr Dr. van Zoest. Gibt es etwas Neues?«

»Ich hatte ein längeres Gespräch mit dem zuständigen Richter. Wie zu erwarten war, sieht er die vollständige Offenlegung der Kanzleidaten problematisch. Ich konnte aber erreichen, dass Sie eine komplette Mandantenliste bekommen und wir die Handydaten und Bankdaten von Klaas Stoever abrufen können. Des Weiteren ist die Sekretärin auskunftspflichtig in Bezug auf fehlende Unterlagen, die mutmaßlich von den Tätern entwendet wurden. Die Beschlüsse sind auf dem Weg zu Ihnen. Sobald sich eine neue Beweislage ergibt, können wir noch einmal unser Glück auf vollständige Einsichtnahme in die Mandantenakten versuchen.«

Ich bedanke mich beim Staatsanwalt, beende das Gespräch und informiere die Kollegen.

»Um zehn Uhr treffen wir uns mit Anke Hinrichs in der Kanzlei. Lothar begleitet mich.« Ich wende mich an Frank und Jörn. »Ich brauche sämtliche Informationen, die wir über Klaas Stoever bekommen können. Seinen gesamten Lebenslauf, Familie, Freunde, Verwandte. Wir brauchen die Namen der Damen, mit denen er eine kurze oder längere Beziehung hatte. Wo hat er sich mit ihnen getroffen? Klappert die Hotels in Aurich und Umgebung ab und, wenn es sein muss, auch weit darüber hinaus. Fragt die Kollegen der Wirtschaftskriminalität, ob Stoever schon einmal in ihren Ermittlungen aufgetaucht ist.

Egal wo, und sei es als Zeuge. Wir müssen den Mann komplett durchleuchten.«

Frank Erken nickt. »Alles notiert.«

Ich stehe auf. »Sobald Lothar und ich wieder da sind, übernehmen wir auch ein paar von den Aufgaben.«

Anke Hinrichs wartet bereits vor der Kanzlei, als ich nach einem Parkplatz suche. Sie sieht mitgenommen aus, scheint sich aber im Griff zu haben.

Ich begrüße sie und zeige ihr den entsprechenden richterlichen Beschluss, als wir in der Kanzlei stehen.

»Die Mandantenliste kann ich erstellen. Das Suchen nach fehlenden Unterlagen wird eine Weile dauern. Soll ich mich auf bestimmte Vorgänge konzentrieren? Herr Stoever hat meines Wissens keine Akten entsorgt. Wir haben im Keller ein großes Archiv.«

»Konzentrieren Sie sich bitte zunächst auf die letzten drei Jahre. Und fangen Sie mit dem Inhalt des Tresors an. Als Erstes bitte die Mandantenliste.«

Zehn Minuten später habe ich eine Liste mit zweihundertzweiundvierzig Vor- und Nachnamen. Ich lasse mir eine weitere Kopie geben und setze mich mit Lothar in den Besprechungsraum der Kanzlei.

»Vier Augen sehen mehr als zwei.«

»Wonach suchen wir?«, fragt Lothar. »Das sind doch nur Namen. Ich kann damit nichts anfangen.«

»Du bist schon lange in Aurich. Suche nach Personen, die dir bekannt vorkommen. Egal, warum. Das ist die Nadel im Heuhaufen. Wir müssen etwas finden.«

»Auch unsere Kunden? Von Kleinkriminellen bis zu den großen Kalibern?«

»Ja. Alle. Und wenn sie dir nur entfernt bekannt vorkommen, gibst du sie später in unser System ein. Das ist jetzt zunächst nur die erste Sichtung.«

Ich habe kaum Hoffnung, dass mir einer der Namen etwas sagt, mache mich aber trotzdem über die Liste her und beginne auf der letzten Seite. Da die Namen alphabetisch geordnet sind, stoße ich direkt auf einen Treffer und überprüfe es dreimal. Es gibt keinen Zweifel. Keno de Vries war ein Mandant der Kanzlei.

Acht

Kea

Ich genieße es, an diesem Morgen nach dem Klingeln des Weckers noch für ein paar Minuten liegen bleiben zu können. Normalerweise springe ich gleich aus dem Bett, damit alles seinen reibungslosen Gang geht. Kinder wecken, Frühstück machen, Pausenbrote schmieren, Kinder zur Schule schicken, Küche aufräumen. Für die nächsten zwei Wochen aber kann ich morgens tun und lassen, was ich möchte. Es fühlt sich wie Urlaub an, obwohl ich zur Arbeit muss.

Nach einer ausgiebigen Dusche mache ich mir einen Kaffee, schmiere mir ein Käsebrot und setze mich auf die Terrasse. Trotz der frühen Uhrzeit ist es schon sommerlich warm. Den Kaffeebecher in der Hand haltend, schließe ich die Augen, strecke mein Gesicht der Sonne entgegen und lausche dem Trällern der Vögel – bis mich das Läuten meines Telefons daran erinnert, dass ich einen Job zu erledigen habe.

»Moin, Hauke«, melde ich mich nach einem Blick aufs Display. »Was gibt's?«

»Hast du gut geschlafen?«

»Wieso willst du das wissen?« Schwingt da ein Vorwurf mit? Ein Blick auf die Uhr sagt mir, dass ich längst im Kommissariat sein sollte. Wo ist denn nur die Zeit geblieben? Bin ich etwa noch mal eingenickt? Anscheinend bin ich nicht gut darin, außerhalb meiner üblichen Routine zu funktionieren.

Hauke seufzt. »Herrgott noch mal, Kea, nun fahr doch nicht gleich die Krallen aus! Es war eine harmlose Frage, okay? Ich weiß doch, dass deine Kinder nicht da sind, und hab mich halt gefragt, ob dies deinem Nachtschlaf wohl eher zu- oder abträglich ist.«

»Zuträglich«, murmele ich kleinlaut. »Danke der Nachfrage. Und du? Wie war deine Nacht?«

»Ich hatte nette Gesellschaft.«

Ich ärgere mich, als ich prompt einen Stich im Herzen verspüre. »Ach ja?«, frage ich betont gelangweilt, aber ich merke selbst, dass es keineswegs überzeugend rüberkommt.

»Ja.« Höre ich Schadenfreude in seiner Stimme? »Lina und ich hatten einen sehr netten Abend. Ging ziemlich lange.«

Lina und ich. Ich sage mir, dass Hauke mich vermutlich nur ärgern will. Und selbst wenn nicht, kann es mir egal sein, was die beiden treiben. Jetzt muss ich dieses Egal nur noch fühlen. »Um mir das zu sagen, rufst du aber nicht an«, erwidere ich so sachlich, wie es eben geht.

»Du hast gefragt, Kea.« Hauke klingt verletzt. Er räuspert sich und sagt dann ebenfalls sachlich: »Doktor Hassel hat offenbar eine Nachtschicht eingelegt und Lina angerufen.«

»Hat er irgendwas zu de Vries gesagt?«

»Im Prinzip nichts, was er uns nicht gestern schon am Telefon gesagt hat. Aber vielleicht interessiert es dich, was mit dem Notar ist?«

»Es hat mich zu interessieren«, entgegne ich. »Ich bin nämlich die Leiterin unserer Abteilung, schon vergessen?«

»Wie könnte ich das vergessen?«, erwidert Hauke und fügt dann gedehnt hinzu: »Ansonsten wäre ich jetzt wohl kaum in deinem Team, sondern in Linas.« Noch bevor ich diese neuerliche Spitze verdaut habe, fügt er hinzu: »Also: Lina hat vorhin mit Doktor Hassel gesprochen. Der Notar ist einem Schlaganfall erlegen. Hätte er frühzeitig medizinische Hilfe bekommen, würde er vermutlich noch leben.«

»Verstehe. Unterlassene Hilfeleistung mit Todesfolge in Tateinheit mit schwerem Raub. Die Täter haben den Mann also in ihrem Beisein wissentlich sterben lassen.«

»Ja. Und in aller Seelenruhe den Tresor geknackt. Ziemlich abgebrüht.«

»Okay, danke für die Info. Ich frage mich nur, warum Lina es mir nicht selbst sagt.«

»Hat sie doch. Nur offensichtlich hast du die kurze Notiz noch nicht gelesen, die sie uns allen geschickt hat.«

Das habe ich tatsächlich nicht.

»Darf ich fragen, wann du vorhast, zur Arbeit zu kommen?«, will Hauke wissen, als ich stumm bleibe.

»Ich bin schon auf dem Weg«, behaupte ich, obwohl ich noch nicht mal angemessen gekleidet bin. »Vorschlag: Wir beide treffen uns gleich bei dem Zeugen mit dem Dackel. Dann können wir den schon mal abhaken.«

»Müssen wir nicht. Er ist bereits hier.«

»Bitte?«

»Er ist bereits hier. Man hat ihm gestern am Telefon gesagt, dass er noch das Protokoll unterschreiben muss. Also hat er sich gedacht, dass er das am besten gleich heute Morgen erledigt. Ich habe ihn gebeten, bei Birte vorbeizugehen, weil ich mir dachte, dass du bestimmt mit ihm sprechen möchtest. Nun sitzt er vor deinem Büro und fragt alle drei Minuten bei Birte nach, wann du denn endlich da sein wirst, er hätte schließlich nicht den ganzen Tag Zeit. Und das ist noch das Harmloseste, womit er uns nervt. Noch ein Grund, warum ich dich anrufe.«

Ich springe von meinem Stuhl hoch. »Und warum sagst du das erst jetzt?« Ich lege auf, ohne eine Antwort abzuwarten.

Sobald ich im Auto sitze, wähle ich die Nummer von Stefanie de Vries. Es braucht eine Weile, bis sie abhebt, und es ist nicht zu überhören, dass sie weint.

»Moin, Frau de Vries, hier ist Hauptkommissarin Kea Siefken.«

»Moin. Gibt es Neuigkeiten? Haben Sie den Unfallfahrer gefunden?«

»Nein, leider noch nicht. Aber es gibt erste Hinweise.«

»Ja, von Karl Onken. Er hat es mir erzählt.«

»Ist auch Ihnen dieser schwarze Wagen in den letzten Tagen aufgefallen?«

»Nein. Ich kann mich nicht an ihn erinnern.«

»Was ist mit Ihren beiden Fahrern?«, frage ich. »Vielleicht haben die etwas bemerkt?«

»Das weiß ich nicht. Ich habe sie noch nicht danach gefragt. Sie waren viel zu erschüttert, als ich ihnen …« Ihre Stimme versagt, und für einige Sekunden ist lediglich verzweifeltes Schluchzen zu hören.

»Werden die beiden denn heute noch mal auf dem Hof sein? Oder wo könnte ich sie ansonsten erreichen?«

»Sie werden im Laufe des Vormittags hier sein.«

»Okay, dann geben Sie mir bitte Bescheid, wenn sie da sind.« Ich warte vergeblich auf eine Erwiderung. »Frau de Vries?«

»Ja. Ja, ist gut. Ich … ich muss mich jetzt um meine Kinder kümmern.«

»Sie sind zurück aus Holland?«

»Ja. Natürlich. Meine Eltern haben sie hergebracht und sind ebenfalls geblieben.«

»Gut, Frau de Vries, wir sehen uns dann heute Mittag.«

»Ja, ist gut.«

Der Zeuge Bernd Jochens entpuppt sich als einer dieser stets empörten Moralapostel, die ihre Daseinsberechtigung darin sehen, anderen die Welt zu erklären. Bereits in den ersten Sätzen, die er mit mir spricht – und ich kann nicht sagen, dass er sich um einen besonders freundlichen Tonfall bemüht –, verwendet er Feststellungen wie *Das kann doch wohl nicht angehen*, *Das macht man doch nicht* und *Wo kämen wir denn da hin?*.

»Ich nehme an, Sie sind hier die zuständige Hauptkommissarin«, empfängt er mich auf dem Gang vor meinem Büro, noch bevor ich Moin gesagt habe.

»Das ist richtig, ja.« Ich stelle mich vor und schenke ihm ein Lächeln, obwohl mir sein autoritärer Ton schon jetzt nicht behagt. Der aber passt zur Körperhaltung des geschätzt sechzigjährigen Mannes, denn obwohl er ein paar Zentimeter kleiner ist als ich, erweckt er den Eindruck, als würde er auf mich herabschauen. Dazu streng gescheiteltes und am Kopf klebendes graues Haar, zu einem schmalen Strich zusammengepresste Lippen und ein unangenehm taxierender Blick. »Ich nehme an, Sie sind Herr Jochens?«

»Das nehmen Sie richtig an, Frau Hauptkommissarin.« Er klopft auf seine Armbanduhr. »Aber es kann doch wohl nicht angehen, dass Sie mich hier so lange warten lassen, nachdem man Sie über meine Anwesenheit informiert hat.« Er zieht die buschigen Brauen nach oben und legt den Kopf in den Nacken. »Es ist doch richtig, dass man Sie informiert hat?«

»Ja, das hat man.« Ich bitte ihn mit einer Geste, mir ins Vorzimmer meines Büros zu folgen.

»So. Und dennoch lassen Sie mich auf dem zugigen Gang so lange warten. Nun mal ehrlich, das macht man doch nicht!«

Zugiger Gang? Wie kann man bei den herrschenden Außentemperaturen irgendetwas als zugig empfinden? Zumal unser Kommissariat über keine Klimaanlage verfügt und es hier in einem Sommer wie diesem drückend heiß ist.

»Möchten Sie einen Kaffee?«, fragt Birte, als wir an ihrem Schreibtisch vorbeikommen.

»Bei dieser Hitze?« Jochens schaut sie an, als hätte sie ihm ein unmoralisches Angebot gemacht. »Nein. Aber Sie haben doch sicherlich ein Wasser da.«

Birte schnaubt empört. Ich nicke ihr beschwichtigend zu. »Und für mich einen Kaffee, bitte. Ach ja, und gib bitte Hauke Bescheid, dass ich da bin. Ich hätte ihn gern bei dem Gespräch dabei.«

Ich betrete mein Büro und bedeute Jochens, sich auf einen der Besucherstühle zu setzen.

»Sie verstehen, was ich Ihnen sagen will«, fährt er unbeirrt fort, nachdem auch ich mich gesetzt habe. »Ich meine, wo kämen wir denn da hin, wenn …«

»Ich verstehe durchaus, was Sie meinen«, falle ich ihm ins Wort, wobei auch ich jetzt an Autorität in meiner Stimme nicht spare. »Ich weiß es durchaus zu schätzen, dass Sie den Weg hierher auf sich genommen haben, Herr Jochens. Aber haben Sie bitte Verständnis dafür, dass wir nicht alles stehen und liegen lassen können, wenn jemand ohne Terminvereinbarung bei uns auftaucht.«

Anscheinend habe ich einen Nerv getroffen, denn er zieht – wenigstens für wenige Sekunden – schuldbewusst die Stirn in Falten. Anlass, sich zu entschuldigen, sieht er aber wohl trotzdem nicht. »Nun, wie dem auch sei. Ich jedenfalls habe nicht den ganzen Tag Zeit, hier herumzusitzen.«

»Das trifft sich gut«, erwidere ich, »denn das habe ich auch nicht. Also, Herr Jochens, dann erzählen Sie mal.« Ich frage mich, wo Hauke bleibt. Hat Birte ihm nicht Bescheid gegeben?

Doch gerade, als ich zum Telefonhörer greife, kommt er, ein Tablett balancierend, zur Tür herein. »Wer hatte das Wasser bestellt?«, fragt er.

»Das ist für mich, danke.« Unser Zeuge klingt tatsächlich so, als glaube er, in einem Café zu sitzen.

»Meinen Kollegen kennen Sie ja schon, Herr Jochens?«

»Ja.« Die Ergänzung *Aber ich lege keinen besonderen Wert darauf* bleibt unausgesprochen, steht ihm aber ins Gesicht geschrieben.

»Nun gut, also, dann erzählen Sie uns doch noch mal, was Sie gestern beobachtet haben, Herr Jochens«, fordere ich ihn erneut auf.

»Da war dieses Fahrzeug. Ein schwarzes Fahrzeug, Typ Toyota RAV4.«

»Sie kennen sich aus mit Autos?«, fragt Hauke.

»Leidlich. Aber ich fahre den gleichen Typ, nur silberfarben.«

Ich versuche, mir diesen kleinen Mann in einem so mächtigen SUV vorzustellen, aber es will mir nicht so recht gelingen.

»Dieser Toyota kam also unsere Straße entlanggefahren, und das in einem Tempo … tststs.« Er schüttelt den Kopf. »Also das spottet wirklich jeder Beschreibung. Man hätte meinen können, der Fahrer sei auf der Flucht. Und ausgerechnet, als der an unserem Haus vorbeifährt, läuft unser Dackel auf der Straße herum. Es hätte nicht viel gefehlt, und dieser … dieser …« Er streckt schnaubend die Faust in die Luft, doch scheint ihm das passende Wort zu fehlen, um seiner Wut Ausdruck zu verleihen. »Also, das hätte unser Bruno ganz bestimmt nicht überlebt.«

»Ist Ihnen sonst noch etwas an dem Fahrzeug aufgefallen?«, frage ich. »War es ein neuerer Wagen oder ein älterer? Hatte er vielleicht irgendwelche Aufkleber, Beschriftungen, Schäden oder sonstige Besonderheiten?«

Jochens schaut mich tadelnd an. »Wie ich bereits sagte, Frau Hauptkommissarin, war das Fahrzeug viel zu schnell unterwegs. Wie sollte ich also …« Er zieht die Stirn in Falten, dann nickt er. »Aber ja, natürlich! Sie meinen sicherlich irgendwelche Lackschäden oder Beulen, nicht wahr?« Er seufzt. »Ich hätte fast vergessen, dass dies womöglich das Fahrzeug ist, mit dem Keno überfahren wurde.«

»Sie haben davon gehört?«, fragt Hauke.

Wieder dieser tadelnde Blick. »Wie sollte ich wohl nicht? So was spricht sich doch rum in einer Gemeinde wie der unsrigen. Und außerdem«, seine Augen verengen sich zu schmalen Schlitzen, »warum sollte mich wohl sonst die Kriminalpolizei so ausführlich befragen? Eine Geschwindigkeitsübertretung fällt gemeinhin ja nicht in Ihr Ressort, selbst wenn sie erheblich ist, nicht wahr?«

Gut kombiniert.

»Aber warum fragen Sie mich das eigentlich alles noch einmal? Ich habe Ihren Kollegen doch schon das Kennzeichen durchgegeben. Es kann ja nun wirklich nicht so schwierig sein, darüber den Halter zu ermitteln.«

»Können wir uns darauf einigen, dass wir hier die Fragen stellen?«, weiche ich einer Antwort aus.

»Man wird sich ja wohl noch wundern dürfen.«

»Dürfen Sie, Herr Jochens, dürfen Sie. Sie sprachen von Lackschäden und Beulen. Haben Sie an dem Toyota welche bemerkt?«

»Nein. Dafür war der doch viel zu schnell unterwegs.«

Bedauerlich. »Sie haben gerade den Vornamen von Herrn de Vries genannt. Sie kannten ihn also persönlich?«

»Ja. Wie sollte ich auch nicht? Es lässt sich nicht vermeiden, dass jeder jeden kennt.«

»Sie scheinen darüber nicht begeistert zu sein. Mochten Sie Herrn de Vries nicht?«

»Ach, dass ich etwas gegen ihn als Person habe, kann ich nicht mal sagen. Aber dass der immer seine Lkw durch unser Dorf fahren lässt, das müsste ja nun wirklich nicht sein.«

»Wie oft kommt denn das vor?«, fragt Hauke.

»Alle paar Tage ganz bestimmt.«

»Also ist es gar nicht so häufig«, stelle ich fest.

»Sie müssen die ja auch nicht ständig ertragen. Ich meine, es ist ja nicht nur so, dass sie laut sind. Einmal hat es auch ganz fürchterlich gestunken.«

»Gestunken? Sie meinen die Dieselabgase?«

»Das auch. Aber nee, da war noch so ein anderer Gestank.« Er rümpft angeekelt die Nase. »Es roch ganz fürchterlich, als der Lkw plötzlich vor unserem Haus stehen blieb, um jemanden vorbeizulassen.«

»Sie können aber nicht sagen, was genau da gestunken hat?«

»Nee, das weiß ich nicht. Ich weiß nur, dass es stank. Irgendwie chemisch, würde ich sagen.«

»Chemisch.« Ist es möglich, dass die Spedition de Vries auch Gefahrguttransporte durchführt? Ich mache mir eine Notiz, dass wir die Frachtpapiere genauer unter die Lupe nehmen sollten. Außerdem werde ich mich später bei den zuständigen Kollegen erkundigen, ob sie womöglich von Vorfällen wissen, die de Vries' Spedition betreffen. »Wissen Sie noch, wann Sie den Geruch wahrgenommen haben?«

»Muss irgendwann im Winter gewesen sein. Ich kann mich erinnern, dass ich noch dachte, dass das aber ganz schön gefährlich ist, mit Chemikalien unterwegs zu sein, wenn es glatt ist.«

»Haben Sie besagten schwarzen Toyota denn in der letzten Zeit schon öfter in Schirum und Umgebung gesehen?«, komme ich wieder auf das mutmaßliche Unfallfahrzeug zu sprechen. Alles andere werden wir an dieser Stelle sowieso nicht klären.

»Nee. Sonst hätte ich ihn ja schon viel früher bei der Polizei angezeigt.«

»Vielleicht fährt er ja nicht immer so schnell wie gestern.«

»Einmal Raser, immer Raser. Die kennt man doch, die Burschen.«

Ich schaue auf die Uhr. Die Fahrer von de Vries würden jetzt vermutlich schon auf dem Hof sein. »Möchten Sie uns sonst noch etwas Wichtiges mitteilen, Herr Jochens?«

»Nein. Ich würde jetzt gern gehen. Ich wollte ja eigentlich nur das Protokoll unterschreiben.«

»Kein Problem. Vielen Dank, dass Sie sich die Zeit genommen haben.«

»Es hätte ja nun wirklich nicht so lange dauern müssen«, knöttert Jochens, als er die Tür hinter sich schließt.

Neun

Lina

Wie wahrscheinlich ist es, dass zwischen meinem und Keas Fall eine Verbindung besteht? Keno de Fries war Stoevers Mandant. Allerdings kann das viele Jahre zurückliegen und eine vollkommen harmlose Angelegenheit gewesen sein. Eine Beurkundung oder die Abwicklung eines Kaufvertrags. Entweder bekommt Kea über die Ehefrau heraus, was das Mandat umfasst hat, oder wir müssen den Richter überzeugen, einen erweiterten Beschluss zu unterschreiben. Bei Letzterem wird es schwierig werden.

Ich bin auf dem Weg zurück ins Kommissariat. Lothar hat sich angeboten, so lange in der Kanzlei zu bleiben, bis Anke Hinrichs die Unterlagen im Tresor und in der Kanzlei gesichtet hat.

Gestern Abend habe ich noch einmal sein Dossier durchgelesen, das die Osnabrücker Kollegen mir zusammengestellt haben. Lothar Hempen ist zweiundvierzig Jahre alt, Oberkommissar und bereits fünfzehn Jahre im Auricher Kommissariat tätig. Er ist ledig und lebt allein. Seine Dreizimmerwohnung ist im Verhältnis zu seinem Gehalt durchaus angemessen. Er fährt privat einen fast siebzig Jahre alten Oldtimer, einen Jaguar XK, den er selbst restauriert hat. Bei meiner Recherche im Internet habe ich Preise bis zu hunderttausend Euro für das Modell gefunden. Hauke hat mir erzählt, dass der Wagen in einer von Lothar angemieteten Garage steht und nur zu besonderen Anlässen benutzt wird. Lothar besitzt noch zusätzlich einen VW-Kleinwagen. Sein Urlaub in den USA wird ihn einiges gekostet haben, scheint aber eine Ausnahme gewesen zu sein. Im Dossier habe ich nichts dazu gefunden, dass er regelmäßig viel Geld für Reisen ausgibt. Ihm werden wechselnde Frauenbekanntschaften nachgesagt, er speist gern in teuren Restaurants und gibt Geld für hochwertige Anzüge und Schuhe aus. Die Osnabrücker Kollegen kommen aber zu dem Schluss, dass sich alles im Rahmen seiner finanziellen Möglichkeiten abspielt.

Ich parke vor dem Kommissariat, eile ins Gebäude und schaue bei Frank und Jörn rein. Sie sind beide am Telefonieren. Ich warte, bis sie aufgelegt haben, und frage nach dem aktuellen Stand. Jörn schüttelt den Kopf, Frank reicht mir einen Zettel.

»Das könnte das Liebesnest sein«, sagt er. »Ein Hotel in Emden. Exklusiv, fünf Sterne.«

»Sie haben bestätigt, dass Stoever dort regelmäßig Gast ist?«

»Nein, Daten rücken sie nicht raus. Aber wenn du mich fragst, kennen sie ihn. Ich wurde gleich zum Hotelmanager durchgestellt, der mir erst mal einen Vortrag über Datenschutz gehalten hat. Ein unangenehmer Typ.«

»Und wie kommst du darauf, dass es …«

»Intuition«, unterbricht Frank mich. »Da war irgendetwas – frag mich jetzt nicht, was es genau war. Die Stimmung oder auch, wie mit mir gesprochen wurde.«

Frank Erken wirkt sehr sicher. Ich scheine ihn bisher unterschätzt zu haben. Das mag damit zusammenhängen, dass er sich häufig im Hintergrund hält, die Recherche vom Büro aus mag und auf mich bisher einen eher behäbigen Eindruck gemacht hat.

»Ich fahre hin. Falls Lothar vorher zurück ist, soll er euch unterstützen.«

Die halbe Stunde Fahrt verläuft über Bundesstraßen, vorbei an kleineren Ortschaften, grünen Wiesen bis zum Horizont, hier und da weiden Kühe. Die unzähligen Windräder drehen sich unermüdlich.

Das Hotel liegt in Innenstadtnähe und verfügt über eine Tiefgarage, in der ich parke. An der Rezeption werde ich an den Assistenten der Geschäftsleitung vermittelt, einen jungen Mann, der sich mein Anliegen mit wenig Interesse anhört. Erst als ich Druck mache, ruft er seinen Chef an und führt mich schließlich in dessen Büro.

Christoph Hadlich, ein großer Mann Mitte vierzig, elegant gekleidet, kommt lächelnd auf mich zu und reicht mir seine Hand. »Was kann ich für Sie tun, Frau Lübbers?« Er zeigt auf einen Besprechungstisch. »Setzen wir uns doch. Möchten Sie etwas trinken? Kaffee, Tee, einen Softdrink?«

»Vielen Dank, aber im Moment nicht.«

Wir setzen uns.

»Einer meiner Kollegen hat vor einer guten Stunde mit Ihnen telefoniert. Wir ermitteln in einem Tötungsdelikt und benötigen einige Auskünfte.«

»Herr Erken, richtig. Ich habe ihm leider mitteilen müssen, dass wir aus Datenschutzgründen keine Auskunft über unsere Gäste geben können.«

»Wir haben Rechnungen gefunden, die belegen, dass Herr Klaas Stoever aus Aurich, Rechtsanwalt und Notar, häufiger bei Ihnen zu Gast war.« Mir ist klar, dass ich mich auf ganz dünnem Eis bewege und meine kleine Notlüge schnell auffliegen könnte, aber bei der Beweislage bekomme ich niemals einen Beschluss, um die Bücher des Hotels einzusehen.

Der Hotelmanager schweigt.

»Ich könnte mir jetzt einen richterlichen Beschluss besorgen«, fahre ich fort. »Und mit fünf Kollegen hier auftauchen und Ihre gesamte Gästeliste der letzten zwölf Monate durchforsten.«

»Wollen Sie mir etwa drohen?« Christoph Hadlich mustert mich. »Damit kommen Sie nicht weit bei mir.«

»Selbstverständlich nicht. Mir geht es lediglich um eine Vorabinformation. Ich möchte Ihnen und Ihren Mitarbeitern so wenig Mühe wie möglich machen. Von dem öffentlichen Aufsehen, das so eine Aktion auslösen würde, einmal ganz abgesehen.«

Hadlich zögert lange. Schließlich räuspert er sich. »Kann ich davon ausgehen, dass Sie die Informationen vertraulich behandeln? Absolut vertraulich?«

Ohne richterlichen Beschluss kann ich seine Informationen ohnehin nicht offiziell in die Ermittlungen einfließen lassen. Und mir ist klar, dass der Hotelmanager kein Protokoll unterschreiben wird und, sollte ich die Informationen offiziell verwenden, alles abstreiten würde. Von daher fällt es mir nicht schwer, ihm seinen Wunsch zu erfüllen.

»Sie können sich hundertprozentig auf mich verlassen. Es wird weder ein Protokoll geben, noch werde ich das, was ich von Ihnen erfahre, weitergeben.«

Christoph Hadlich scheint meine Zusage auszureichen. Er nickt. »Herr Stoever ist bei uns ein gern gesehener Gast, den wir sehr schätzen.«

Ich weiß, dass gleich ein Aber kommen wird, und schweige.

»Wie soll ich es formulieren …«, fährt Hadlich fort. »Es kam zu einer kleinen Unstimmigkeit. Die Dame, die Herrn Stoever begleitet hat, war in unserem Hotel nicht erwünscht.«

Ich werfe Hadlich einen fragenden Blick zu.

»Nun gut, sie hatte Hausverbot, und ich musste Herrn Stoever darauf aufmerksam machen.«

»Hausverbot? Was genau ist passiert?«

»Die Dame war eine Zeit lang ein häufiger Gast mit wechselnden Herren.«

»Sie hat als Escort gearbeitet?«

»Ja, so wird die Branche wohl genannt. Nicht, dass Sie mich falsch verstehen. Ich habe kein Problem damit, wenn erwachsene Menschen sich in unserem Haus treffen. Es kam allerdings zu einem Vorfall, der uns veranlasst hat, Konsequenzen zu ziehen.« Der Hotelmanager zögert kurz, fährt dann aber fort: »Ein Gast, der mit dieser Dame bei uns übernachtet hat, hat sich beschwert, dass er bestohlen wurde. Es ging um einen fünfstelligen Geldbetrag.«

»Haben Sie meine Kollegen verständigt?«, frage ich, obwohl ich ahne, wie das Hotel mit der Situation umgegangen ist.

»Das war nicht notwendig. Wir haben damals eine einvernehmliche Lösung gefunden. Der Dame mussten wir allerdings mitteilen, dass sie in unserem Hause nicht mehr erwünscht ist.«

»Wie lange ist das her?«

»Etwas mehr als vier Jahre.«

»Sie kam nicht wieder?«, frage ich, als Hadlich nicht weiterspricht.

»Nein, bis zu diesem besagten Tag.«

»Ich gehe mal davon aus, dass Sie auch dieses Problem einvernehmlich gelöst haben?«, frage ich etwas zu bissig.

Der Hotelmanager lässt sich aber nicht aus der Ruhe bringen. »Selbstverständlich. Ich habe mit Herrn Stoever gesprochen. Wir sind übereingekommen, dass die Dame die Nacht im Hotel verbringen kann, dies allerdings eine Ausnahme bleibt.«

»Hat die Dame auch einen Namen?« Mir geht das geschwollene Gerede von Hadlich langsam auf den Geist.

»Sybille Krutisch.« Hadlich öffnet seinen Laptop, tippt etwas ein und zieht einen Notizblock zu sich heran. »Hier ist die uns bekannte Adresse in Emden. Ob die Dame dort noch gemeldet ist, entzieht sich allerdings meiner Kenntnis.«

»Wurde das überprüft?«

»Selbstverständlich. Der Name und die Adresse sind identisch mit dem Personalausweis, den die Dame seinerzeit vorgelegt hat. In diesem Ausnahmefall haben wir allerdings auf eine Registrierung verzichtet.«

Zurück im Auto rufe ich im Kommissariat an. Frank nimmt das Gespräch entgegen.

»Du hattest den richtigen Riecher, Respekt!«, sage ich.

»Freut mich.«

»Sybille Krutisch heißt die Frau, mit der Stoever als Letztes zusammen war.« Ich gebe ihm die Adresse durch. »Kannst du herausbekommen, ob sie da noch wohnt?«

»Kann etwas dauern. Ich melde mich.«

Eine Viertelstunde später klingelt mein Handy. »Hast du was?«

»Ging schneller, als ich dachte. Ich habe jemanden bei der Wohnungsbaugesellschaft erreicht, die sehr kooperativ war. Die Wohnung ist an eine Karin Reinders vermietet. Frau Reinders hat eine Weile zusammen mit Sybille Krutisch dort gewohnt.«

»Danke, Frank. Kannst du mir noch das Foto von Frau Krutisch aus der Datenbank ziehen und mir zuschicken? Und schau bitte nach, ob wir etwas über sie haben. Sie scheint als Escort zu arbeiten oder gearbeitet zu haben.«

»Kommt beides in ein paar Minuten.«

Eine Viertelstunde später stehe ich vor einem vierstöckigen Mietshaus, das schon bessere Tage gesehen hat. Als ich den Namen Krutisch weder auf einem der Postkästen noch auf den

Schildern finde, klingele ich bei Reinders. Kurz darauf brummt der Türöffner, ich trete in den Flur und gehe die Treppe hinauf. Im zweiten Stock steht eine Frau Mitte dreißig in der Tür, die mich fragend anschaut.

»Frau Reinders?«

Die Frau nickt.

»Wohnt Frau Sybille Krutisch auch hier?«

»Wer will das wissen?«, mault Karin Reinders mich an.

Ich zeige ihr meinen Ausweis. »Lübbers, Kriminalpolizei Aurich. Ich suche Frau Krutisch.«

»Hat die Tussi sich immer noch nicht abgemeldet?«

»Frau Krutisch hat hier also gewohnt?«

»Ja, bis vor zwei Jahren. Es war eigentlich ihre Wohnung, ich bin dann dazugekommen. Aber nach zwei oder drei Monaten hat sie sich plötzlich verabschiedet. Von einem Tag auf den anderen.«

»Wissen Sie, wo sie jetzt wohnt?«

»Keine Ahnung. Ist mir auch scheißegal. Sie schuldet mir noch fast fünfhundert Euro. Sag ihr das, wenn du sie findest.«

»Hat Frau Krutisch gesagt, warum sie so plötzlich ausgezogen ist?«

»Rumgeschwafelt hat sie. Angeblich ein Mann.« Sie lacht hämisch. »Wer's glaubt. Die Freier versprechen dir doch das Blaue vom Himmel. Da ist meistens nix dran.« Sie schnaubt verächtlich. »Aber wie ich später gehört habe, sind ihre Geschäfte immer schlechter gelaufen.«

»Frau Krutisch hat also von einem Freier gesprochen, den sie kennengelernt hat?«, frage ich weiter.

»Logo, was sonst? Aber inzwischen glaube ich, dass sie nur die Kohle nicht rausrücken wollte. Die ist bestimmt irgendwo in der Großstadt und steht da auf dem Straßenstrich.« Karin Reinders macht eine ausschweifende Armbewegung. »Ihre ganzen Scheißklamotten hat sie hiergelassen. Die durfte ich dann auch noch entsorgen. Gepasst haben sie mir ja nicht.«

»Und das war vor ungefähr zwei Jahren?«

»Sagte ich doch schon«, mault mich Karin Reinders an.

»Und Sie haben nie wieder etwas von ihr gehört?«

»Nee, wie auch? Die ist doch nicht mehr in Emden. Das wüsste ich, glaub mir. So groß ist das hier ja auch nicht. Die ist über alle Berge.« Karin Reinders verzieht das Gesicht. »Sonst noch was?«

»Nein, vielen Dank für die Informationen. Wenn ich Frau Krutisch finde, werde ich ihr ausrichten, dass Sie auf Ihr Geld warten.«

»Mach das«, sagt Karin Reinders und schließt die Wohnungstür.

Als ich schon die Treppe erreicht habe, geht die Tür wieder auf. Ich drehe mich um.

»Angeblich wollte sie nach Holland rüber. Ist mir gerade wieder eingefallen. Ich hab ihr das nicht geglaubt, aber wer weiß.«

»In die Niederlande? Wissen Sie, in welche Stadt?«

»Sie hat was von Groningen gelabert. Aber vielleicht bringe ich da auch was durcheinander. Genau erinnere ich mich nicht mehr.«

Auf dem Rückweg nach Aurich rufe ich Birte an und lasse mir die Nummer von Arie van Dijk geben, einem Inspektor der Groninger Kriminalpolizei, der mit Kea befreundet ist und uns bei unserem letzten großen Fall von den Niederlanden aus zugearbeitet hat.

Van Dijk nimmt das Gespräch nach dem ersten Klingelton an und erinnert sich sofort an mich.

»*Goedendag.* Wie geht es Kea? Sie hat schon eine Weile nichts mehr von sich hören lassen.« Wie so viele Niederländer spricht er ausgezeichnetes Deutsch.

»Ich denke gut. Wir stecken gerade bis über beide Ohren in zwei schwierigen Fällen.«

»Oh, *ik zie*«, sagt van Dijk. »Verstehe. Kann ich helfen?«

»Ich suche eine Frau, die vor zwei Jahren aus Emden weggezogen ist. Leider ohne sich abzumelden. Ihre Freundin meinte, dass sie vielleicht in Groningen sein könnte.«

»Name?«

»Sybille Krutisch.« Ich buchstabiere den Namen.

»Eine deutsche Staatsangehörige?«

»Ja.«

»Ich werde sehen, was sich machen lässt.«

Ich bedanke mich bei dem niederländischen Kollegen und verabschiede mich von ihm.

Als ich vor dem Auricher Kommissariat parke, klingelt mein Handy. Als ich sehe, wer mich zu erreichen versucht, nehme ich das Gespräch sofort an.

»Jana! Ist alles in Ordnung bei dir?«

Sie lacht. »Natürlich. Ich wollte nur kurz deine Stimme hören. Geht's gerade?«

»Ja, ich sitze im Auto vor dem Kommissariat.«

»Viel zu tun?«

»Mehr als genug.«

»Meine Schicht ist ausgefallen. Sie war fälschlicherweise doppelt belegt. Zu dritt ist es etwas eng, deshalb habe ich mich verdrückt. Und ich dachte, dass wir vielleicht was Schönes unternehmen können. Aber du kannst dir wohl nicht freinehmen, oder?«

Ich seufze leise. »Ich würde gern. Unglaublich gern sogar, aber das wird nicht gehen. Wir stecken in schwierigen Ermittlungen.«

»Schade«, sagt Jana. Ich höre die Enttäuschung in ihrer Stimme.

»Wir holen das nach. Ganz bestimmt.«

»Natürlich. Aber heute Abend …«

Ich nehme allen Mut zusammen. »Hast du Lust, nach der Schule in die *Arche* zu kommen? Du hast doch heute etwas früher Schluss, und mein Freund Steffen möchte dich unbedingt kennenlernen. Ich habe dir doch von ihm erzählt. Wir kennen uns schon eine Ewigkeit.«

»Ja, eine gute Idee!« Sie hält inne. »Und wenn deine Kollegen da sind?«

Ich schlucke schwer. Jana weiß, warum wir uns nie in der *Arche* getroffen haben. Trotzdem hat sie nie etwas gesagt.

»Das ist kein Problem. Dann sind sie halt da.«

»Sicher?«

»Ganz sicher.« Ich halte kurz inne. »Ich liebe dich, Jana.«

»Ich dich auch«, kommt es leise zurück. »Ich dich auch.«

Zehn

Kea

Auf der Fahrt zum Bauernhof der Familie de Vries erreicht mich ein Anruf von Lina. Sie berichtet mir, dass Keno de Vries ein Klient von Notar Stoever gewesen ist.

»Das mag ja Zufall sein«, schließt Lina, »aber wir sollten das klären.«

»Ich bin sowieso gerade unterwegs zu Frau de Vries. Ich frage sie. Sie wird wohl wissen, was ihr Mann mit Stoever zu tun hatte.«

»Gute Idee. Ich fürchte nämlich, wir bekommen bei der Beweislage keinen Beschluss, um die Akte in der Kanzlei einzusehen.«

»Das sehe ich genauso. Danke, Lina. Ich kümmere mich drum, und dann sehen wir weiter.«

Als Hauke und ich auf dem Bauernhof ankommen, sitzt Stefanie de Vries unter dem großen Baum im Garten, unter dem wir auch schon gestern gesessen haben. Neben ihr liegt der Hund. Er öffnet nur träge ein Auge, als wir über den Rasen laufen, schließt es jedoch sofort wieder. An diesem herrlichen Sommertag wirkt das ganze Anwesen wie einer Illustrierten entsprungen. Ich mache eine entsprechende Bemerkung, um einen Einstieg ins Gespräch zu finden. Auch habe ich das Gefühl, dass Stefanie de Vries ein paar aufmunternde Worte ganz gut gebrauchen kann.

»Ja«, entgegnet sie müde und ohne den Blick zu heben, der starr auf einen unbestimmten Punkt in der Ferne gerichtet ist. Auch Hauke, den ich ihr nun vorstelle, schenkt sie keine Beachtung. »Bis gestern war es ein Paradies. Unser Paradies. Seither aber ist es – grau. Einfach nur grau. Als hätte jemand alle Farben herausgesaugt.«

Ich schaue mich um. »Ihre Kinder sind nicht da?«

»Nein. Meine Eltern machen mit ihnen einen Ausflug, um sie abzulenken.« Sie vergräbt ihr bleiches, rotfleckiges Gesicht in den Händen. »Ich konnte diese ständige Fragerei nicht mehr ertragen. *Wo ist Papa denn jetzt? Was macht Papa denn im Himmel? Wann kommt er denn wieder?*« Sie schaut mich von unten herauf schuldbewusst an. »Ich weiß, dass ich jetzt für meine Kinder da sein sollte. Aber ich kann es nicht. Ich kann es wirklich nicht. Es tut einfach so …«, sie legt eine Hand aufs Herz, schluchzt auf, »… so weh!«

Ich bleibe stumm, um ihr ein wenig Zeit zu geben, sich wieder zu fangen.

»Und wissen Sie, was das Schlimmste ist?«, fragt sie unter Schluchzern. »Sie werden sich schon bald nicht mehr an ihren Vater erinnern. Vielleicht werden sie tief in ihrem Innern wissen, dass da noch jemand gewesen ist, der sie geliebt hat. Ansonsten aber wird ihr Papa in ihrem Leben keine Rolle mehr spielen.«

Es fällt mir nichts Tröstendes ein, was ich darauf hätte erwidern können. Natürlich hat sie recht. Die Kinder sind einfach zu klein, um später eine lebendige Erinnerung an ihren Vater zu haben. Ich denke an Freya und Jonas und daran, wie sehr sie die Scheidung ihrer Eltern mitgenommen hat. Dennoch wissen sie, dass wir beide, Vater und Mutter, immer für sie da sein werden.

Wir sind real. Keno de Vries aber wird für seine Kinder schon bald nur noch ein Phantom sein.

»Ach herrje, jetzt jammere ich Sie die ganze Zeit voll und halte Sie von der Arbeit ab«, höre ich Stefanie de Vries in meine Gedanken hinein erschrocken sagen. »Dabei sind Sie doch hier, um mit Bernhard und Timo zu sprechen, nicht wahr?« Sie deutet auf den Stalltrakt des Bauernhofs. »Die beiden sind im Stall und reparieren meinen Trecker.«

»Wir gehen gleich zu ihnen. Zunächst aber hätten wir noch eine Frage an Sie.«

»Ja, natürlich, fragen Sie.«

»Ich weiß nicht, ob Ihnen der Name Klaas Stoever etwas sagt.«

Stefanie de Vries schüttelt den Kopf. »Nein. Wer soll das sein?«

»Offenbar der Rechtsanwalt Ihres Mannes.«

Sie runzelt die Stirn. »Keno soll einen Rechtsanwalt gehabt haben? Aber warum das denn?« Sie zuckt mit den Schultern. »Andererseits, warum auch nicht? In einem Unternehmen gibt es ja immer rechtliche Sachen zu regeln. Aber über so was haben wir nie gesprochen, wenn es nicht wirklich wichtig war.«

»Klaas Stoever war auch Notar«, erklärt Hauke. »Vielleicht hatte er in dieser Funktion mit Ihrem Mann zu tun?«

»Tut mir leid, aber der Name sagt mir nichts. Ist es denn wichtig?«

»Das wissen wir noch nicht. Es wäre uns nur sehr geholfen, wenn Sie in den Unterlagen Ihres Mannes nachsehen könnten, ob sich dort irgendwelche Papiere finden, die uns Aufschluss über die geschäftliche Beziehung zwischen Stoever und ihm geben könnten.«

»Das kann ich gern tun. Aber warum fragen Sie diesen Herrn Stoever denn nicht selbst? Der muss es doch wissen.«

»Herr Stoever ist tot.«

»Oh. Das … tut mir leid. Und Sie glauben, dass diese Papiere irgendetwas mit Kenos Tod zu tun haben?«

»Wir versuchen nur, uns ein umfassendes Bild zu machen«, erwidere ich ausweichend. »Deshalb wäre es schön, wenn Sie uns helfen könnten.«

»Ja, natürlich. Ich schaue nachher mal in seinem Büro nach, ob ich etwas finde.«

Ich bedanke mich, und Hauke und ich machen uns auf den Weg zum Stall. Als ich durch das offen stehende Scheunentor trete, brauchen meine Augen ein paar Momente, bis sie sich an das Halbdunkel gewöhnt haben. Meine Nase aber erschnuppert ein Gemisch aus Heu und Motoröl. Sobald ich deutlich sehen kann, entdecke ich auf dem Futtergang einen Trecker, der dem von Karl Onken sehr ähnlich sieht und an dem sich zwei Männer zu schaffen machen. Links und rechts des Futtergangs herrscht hinter den Fressgittern gähnende Leere.

Die beiden Männer blicken auf, als wir uns ihnen nähern.

»Moin«, grüßen Hauke und ich gleichzeitig.

»Moin. Sie sind bestimmt die von der Polizei.« Der ältere der beiden Männer, den ich auf Mitte fünfzig schätze, steht auf und wischt sich die ölverschmierten Hände an seiner ohnehin schon fleckigen Jeans ab. Er nickt erst mir, dann Hauke zu. »Bernhard Harms. Steffi hat gesagt, dass Sie mit uns sprechen wollen.« Der korpulente Mann, dessen Gesicht schweißnass ist, deutet auf seinen Kollegen, der nach wie vor am Trecker herumschraubt und so tut, als ginge ihn das alles hier nichts an. »Das ist Timo. Timo Kluge. Los, Mann, steh auf!«

Der schlaksige Mann mit dem kahl rasierten Schädel und den tätowierten Armen, den ich auf Anfang dreißig schätze, lässt den Schraubenschlüssel auf den Beton fallen und erhebt sich sichtlich widerwillig. Er vergräbt seine ebenfalls ölverschmierten Hände tief in den Taschen seiner Jeans und schaut uns auf einem Kaugummi kauend gelangweilt an.

»Scheißsache, das mit Keno«, knurrt Bernhard. »Da siehste mal wieder, dass auf nix Verlass ist im Leben.«

»Schon gar nicht aufs Leben«, sagt Timo. Er spuckt neben sich aus.

Aha, ein Philosoph. »Sie sind hier als Lkw-Fahrer beschäftigt«, komme ich auf unser Anliegen zu sprechen, während Hauke den nicht allzu langen Futtergang auf und ab läuft und sich ein wenig umsieht.

Bevor ich fortfahren kann, sagt Timo spöttisch grinsend: »Ja, das wissen wir.« Er mustert mich abschätzend von oben bis unten und wieder zurück, doch kann ich nicht erkennen, welche Schlüsse er aus meiner Erscheinung zieht. Ich weiß nur, dass mir sein Blick unangenehm ist – was ich mit einem autoritären Tonfall auszugleichen versuche. »Zeigen Sie meinem Kollegen doch bitte mal die Lkw der Spedition.«

»Wozu soll denn das jetzt gut sein?«, fragt Timo lauernd. Für ein paar Augenblicke vergisst er sogar zu kauen. »Was haben denn die Trucks mit Kenos Unfall zu tun?«

»Genau das versuchen wir herauszufinden. Und Sie tun jetzt einfach mal das, was wir Ihnen sagen, okay?« Hauke, der wieder zu uns getreten ist, bedeutet Timo mit einer unmissverständlichen Geste, ihm zu folgen. »Ansonsten können wir dieses Gespräch auch gern auf dem Revier fortsetzen.«

»Ist ja schon gut, Mann!« Kluge spuckt erneut auf den Boden, dann folgt er Hauke nach draußen.

Ich wende mich an Bernhard Harms. »Wie uns Frau de Vries sagte, sind Sie beide gestern aus Bulgarien zurückgekommen.«

»Jo. Wurde verdammt spät. Viel Urlaubsverkehr auf den Straßen.«

»Das kann ich mir vorstellen. Was mich interessieren würde: Welche Ladung transportieren Sie denn eigentlich von A nach B?«

»Kommt drauf an. Was gerade anliegt. Mal so, mal so, würde ich sagen. Aber hauptsächlich Zubehör für landwirtschaftliches Gerät und Düngemittel und so.«

»Auch Pestizide?«

»Jo, das kommt schon mal vor.«

Was eine Erklärung für den Chemikaliengeruch sein könnte, den Bernd Jochens wahrgenommen haben will.

Harms nestelt eine Zigarettenschachtel aus der Hosentasche, klopft eine Zigarette heraus und zündet sie sich an. Dabei scheint es ihn nicht zu scheren, dass er gerade noch mit Öl hantiert hat – wovon ich jetzt, bei genauerem Hinsehen, in einer niedrigen Wanne unter dem Trecker eine größere Lache entdecke.

»Hätten Sie was dagegen, wenn wir rausgehen?«, frage ich. »Ich finde es ein wenig stickig hier.« Was keineswegs der Wahrheit entspricht, denn genau genommen ist es im Stall sogar angenehm kühl. Doch traue ich dem Zusammenspiel von glühender Asche und Öl nicht so ganz.

»Mir egal.« Harms folgt mir an einen schattigen Platz unter einer alten Linde.

»Von den Pestiziden einmal abgesehen, transportieren Sie auch noch andere Gefahrgüter?«

»Nee.«

Da er nicht besonders auskunftsfreudig zu sein scheint und ich nicht jedes mögliche Transportgut einzeln abfragen möchte, sage ich: »Ich würde gern mal Ihre Frachtpapiere sehen. Am besten die von den letzten zwölf Monaten. Wäre das möglich?«

»Wofür das denn?« Misstrauen schleicht sich in Harms' Blick. »Was haben denn die Frachtpapiere mit Kenos Unfall zu tun?«

»Wir wollen nur nichts übersehen.«

Harms kratzt sich an der Schläfe. »Je nu, so einfach rausrücken kann ich die nicht. Da muss ich erst die Chefin fragen, ob das in Ordnung ist.«

»Dann tun wir das doch jetzt einfach mal.« Ich schaue zum Nebengebäude hinüber, aber von Hauke und Timo Kluge ist nichts zu sehen. Lediglich die Front zweier Fahrerkabinen sind auszumachen. Bei den Lkw scheint es sich um neuere, recht große Modelle zu handeln. Aber wirklich beurteilen kann ich das nicht.

»Die Frachtpapiere?«, fragt Stefanie de Vries, als ich sie angesprochen habe. Sie stellt zwei mit Futterpellets gefüllte Eimer ab, die sie anscheinend durch den Garten in Richtung der Weide tragen will. »Ja. Ja, natürlich, nehmen Sie mit, was immer Sie brauchen.«

»Na, Steffi, das weiß ich nun ja nicht, ob das so eine gute Idee ist«, knurrt Harms.

»Und warum?« Die Bäuerin schaut ihn aus ihren verquollenen Augen prüfend an. »Werden sie anderweitig gebraucht?«

»Na ja, wir brauchen die doch für die Buchhaltung.«

»Wir können auch einen Durchsuchungsbeschluss besorgen. Anruf genügt«, behaupte ich wider besseres Wissen.

»Wie lange brauchen Sie die Unterlagen denn?«, erkundigt sich die Bäuerin bei mir.

»Ein, zwei Tage vielleicht. Maximal drei. Nur zur Prüfung.«

Sie zuckt so lahm mit den Schultern, als wäre ihr sowieso alles egal. »Warten Sie einen Moment. Ich bringe nur das Futter weg, dann gehe ich mit Ihnen ins Büro.«

»Ich verstehe nicht, was das alles mit Kenos Unfall zu tun haben soll«, knurrt Harms. Er nimmt einen letzten Zug von seiner Zigarette, dann drückt er sie an einem Baumstamm aus. Die Kippe umschließt er mit seiner öligen Hand. Dieser Mann hat echt Nerven! Er bläst geräuschvoll den Rauch aus.

»Nun, das lassen Sie mal unsere Sorge sein. Sie machen Ihren Job und wir machen unseren, okay?«

»Kann ich mich dann wieder um den Trecker kümmern? Der wird morgen gebraucht, sagt Steffi.«

»Ein paar Minuten noch«, halte ich ihn auf. »Ist Ihnen an Ihrem Chef in der letzten Zeit etwas aufgefallen? War er anders als sonst?«

Harms wischt sich den Schweiß vom Gesicht und legt die Stirn in Falten. »Nee. Keno war wie immer. War 'n guter Chef. So einen musste erst mal finden.« Er seufzt. »Scheiße, Mann.«

»Ist denn in den letzten Tagen oder Wochen irgendetwas Ungewöhnliches vorgefallen? Etwas, was nicht den üblichen Abläufen entsprach?«

»Nee.« Harms zündet sich eine weitere Zigarette an.

»Haben Sie hier vielleicht Personen herumlaufen sehen, die Sie nicht kannten? Oder sind Ihnen fremde Fahrzeuge aufgefallen?«

»Nee.« Erkenntnis schleicht sich in seine Augen. »Sie meinen den schwarzen SUV, oder?«

»Zum Beispiel.«

Er schüttelt den Kopf. »Nee. Aber ich war in den letzten Tagen ja auch nicht hier.«

Ich warte, ob da noch mehr kommt, aber Harms bleibt stumm. »Okay, danke«, sage ich schließlich. »Wenn wir noch Fragen haben, kommen wir auf Sie zu.«

Wenige Minuten später betreten Stefanie de Vries und ich das Wohnhaus. Gleich an der Haustür biegen wir nach rechts in ein Büro ab, das ich auf maximal zwölf Quadratmeter schätze. Zwei der Wände sind mit Regalen zugestellt, in ihnen stehen Dutzende Ordner.

»Was genau interessiert Sie denn?«, fragt die Bäuerin. »Keno ist ...« Sie schluckt schwer, und ihre Augen füllen sich mit Tränen. »Bitte entschuldigen Sie. Keno ... war ein ordnungsliebender Mensch. Wir werden vermutlich schnell finden, was Sie suchen.«

»Die Frachtpapiere der letzten zwölf Monate würden mir zunächst mal reichen«, sage ich.

»Hier.« Sie deutet auf eine der mittleren Regalreihen, zieht nacheinander drei beschriftete Ordner heraus und stellt sie auf dem erstaunlich aufgeräumten Schreibtisch ab. »Das dürften sie sein.«

»Danke. Sie wissen nicht zufällig, wo sich der Ordner mit den anwaltlichen beziehungsweise notariellen Unterlagen befinden könnte?«

Stefanie de Vries schaut sich um. Wenig später zieht sie einen Ordner mit der Aufschrift »Notar« hervor und beginnt, darin herumzublättern.

Ich bin beeindruckt. In meinen wenigen privaten Ordnern, die ich zu Hause habe, herrscht das totale Chaos. So pedantisch ich in beruflichen Dingen auch bin, die private Kea ist in allem, was mit dem Abheften von Unterlagen zu tun hat, ein entsetzlicher Messie.

»Sagten Sie, der Notar heißt Stoever?«

»Ja. Klaas Stoever.«

Die Bäuerin nickt. »Hier sind ein paar Unterlagen, die seinen Briefkopf tragen.« Sie scheint sich nicht weiter dafür zu interessieren, worum es in den Papieren geht, sondern klappt den Ordner zu und überreicht ihn mir.

So einfach hatte ich es mir nicht vorgestellt, aber mir soll's recht sein. Es ist erfrischend, in den Ermittlungen mal nicht auf Widerstand zu stoßen.

»Was wird nun aus der Spedition?«, frage ich. »Sind Sie sicher, dass Sie sie aufgeben wollen?«

»Ja, natürlich. Das habe ich doch gestern schon gesagt. Ich wüsste niemanden, der sie übernehmen könnte. Und ich selber habe keine Ahnung von diesen Dingen.« Sie seufzt. »Ich will keinen Ärger haben. Daher werden Bernhard und Timo noch die Lieferungen abarbeiten, die Keno zugesagt hat. Und dann …« Sie presst die Lippen zusammen. »Dann ist Schluss.«

»Vielen Dank, Frau de Vries. Wir machen uns jetzt wieder auf den Weg. Würden Sie mir vielleicht die drei Ordner zu dem anderen auf den Arm legen?«

»Ich helfe Ihnen, sie zum Auto zu tragen.«

Auch Hauke und Timo sind anscheinend fertig mit der Besichtigung, denn Hauke wartet schon an unserem Wagen auf mich.

»Alles klar?«, frage ich, als wir losgefahren sind. »Oh, kleinen Moment mal«, unterbreche ich ihn, als er gerade etwas sagen will. Mein Telefon hat zu läuten begonnen. »Das ist Freya. Ich geh mal schnell dran.«

Elf

Lina

Zurück im Kommissariat schaue ich bei Frank, Jörn und Lothar in den Büros vorbei und verkünde, dass wir uns in zwanzig Minuten zusammensetzen.

Ich brauche ein paar Minuten für mich. Das kurze Gespräch mit Jana hallt in mir nach. Ich höre ihre Stimme und die letzten Worte immer wieder. Mein Liebesgeständnis war nicht geplant, und noch viel weniger habe ich Janas erwartet. Verdammt, was ist nur in mich gefahren? Ich weiß doch, dass es für mich keine Zukunft in Aurich gibt. Die Kollegen werden mich, wenn mein Undercover-Auftrag bekannt wird, mit Schimpf und Schande aus der Stadt jagen und nie wieder ein Wort mit mir reden. Wer wird schon gern ausspioniert?

Ich stehe auf und öffne mein Bürofenster. Als warme, schwüle Luft hereinströmt, schließe ich es schnell wieder. Mein Drang zu flüchten, aus dem Kommissariat, aus der Stadt, wird stärker. Ich schüttele mich und konzentriere mich auf den Fall.

»Was soll die Dame mit unserem Fall zu tun haben?«, fragt Lothar, nachdem ich von meinen Recherchen in Emden berichtet habe. »Okay, Stoever ist an eine Professionelle geraten. Passiert schon mal. Vielleicht wusste er es sogar und hat sie bezahlt. Alles möglich.«

Frank, der sich in Diskussionen normalerweise zurückhält, rollt mit den Augen. »Die Frau kann durchaus auf Stoever angesetzt worden sein. Vielleicht sollte sie ihn ausspionieren und hat den Einbrechern, in welcher Form auch immer, geholfen.«

»Das klingt jetzt aber nach einem sehr durchdachten Plan der Täter«, kommentiert Lothar mit leicht arroganter Stimme.

Ich schaue in die Runde. »Wir müssen Frau Krutisch finden. Auch wenn sie nichts mit dem Überfall zu tun hat, kann sie uns vielleicht wichtige Hinweise zu Stoever geben. Wie weit seid ihr gekommen mit den Recherchen?«

Frank räuspert sich. »Das wird noch einige Zeit verschlingen.« Er öffnet sein Notizbuch. »Ich fange mal an. Die Kanzlei und das Notariat hat Stoever – wie wir schon wissen – von seinem Vater übernommen. Der war in Aurich unter seinen Kollegen hoch angesehen. Sein Sohn, Klaas Stoever, so munkelt man, scheint nur mit Widerwillen Jura studiert zu haben. Angeblich soll er künstlerische Ambitionen gehabt haben. In welche Richtung, habe ich nicht herausbekommen, aber das wird wohl auch bei unseren Ermittlungen keine Rolle spielen.«

»Wie ist es um Juniors Ruf bestellt?«, frage ich.

»Da habe ich nicht viel Lob gehört. Zunächst hat Stoever junior wohl vom Kundenstamm des Vaters profitiert. Das soll aber, gerade nach dem Tod des Seniors, nicht mehr gereicht haben. Ich habe von zwei Seiten gesteckt bekommen – natürlich alles unter der Hand –, dass Stoever mehrmals vor dem Aus stand, es aber immer wieder auf die Reihe bekommen hat, die Kanzlei am Laufen zu halten. Frau Hinrichs, seiner rechten Hand, wird dabei eine wichtige Rolle zugeschrieben. In den letzten Jahren soll es wohl besser gelaufen sein. Aber wie gesagt, das sind alles mehr Gerüchte und für uns nur als Hintergrundmusik gedacht.«

»Trotzdem wichtig. Gute Arbeit«, lobe ich Frank.

Ich wende mich an Jörn. »Wie sieht es bei dir aus?«

»Ich habe mich um die Familie gekümmert. Erst mal die Fakten: Beide Kinder studieren beziehungsweise haben studiert. Der Sohn arbeitet in London bei einer Investmentbank. Er hat in England an einer Eliteuniversität studiert, seine Schwester ist noch an der gleichen Uni.«

»Teuer«, wirft Frank ein.

»Definitiv. Pro Jahr belaufen sich an dieser Uni die Studiengebühren auf siebenundzwanzigtausend Pfund, in Euro sind das über dreißigtausend.«

Frank pfeift durch die Zähne. »Bei vier Studienjahren pro Kind sind das zusammen fast eine Viertelmillion.«

»Dabei bleibt es natürlich nicht«, fährt Jörn fort. »Ich habe bei einem alten Freund, der in Oxford studiert hat, nachgefragt, was er so pro Jahr von seinen Eltern bekommen hat, um halbwegs vernünftig dort unterzukommen. Tausendfünfhundert monatlich im Schnitt. Das wären dann für beide Kinder noch einmal fast hundertfünfzigtausend. Sprich, allein das Studium der Kinder könnte Stoever vierhunderttausend Euro gekostet haben. Wenn Franks Informationen stimmen, frage ich mich schon, wo das Geld herkommt beziehungsweise hergekommen ist.«

»Wir brauchen Einblick in Stoevers Steuererklärungen«, sage ich mehr zu mir selbst und mache mir eine Notiz. »Was ist mit der Ehefrau?«

»Sie stammt aus Jever. Alter Geldadel. Allerdings leben ihre Eltern noch, es gibt also kein Erbe. Außerdem hat sie fünf Geschwister, die sicher auch erben werden.«

»Mitgift?«, fragt Frank. »Oder gibt es so was heute nicht mehr?«

Jörn zuckt mit den Schultern. »Die Eheleute haben ja bereits vor dreiunddreißig Jahren geheiratet. Sollte es so etwas wie eine Mitgift gegeben haben, wäre davon nicht unbedingt noch was da. Trotzdem sollten wir es überprüfen.« Er schaut auf seine Notizen. »Frau Stoever hat Germanistik und Philosophie studiert, aber vor ihrem Abschluss geheiratet. Soweit ich ermitteln konnte, war sie bisher nie berufstätig, engagiert sich aber ehrenamtlich.«

Ich räuspere mich. »Wenn ich jetzt mal zusammenfasse, ging es der Kanzlei wirtschaftlich nach dem Tod des Seniors nicht besonders gut, eventuell sogar stellenweise miserabel. Inzwischen hat sich das Blatt wohl zum Guten gewendet – was das genau bedeutet, wissen wir aber nicht. Gleichzeitig hat das Studium der Kinder Unsummen verschlungen. Hinzu kommt das Haus. Weiß jemand, über welche Beträge wir da sprechen?«

Jörn hebt seine Hand. »Das fällt auch in meine Recherchen. Grundstück und Haus werden um die eineinhalb Millionen gekostet haben. Es ist vor sechs Jahren gebaut worden. Das vorherige Wohnhaus wird vielleicht die Hälfte der Neubaukosten erbracht haben. Also immer noch eine hübsche Summe. Inwieweit die finanziert ist, habe ich noch nicht herausbekommen.«

»Nicht nötig«, werfe ich ein. »Wir brauchen einen richterlichen Beschluss, um die Steuererklärungen einsehen zu können. Dann wird sich auch diese Frage schnell klären. Fakt ist aber wohl, dass Stoever weit über seine finanziellen Verhältnisse gelebt hat. Seine Frauenbekanntschaften werden auch eine hübsche Summe verschlungen haben.«

Ich erhalte zustimmendes Nicken.

»Wenn ich jetzt mal eins und eins zusammenzähle«, sagt Lothar, der sich bisher zurückgehalten hat, »wird es immer wahrscheinlicher, dass im Tresor viel mehr Bargeld lag, als wir bisher angenommen haben.«

»Und woher kam das Geld?«, wirft Jörn ein.

»Schwarzgeld«, schlägt Frank vor. »Stoever hat eventuell etwas beurkundet, was er als Notar eigentlich nicht hätte dürfen, da es nicht den Tatsachen entsprochen hat. Ein Notar ist ja kein Anwalt, der für eine Partei arbeitet. Er muss unabhängig sein und ist quasi eine Amtsperson, deren Beurkundungen nicht wissentlich falsch sein dürfen.«

In die gleiche Richtung habe ich auch schon gedacht. Ich muss Frank Abbitte leisten, da ich ihn bisher wohl vollkommen unterschätzt habe.

Ich notiere mir den Punkt. »Wir brauchen auch einen Beschluss für die Bankunterlagen. Ich kümmere mich darum.« Ich werfe Jörn einen anerkennenden Blick zu. »Danke für die gute Arbeit. Das bringt uns einen guten Schritt weiter.«

Lothar beugt sich leicht vor. »Ich habe inzwischen die Mandantennamen überprüft. Bis auf Keno de Vries, den du ja schon gefunden hattest, habe ich niemanden entdeckt, der mit uns als Verdächtiger oder als Zeuge zu tun gehabt hat. Stoever war meines Wissens ja auch in erster Linie Notar und hat nie Strafrecht gemacht.«

»Okay! Wir sind ein ganzes Stück weitergekommen.« Ich schaue auf die Uhr. »Gleich haben wir noch das gemeinsame Meeting, danach ist Feierabend.«

In diesem Moment schaut Kea in den Besprechungsraum. »Hier seid ihr. Können wir uns jetzt alle zusammensetzen?«

Die große Runde versorgt sich als Erstes mit Getränken, schließlich klopft Kea mit dem Löffel an ihr Glas und lenkt die Aufmerksamkeit auf sich. »Damit es heute nicht zu spät wird, sollten wir anfangen. Lina, willst du zuerst?«

Ich nicke, fasse die bisherigen Ermittlungsergebnisse zusammen und übergebe an Kea. Anschließend diskutieren wir darüber, ob die beiden Fälle Schnittmengen haben könnten, bevor

Kea weiter an Hauke abgibt. Er berichtet von seinem Gespräch mit Timo Kluge, einem der Fahrer der Spedition.

»Der junge Mann war etwas unwillig. Aber das kennen wir ja inzwischen von dem einen oder anderen Zeugen, die sich nicht so gern mit uns unterhalten. Mit etwas Geschick konnte ich Kluge aber in ein Gespräch verwickeln. Ich fasse mal zusammen: Beide Lkw sind keine vier Jahre alt und laufen seit achtzehn Monaten für die Spedition. Sie sind geleast. Es fällt also eine hohe monatliche Summe an oder es gab eine einmalige Sonderzahlung. Beides müssen wir noch herausfinden.«

Kea meldet sich zu Wort. »Ich habe bereits mit dem Staatsanwalt gesprochen. Er wird für die Spedition einen Durchsuchungsbeschluss bei Gericht erwirken. Die Sache wird sich dann wohl schnell klären lassen.«

Hauke nickt. »Das wäre das eine. Ich habe mich in beiden Lkw auf der Ladefläche umgeschaut. In einem habe ich tatsächlich einen leichten chemischen Geruch wahrgenommen. Und es gab deutliche Spuren, dass die Ladefläche gründlich gereinigt wurde. Timo Kluge wurde sehr wortkarg, als ich ihn danach fragte. Entweder ist ihm wieder eingefallen, dass er eigentlich aus Prinzip nicht mit uns kooperiert, oder da war etwas faul mit der Ladung. Angeblich transportieren sie ja kein Gefahrgut. Unter Umständen hat der Geruch auch nur etwas mit der Reinigung zu tun. Da bin ich leider überfragt.«

»Das mit dem Gefahrgut wird sich klären, wenn wir die Frachtpapiere durchgearbeitet haben.« Kea dankt Hauke und wendet sich wieder der Gruppe zu. »Wir haben ja vorhin schon ausführlich darüber diskutiert, ob die beiden Fälle mehr Gemeinsamkeiten haben als bisher angenommen. Ich habe bereits den Ordner mit den Notarunterlagen überflogen. Es geht da um Immobilienkäufe. Ich muss mich aber noch einarbeiten und einiges überprüfen. Wir sollten uns deshalb morgen am späten Nachmittag in dieser Runde zusammensetzen. Siebzehn Uhr, würde ich vorschlagen.« Sie sieht auf die Uhr. »Für heute machen wir Schluss. Ich denke, wir sind in beiden Fällen auf einem guten Weg.«

In meiner Wohnung esse ich Pizza, die ich mir auf dem Weg hierher gekauft habe. Im Fernseher läuft einer der Vorabendkrimis. Nach zwei Minuten ist mir klar, wer der Täter ist, und ich schalte ab.

Wie jeden Tag, wenn ich nach Hause komme, mache ich mir auf meinem privaten Rechner Notizen zum Tag. Jede Auffälligkeit bei den Kollegen notiere ich in einer Tabelle. Es ist mühsam und zeitaufwendig, aber es gibt keinen anderen Weg. Zwar habe ich mit Kriminaldirektor Carstens bereits darüber gesprochen, dem Maulwurf eine Falle zu stellen, aber er zögert seit Wochen seine Zustimmung hinaus.

Ich gehe ein weiteres Mal die Kollegen durch. Hauke und Kea lasse ich wie immer außen vor, auch wenn ich sie noch nicht von der Liste gestrichen habe. Hauke ist schon mit seiner jetzigen Undercover-Aufgabe überfordert und ich kann mir nicht vorstellen, dass er seit Jahren Informationen an kriminelle Kreise weitergegeben hat. Nach meiner Einschätzung würde er das keine zwei Monate durchstehen. Kea habe ich bisher als unglaublich gradlinig und mit einem starken moralischen Kompass erlebt. Es gibt auch keine Anhaltspunkte, dass sie in Geld schwimmt. Allein schon aus Rücksicht auf ihre Kinder würde sie sich niemals auf einen kriminellen Deal einlassen.

Frank Erken ist einer der Kollegen, die finanzielle Probleme haben. Ich habe ihn in den letzten Wochen im Auge behalten, aber nicht den geringsten Anhaltspunkt gefunden, dass er der Maulwurf sein könnte. Ich halte ihn für keinen guten

Schauspieler, man sieht ihm an, wenn ihm etwas peinlich ist oder wenn er sich über etwas ärgert.

Jörn Thiessen ist einer meiner heißesten Kandidaten. Er verdient als junger lediger Kommissar am wenigsten und ist schnell begeisterungsfähig. Manche seiner Bemerkungen lassen ein eher schlichtes Gemüt vermuten, aber ich bin mir nicht sicher, ob er den unerfahrenen Neuling nur spielt, um keinen Verdacht auf sich zu lenken. Bei den Ermittlungen hat er bisher keine offensichtlichen Fehler gemacht. Eigentlich traue ich ihm nicht zu, so abgebrüht zu handeln. Aber vielleicht ist das genau seine Masche. Nur nicht auffallen und sich immer im Hintergrund halten.

Die beiden Rückkehrer stehen im Moment in meinem besonderen Fokus. Kirsten Nannens Mann ist, wie ich aus den Akten entnehmen konnte, nach einem Unfall seit zwei Jahren arbeitslos. Ob die Schwangerschaft geplant war, weiß ich nicht. Ich kann mir aber vorstellen, dass sie Zukunftsangst ausgelöst hat, die wiederum vom De-Jong-Clan ausgenutzt wurde. Ihre Elternzeit könnte den Druck für den Clan erhöht haben, eine zweite Quelle zu suchen. Im Moment komme ich nicht nah genug an Kirsten heran, um sie ständig im Auge zu behalten.

Lothar Hempen hat durchaus Potenzial für den Maulwurf. Seine Arroganz hat er im Dienst nicht immer im Griff. Wenn er mehr Macht hätte, würde er mit dem einen oder anderen Kollegen sicher deutlich ungehobelter umgehen als bisher. Er scheint genau zu wissen, wie weit er gehen kann und wann er sich zurückhalten muss. Ich mag ihn nicht, und genau das ist mein Problem. Ich habe Angst, dass ich ihn allein aus diesem Grund langsam, aber sicher auf meiner Verdächtigenliste ganz nach oben schieben werde. Ich brauche aber klare Indizien oder Beweise, dass er der Maulwurf ist. Alles andere wäre unprofessionell und führt nur zu Fehlern.

Bleibt noch Birte Lammers. Durch ihre Hände fließen tagtäglich unzählige Protokolle und Berichte. Für sie wäre es ein Einfaches, die Informationen zu sammeln, um sie an den Clan weiterzugeben. Bisher bin ich aus ihr noch nicht schlau geworden. Sie versteckt sich gern hinter Kea, weil sie weiß, dass ihre Chefin große Stücke auf sie hält. Bei ihr wird es am schwierigsten sein, ihr etwas nachzuweisen.

Ich speichere meine Aufzeichnungen ab und schließe den Laptop.

Als ich die *Arche* betrete, sitzen Hauke und Kea nebeneinander an der Theke und trinken ein Bier. Ich geselle mich zu ihnen und bestelle mir auch etwas zu trinken.

»Du bist spät dran«, sagt Hauke, als er mit mir anstößt. »Ich hatte gar nicht mehr mit dir gerechnet. In der letzten Zeit hast du dich ganz schön rar gemacht.«

»Ich hatte heute noch ein paar private Dinge zu erledigen«, antworte ich, nachdem ich mein Glas wieder abgesetzt habe.

»Stellst du ihn uns vor?«, fragt Hauke mit einem verschmitzten Lächeln. Erst jetzt bemerke ich, dass er schon mehr als das eine Bier getrunken haben muss. Er lallt etwas und hat einen leicht glasigen Blick. Auch dass er mich so offen auf meinen Beziehungsstatus anspricht, ist ungewöhnlich.

Ein leichter Luftzug sagt mir, dass jemand die Kneipentür geöffnet hat. Ich wende mich um. Jana winkt mir zu, ich winke zurück.

Ich lächele Hauke an. »Es ist kein ›Er‹.« Jana hat uns inzwischen erreicht, ich beuge mich vor und küsse sie auf den Mund. Nach einer Weile löse ich mich von Jana und schaue in Haukes verblüfftes Gesicht.

»Darf ich euch meine Freundin vorstellen? Jana, das sind Hauke und Kea, meine Kollegen aus dem Kommissariat.«

Jana reicht Kea die Hand. Die ist nicht so überrascht wie Hauke, da ich ihr schon vor einigen Wochen erzählt habe, dass ich auch auf Frauen stehe. Sie schüttelt Jana die Hand und lächelt sie freundlich an. Hauke schluckt und findet seine Sprache wieder: »Na, das ist doch mal eine Überraschung.«

Zwölf

Kea

Ich beneide Lina. Es fällt mir nicht leicht, es mir einzugestehen, und doch ist es die Wahrheit. Sie sieht so glücklich aus, und bei jedem Blick, den sie und Jana sich schenken, geht einem das Herz auf. Leider aber erinnert mich ihr Glück daran, dass auch ich einmal glaubte, die Liebe meines Lebens gefunden zu haben, und dass nichts auf dieser Welt Peter und mich würde trennen können. Wie sehr man sich doch täuschen kann. Heute stehe ich da, alleinerziehend mit zwei pubertierenden Kindern, eingebunden in einen anstrengenden und verantwortungsvollen Job und in die alltägliche Routine – und beziehungsgestört.

Ich habe in den letzten Wochen oft darüber nachgedacht, was genau mich davon abhält, es wenigstens mal mit Hauke zu versuchen. Zunächst einmal habe ich mir immer wieder selbst erzählt, dass man sich auf einen Mann, der der Spielsucht verfallen ist, nicht verlassen kann. Dass eine Beziehung mit ihm zwangsläufig zu Stress und Enttäuschung führen muss. Dass er es sowieso nicht ernst meint. Dass er lediglich jemanden sucht, auf den er seine Probleme abladen kann. Dass, dass, dass …

Vermutlich hätte ich mir diese Erzählung sogar geglaubt, wenn ich sie mir nur häufig genug wiederholt hätte. Und ich war auf einem guten Weg dorthin. Leider aber gibt es da diese Stimme in mir. Diese Stimme, die mir von Tag zu Tag lauter vorhält, dass ich mir diese Geschichte nur erzähle, weil ich nicht bereit bin, mich dem eigentlichen Problem zu stellen: mir selbst.

»Was ist los mit dir, Kea?«, spricht Hauke mich an, als Lina und Jana mal für kleine Mädchen sind.

»Wieso? Was soll denn los sein?«

»Die beiden sind doch wirklich ein tolles Paar, oder? Unterhaltsam, gesellig … Es macht Spaß, mit ihnen zusammen zu sein. Nur du wirkst schon den ganzen Abend so, na ja, angespannt.«

»Angespannt, soso.« Ich greife nach meinem Bierglas und spüle die pampige Antwort, die mir auf der Zunge liegt, hinunter. Ich möchte nicht mit Hauke streiten. Es ist etwas ganz anderes, was ich von ihm möchte. Aber auf gar keinen Fall darf es so enden wie nach unserem letzten Kneipenbesuch. Und das wird es, wenn ich ihm noch länger so nahe sein muss. Dann noch das eine oder andere Bier mehr … Nein, so weit darf es gar nicht erst kommen – auch wenn mein Körper dazu eine ganz andere Meinung hat als mein Verstand.

Ich leere mein Bierglas und rutsche vom Barhocker. »Es ist schon spät, und morgen gibt es viel zu tun. Zeit fürs Bett.«

»Nicht dein Ernst.« Hauke wirft einen Blick auf die Uhr. »Es ist erst kurz nach neun. Außerdem ist es draußen noch taghell.«

»Das mag ja sein, aber …«

»Was ist los, Kea?«, ruft Lina mir zu. Arm in Arm kommen sie und Jana von der Toilette zurück. »Du willst doch nicht schon gehen, oder? Es ist doch gerade so lustig.«

»Es … äh … tut mir leid.« Ich greife mir an die Stirn. »Ich habe plötzlich fürchterliche Kopfschmerzen.«

Ich vermeide es, Hauke in die Augen zu sehen.

»Ich kann dich nach Hause bringen«, sagt er dennoch.

»Nein. Ich nehme ein Taxi«, entgegne ich so schroff, dass Lina und Jana erstaunt von einem zum anderen schauen. »Irgendwas nicht in Ordnung?«, fragt Lina.

»Kopfschmerzen«, erwidere ich lahm. »Es sind nur Kopfschmerzen. Ich gehe nach Hause und schmeiße eine Aspirin ein. Bis morgen dann.«

»Und, Kea, was macht der Kopf?«, begrüßt mich Hauke am nächsten Morgen in der Kaffeeküche. Er steht mit verschränkten Armen an den Türrahmen gelehnt da und mustert mich mit spöttischem Blick.

»Moin. Danke, geht schon.« Ich schnappe mir meinen frisch gefüllten Becher. »Kommst du in mein Büro? Kirsten ist auch schon da, und wir haben einiges zu besprechen.«

»Selbstverständlich, Boss. Ihr Wunsch ist mir Befehl.«

»Sei nicht kindisch, Hauke.«

»Warum nicht? Ich wäre damit bei dir in bester Gesellschaft.«

Schweigend gehen wir nebeneinanderher zu meinem Büro, die Spannung zwischen uns ist überdeutlich spürbar. Wieder einmal sehe ich mich in meiner Überzeugung bestätigt, dass es keine gute Idee ist, Berufliches mit Privatem zu vermischen. Es lenkt viel zu sehr ab. Nur ist es für mich und Hauke dazu leider schon zu spät. Was ja nicht heißt, dass man sich dieses Gebot für die Zukunft nicht trotzdem hinter die Löffel schreiben kann.

»Hach, ist es nicht wieder ein ganz wundervoller Tag?«, begrüßt uns Kirsten, als wir mein Büro betreten. »Die Sonne scheint, die Blumen blühen, die Vögel singen … Herrlich! Ich habe die Fahrt mit dem Rad zur Arbeit richtig genossen.« Sie selbst strahlt an diesem Morgen wie der Sonnenschein, und ich möchte wirklich mal wissen, woher sie ihre stets gute Laune nimmt. Immerhin hat sie ein Kleinkind zu Hause, das ihr vermutlich Nacht für Nacht den Schlaf raubt, und noch dazu einen arbeitslosen Mann, der mit Sicherheit auch nicht gerade motivierend wirkt. Was, um alles in der Welt, macht sie anders als ich, dass sie trotz dieser Bewährungsproben des Lebens nicht den Spaß verliert? Vielleicht sollte ich mal bei ihr in die Lehre gehen.

»Ist irgendwas passiert?«, fragt Kirsten, als wir am Besprechungstisch sitzen. »Ihr guckt so bedröppelt.«

»Bis auf Keas Kopfschmerzen?« Hauke legt den Kopf schief und die Finger ans Kinn. »Nö, ich glaube nicht.«

»Oh, das tut mir leid, Kea.« Kirsten wühlt in ihrer Handtasche und streckt mir dann einen Blister Schmerztabletten entgegen. »Möchtest du?«

»Nein danke, ich hatte schon.« Ich bemühe mich um einen neutralen Tonfall. »Können wir anfangen? Es gibt viel zu tun. Haben die Recherchen zu de Vries' Lkw schon zu irgendeinem Ergebnis geführt? Der Durchsuchungsbeschluss für sein Büro ist bislang noch nicht da, aber ich gehe davon aus, dass er heute noch kommt.«

»Ich hoffe nur, dass die beiden Fahrer nicht Lunte gerochen haben«, meint Hauke. »Vor allem dieser Timo Kluge ist mir nicht geheuer. Dem würde ich zutrauen, dass er brenzlige Unterlagen beiseiteschafft, bevor wir mit unserem Aufgebot anrücken.« Er runzelt nachdenklich die Stirn. »Wenn es nach mir ginge, würde ich auch die Lkw von der KTU gründlich untersuchen lassen. Irgendwie geht mir das mit dem komischen Geruch nicht aus dem Kopf.«

Ich nicke zustimmend. »Einen Versuch ist es wert. Allerdings wissen wir nicht … Moment, das kläre ich sofort.« Ich greife zum Telefon. »Moin, Frau de Vries«, sage ich wenig später. »Wir müssten noch einmal mit Ihren Fahrern sprechen. Sie sind doch noch nicht wieder unterwegs? … Ach, erst übermorgen. Gut, danke. Dann schauen wir mal, wie wir es einrichten können. Ich melde mich wieder.«

»Gut mitgedacht, Kea«, lobt Kirsten. »Die Lkw sollten auf jeden Fall in den Durchsuchungsbeschluss mit aufgenommen werden.«

Ich telefoniere diesbezüglich kurz mit dem Staatsanwalt und wende mich dann an Hauke. »Würdest du dich um die Durchsicht der Frachtpapiere kümmern? Am besten sofort. Wir brauchen irgendwas, womit wir van Zoest auf unsere Seite bringen. Mit einem vagen Verdacht werden wir ihn kaum überzeugen. Immerhin könnte es für die Spedition ein teurer Spaß werden, wenn Lieferverträge nicht eingehalten werden, weil unsere Kriminaltechnik die Lkw unter die Lupe nimmt.«

»Mache ich.« Hauke steht auf und verlässt den Raum.

»Apropos teurer Spaß«, wende ich mich an Kirsten. »Hauke hat gestern davon gesprochen, dass de Vries entweder hohe monatliche Leasingraten oder eine einmalige Sonderzahlung für die Lkw zu tragen hat. Wir müssen wissen, wie viel es war und woher das Geld dafür kam. Könntest du dich darum kümmern, die finanzielle Situation der Familie de Vries zu durchleuchten? Vermutlich wird die Bank freiwillig nichts rausrücken. Aber der Beschluss dürfte ja bald da sein, und dann legst du am besten gleich los.«

»Ja, klar, mache ich.« Kirsten macht sich eine Notiz.

»Gibt es neue Informationen zu dem Unfallwagen? Irgendwelche Zeugenaussagen?«, frage ich weiter.

»Nichts, was wir nicht schon wussten.«

»Und das wäre?«

»Es gibt diverse Zeugen, die den Wagen gesehen haben wollen. Sie sind sich einig, dass es sich um einen schwarzen SUV handelt, der vorgestern Morgen mit hoher Geschwindigkeit durch Schirum hindurch Richtung B72 fuhr. Ein paar Zeugen haben ausgesagt, dass es sich bei dem Fahrer um einen Mann handelte, und sie schienen sich sicher zu sein. Leider aber sah sich niemand in der Lage, eine Personenbeschreibung abzugeben.«

»Irgendwas von den Autowerkstätten?«

»Fehlanzeige.«

»Okay.« Ich schlage mit der flachen Hand auf den Tisch. »Dann werde ich mir jetzt mal die Unterlagen vom Notar näher ansehen. Anscheinend hat Keno de Vries mehrere Immobilien beurkunden lassen. Wenn ich Genaueres weiß, sollten wir ebenfalls überprüfen, woher das Geld *dafür* kam. Außerdem frage ich mich, warum Frau de Vries nichts von diesen Immobilien gesagt hat.«

»Hast du sie denn danach gefragt?«

»Nein.«

Kirsten zwinkert mir zu. »Dann könnte das der Grund sein. Aber vielleicht weiß sie ja auch gar nicht, dass es sie gibt.«

»Was zumindest merkwürdig wäre. In diesem Fall muss ihr Mann einen guten Grund gehabt haben, es ihr zu verschweigen. Nun gut, wir wissen, was wir zu tun haben. Bitte richte Hauke aus, dass wir drei uns kurz vor der Mittagspause noch einmal zusammensetzen, um zu schauen, wo wir stehen.«

Wie geplant, sitzen wir wenige Stunden später erneut in meinem Büro beisammen. Kirsten hat von irgendwoher Schokoeis aufgetrieben und drückt jedem von uns einen kleinen Becher in die Hand. »Ich dachte, ein bisschen Nervennahrung kann nicht schaden. Ist schon ein wenig angetaut, kein Wunder bei der Hitze. Am besten schnell essen.«

»Hauke, vielleicht fängst du an, etwas zu den Frachtpapieren zu sagen?«, fordere ich ihn auf.

»Viel gibt es dazu nicht zu sagen, mit denen scheint so weit alles in Ordnung zu sein. Bei den Lieferungen handelt es sich hauptsächlich um landwirtschaftliches Zubehör, von Maschinenteilen bis Futtermittel. Ab und zu gibt es andere

Frachten. Je nachdem, wo sich die Lkw in Europa gerade herumtreiben, hat de Vries immer versucht, Leerfahrten zu vermeiden, und unterwegs noch Aufträge für Teilstrecken akquiriert.«

»Was ist mit Chemikalien? Tauchen die irgendwo auf?«

»Pestizide. Aber das hatte Bernhard Harms ja schon gesagt. Allerdings nie in größeren Mengen. Sie hatten allenfalls einen geringen Anteil an der Gesamtladung.«

»Wir werden sehen, was die Untersuchung der Lkw ergibt. Danke, Hauke.« Ich halte einen Zettel in die Höhe. »Wie ihr ja sicherlich mitbekommen habt, ist der Durchsuchungsbeschluss eingetroffen. Er schließt die Lkw mit ein. Unsere KTU ist bereits auf dem Weg zu den de Vries.«

»Irgendwas Interessantes zur finanziellen Situation der Familie?«, wende ich mich an Kirsten.

»Bislang kann ich dazu noch nicht viel sagen. Dafür bräuchten wir die betriebswirtschaftlichen Auswertungen und Steuererklärungen der letzten Jahre. Ich kümmere mich drum, sobald mir unsere Kollegen nach der Durchsuchung diese Unterlagen bringen. Nach allem aber, was ich bislang herausfinden konnte, ist es nur schwer vorstellbar, dass eine hohe Sonderzahlung für die Lkw aus den regelmäßigen Einnahmen der Spedition geleistet worden ist. Das Gleiche gilt für sehr hohe monatliche Zahlungen. Die Einnahmen von Stefanie de Vries aus der Landwirtschaft und ihr Einkommen als Pflegekraft wird in der Bilanz auch nicht wesentlich zu Buche schlagen.«

»Und wie passt dazu der Kauf von Immobilien?«, fragt Hauke. Er knautscht seinen leeren Eisbecher zusammen, peilt den Papierkorb an und landet einen Treffer. »Konntest du dazu etwas herausfinden, Kea?«

»Ja. Er hat vor zwei Jahren eine Eigentumswohnung in Aurich erworben, die seither vermietet ist. Nicht irgendeine, sondern in einem Neubau im Luxussegment. Auch hierfür hat er einen hohen Eigenanteil aufgebracht, der sich aus seinen laufenden Einnahmen vermutlich nicht erklären lässt.«

»Vielleicht eine Erbschaft«, überlegt Kirsten.

»Möglich. In den Unterlagen des Notars habe ich allerdings keinen entsprechenden Hinweis gefunden. Wir sollten also noch mal genauer hinsehen.« Ich schlürfe den Rest des inzwischen geschmolzenen Eises aus meinem Becher. Leider ist mein sich anschließender Wurf nicht ganz so treffsicher wie Haukes, was mir ein schadenfrohes Feixen von ihm einbringt.

»Und dann ist da noch ein Resthof, rund zwei Kilometer südlich vom Kukelorum am Ems-Jade-Kanal«, fahre ich fort, nachdem ich den Becher aufgehoben und in den Papierkorb geworfen habe. »Den hat Keno de Vries vor vier Jahren einem in Kirchdorf ansässigen Landwirt abgekauft.«

»Bestimmt für seine Frau«, vermutet Kirsten. »Sie wird dort Heu und Stroh lagern oder so.«

»Möglich. Der Kaufpreis ist allerdings, verglichen mit ähnlichen Objekten, sehr niedrig. Das haben mir auch die Kollegen der Wirtschaftskriminalität bestätigt. Es ist verwunderlich, dass das bei den offiziellen Stellen so durchging.«

»Dann sollten wir uns diesen Resthof noch mal genauer ansehen«, schlägt Hauke vor. »Ich nehme an, dass wir auch dafür inzwischen einen Beschluss haben?«

»Haben wir«, bestätige ich.

»Gut, dann können wir jetzt nur abwarten, was die KTU … oh, Moment.« Haukes Handy läutet. Er wirft einen Blick aufs Display, und in seine Augen tritt plötzlich ein gehetzter Ausdruck. »Äh … entschuldigt bitte, da muss ich drangehen.«

»Kein Problem, wir …« Noch bevor ich meinen Satz zu Ende gebracht habe, fällt die Tür hinter ihm ins Schloss.

»Was hat er denn?«, wundert sich Kirsten. »Es werden doch keine schlechten Nachrichten sein?«

»Keine Ahnung«, murmele ich, besinne mich dann jedoch wieder auf den Fall. »Gut, dann warten wir mal ab, was die KTU uns zu berichten hat. Mir scheint, dass es bei den de Vries noch so manches zu entdecken gibt.« Ich stehe auf und strecke meine steifen Glieder. »Jetzt machen wir erst mal Mittag, dann sehen wir weiter.«

»Du denkst an die Pressekonferenz heute Nachmittag?«, erinnert mich Kirsten.

Ich rolle mit den Augen. »Stimmt. Die hatte ich erfolgreich verdrängt.« Wenn es nach mir ginge, würde man uns einfach in Ruhe unsere Arbeit machen lassen, anstatt uns im Namen der interessierten Öffentlichkeit zu Aussagen zu nötigen, die dann womöglich in den sozialen Medien von achtzig Millionen Hobbyermittlern kommentiert und verrissen werden.

Dreizehn

Lina

Im Kommissariat finde ich die Beschlüsse für den Fall Stoever auf meinem Tisch und setze mich direkt mit der örtlichen Bank in Verbindung. Der Leiter der Bank ist zunächst verunsichert, lenkt aber schnell ein, als ihm seine Sekretärin den Beschluss vorlegt, den ich per Mail geschickt habe. Eine Viertelstunde später habe ich Stoevers Kontoauszüge der letzten Jahre in meinem Mailaccount. Ich drucke die Belege aus und bitte Jörn, sie bei mir abzuholen. Anschließend telefoniere ich mit dem zuständigen Finanzbeamten, der mir kurz darauf die zehn letzten Steuererklärungen zuschickt.

Stoevers Kanzlei hat in den ersten drei der zehn Jahre am absoluten finanziellen Limit gearbeitet, in den folgenden sieben Jahren aber jährlich über hunderttausend Euro Einnahmen versteuert, mal mehr, mal weniger. Ausreichend, um davon gut zu leben, aber nicht, um die Auslandsaufenthalte der Kinder und gleichzeitig das neue Haus und seine regelmäßigen Affären zu finanzieren. Von den ersten Jahren und vermutlich auch denen davor gar nicht erst zu reden.

Ich rufe Jörn an und frage, ob und in welcher Höhe Stoever einen Immobilienkredit laufen hat.

»Er scheint lediglich mit der KfW-Bank einen Kredit über hunderttausend aufgenommen zu haben. Bei einem Effizienzhaus 55 bekommt man dort nicht nur extrem günstige Konditionen, sondern auch noch einen Bonus obendrauf. Das wäre rausgeschmissenes Geld, wenn man das nicht machen würde.«

»Wie kommt es, dass du dich damit auskennst?«, frage ich.

»Meine Eltern haben den gleichen Kredit. Ich habe sie dabei unterstützt«, bekomme ich zur Antwort.

»Wie praktisch.« Ich halte kurz inne. »Stoever oder seine Frau haben also den Restbetrag von weit über eine Million als Eigenkapital eingebracht?«

»Sieht im Moment ganz danach aus. Frank und ich sind aber noch lange nicht mit den Auszügen durch.«

»Ich gedulde mich dann mal«, gebe ich nach und widme mich der Vorbereitung für die Pressekonferenz. Die Medienmeute wird jede Einzelheit des Stoever-Falls wissen wollen. Ich notiere mir, was die Öffentlichkeit erfahren darf und was in den Akten verschlossen bleiben muss. Anschließend führe ich ein kurzes Gespräch mit dem Staatsanwalt, um mich mit ihm abzusprechen.

Nachdem der schriftliche Obduktionsbericht eingetroffen ist, arbeite ich ihn durch. Vieles davon habe ich schon im Gespräch mit Dr. Hassel erfahren. Neu ist, dass Stoevers Leber auf lang andauernden und hohen Alkoholkonsum hinweist und, was mich besonders überrascht, dass durch die Haaranalyse nachgewiesen wurde, dass Stoever in den Monaten vor seinem Tod Kokain konsumiert hat.

Jemand klopft an meine Bürotür, Lothar schaut rein. Er hat die ausgedruckten Telefondaten in der Hand, sagt, dass sie gerade eingetroffen sind, und fragt, ob er sie durchschauen soll.

»Ja, gute Idee. Ich befrage noch einmal Frau Stoever und anschließend Anke Hinrichs. In zwei Stunden bin ich spätestens wieder zurück.«

Eine junge Frau Mitte zwanzig öffnet mir die Tür. Sie stellt sich als Leonie Stoever vor. Ich zeige ihr meinen Ausweis und frage, ob ihre Mutter zu sprechen ist.

Brigitte Stoever empfängt mich wieder im Wohnzimmer. Als sich Leonie Stoever zu uns setzen will, bittet ihre Mutter sie, Kaffee zu machen. Sie verlässt etwas widerwillig den Raum.

»Ich würde Sie bitten, meinen Kindern nicht alle Einzelheiten aus dem Leben ihres Vaters mitzuteilen«, sagt Brigitte Stoever. Es klingt mehr wie eine Feststellung als eine Bitte, aber ich nicke zustimmend.

»Was kann ich für Sie tun?«, fragt sie schließlich.

Ich habe in meiner Karriere schon mit einigen Angehörigen, die Mann, Frau oder ein Kind verloren hatten, zu tun gehabt. Eine so gefasste Person wie Brigitte Stoever ist mir dabei noch nicht begegnet. Ihr ist nicht im Geringsten anzumerken, dass ihr Mann erst vor wenigen Tagen gewaltsam ums Leben gekommen ist. Sie ist perfekt geschminkt und trägt auch keine schwarze Trauerkleidung.

»Es sind ein paar Ungereimtheiten bezüglich der Finanzen aufgetaucht. Den Steuererklärungen nach hat Ihr Mann in den letzten zehn Jahren jährlich zwischen hundert- und hundertzwanzigtausend Euro versteuert. Wir haben uns gefragt, wie die Studienplätze Ihrer Kinder damit finanziert werden konnten.«

Brigitte Stoever bleibt vollkommen ruhig, setzt sich noch aufrechter hin, als sie bereits auf dem Sofa saß, und zuckt kaum merklich mit den Schultern. »Die Finanzen lagen ausschließlich in den Händen meines Mannes. Ich habe mich nie darum gekümmert.«

»Und dieses Haus? Ist das auch aus den Einnahmen Ihres Mannes bezahlt worden?«

Brigitte Stoever zieht die Augenbrauen zusammen. »Mein Mann ist einem Gewaltverbrechen zum Opfer gefallen, und Sie fragen mich, wie wir unser Haus finanziert haben? Entschuldigen Sie, aber habe ich Sie richtig verstanden?«

»Wir gehen nach den bisherigen Erkenntnissen davon aus, dass die Kanzlei Ihres Mannes nicht zufällig ausgewählt wurde. In diesem Zusammenhang haben wir die finanzielle Situation der Kanzlei angeschaut und sind auf Ungereimtheiten gestoßen.«

Brigitte Stoever wirft mir einen verächtlichen Blick zu. »Wollen Sie damit andeuten, dass mein Mann etwas Ungesetzliches gemacht hat?«

»Ich will gar nichts andeuten, sondern stelle erst mal nur Fragen.«

»Ich kann Ihnen nur raten, sehr, sehr vorsichtig mit diesen Fragen zu sein. Mein Mann hatte einflussreiche Freunde, und ich werde nicht zögern, sie über Ihre Machenschaften zu informieren. Haben wir uns verstanden, Frau …«

»Lübbers«, helfe ich ihr aus. »Sie können sich gern über mich beschweren und gegebenenfalls wen auch immer einschalten. Was mich aber nicht davon abhalten wird, Ihnen Fragen zu stellen.«

Brigitte Stoever steht auf. »Unser Gespräch ist beendet.«

In diesem Augenblick tritt Leonie Stoever mit einem Tablett ins Wohnzimmer. Ich stehe auf und reiche ihrer Mutter die Hand, die sie ignoriert. Stattdessen deutet sie auf die Tür.

Ich nicke ihr zu. »Danke, ich finde den Weg allein.«

Anke Hinrichs öffnet mir die Wohnungstür, schaut mich verwundert an, tritt aber dann zur Seite und führt mich in den Wohn- und Essbereich. Sie hat tiefe dunkle Ringe unter den

Augen, ihre Haare brauchen dringend etwas Pflege, und ihre rechte Hand zittert leicht.

»Haben Sie die Mörder gefunden?«, fragt sie, als wir an dem kleinen Küchentisch Platz genommen haben.

»Nein, der oder die Täter sind noch auf freiem Fuß. Ich habe allerdings noch ein paar Fragen an Sie.«

»Welche?« Ihre Stimme klingt müde und brüchig.

»Ich bin nicht mit den Gepflogenheiten in einem Notariat vertraut, gehe aber davon aus, dass Sie die Beurkundungen vorbereitet und am Schluss fertiggestellt haben?«

»Ja, natürlich.«

»Dabei hat es sich überwiegend um Immobilienverkäufe gehandelt?«

»Ja, aber auch andere Beurkundungen.«

»Waren Sie auch bei den eigentlichen Beurkundungen dabei?«

»Nein, das ist nicht notwendig.«

»Sind die Immobilien hin und wieder in bar bezahlt worden?«, frage ich weiter.

»Nein, das ist seit diesem April nicht mehr erlaubt.«

»Aber vorher ist es vorgekommen?«

»Das weiß ich nicht.«

Anke Hinrichs' Augen flackern leicht, als sie mir antwortet, und das Zittern hat deutlich zugenommen. Jetzt legt sie die Hand auf den Tisch und senkt den Kopf.

»Frau Hinrichs, Sie haben die Beurkundungen und alles, was eventuell rundherum gelaufen ist, nicht zu verantworten. Allerdings könnten Sie in Schwierigkeiten kommen, wenn Sie mir nicht wahrheitsgemäß antworten.« Ich mache eine kurze Pause. »Natürlich dürfen Sie schweigen, wenn Sie sich selbst belasten würden.«

Sie wirft mir einen ängstlichen Blick zu und flüstert: »Selbst belasten?«

»Ist Ihnen bei den Beurkundungen jemals etwas merkwürdig vorgekommen?«, taste ich mich langsam an den sensiblen Punkt heran. Wir haben keinen Zugriff auf die Mandantenunterlagen und bisher nur vage Anhaltspunkte, dass im Notariat nicht alles mit rechten Dingen zugegangen ist. Wenn ich mich zu weit aus dem Fenster lehne, kann ich arge Probleme bekommen.

»Was meinen Sie?« Anke Hinrichs' Stimme klingt unsicherer als zuvor.

»Häufige Bargeldzahlungen, zu niedrige Verkaufspreise der Immobilie oder Ähnliches?«

Sie schüttelt den Kopf.

Ich beschließe, zunächst das Thema zu wechseln. »Ihnen geht der Tod Ihres Chefs sehr nahe?«

Anke Hinrichs nickt. Tränen laufen über ihre Wangen, sie springt auf und verlässt den Raum. Erst nach mehreren Minuten kommt sie zurück und setzt sich wieder zu mir an den Tisch.

»Liege ich mit meiner Vermutung richtig, dass Sie und Herr Stoever mehr als nur eine berufliche Beziehung hatten?«, frage ich mit zurückhaltender Stimme.

Anke Hinrichs zögert lange, bevor sie schließlich nickt.

»Darf ich fragen, welcher Art Ihre Beziehung war?«

»Wir waren zusammen«, sagt Anke Hinrichs leise. »Zuerst über fast drei Jahre. Aber das ist lange her.«

»Und später?«

»Wir sind Freunde geblieben.«

»Nur Freunde?«

»Nein«, flüstert sie so leise, dass ich es kaum verstehe.

Ich warte. Sie jetzt zu drängen, wäre falsch und würde das Gegenteil bewirken.

»Hin und wieder …« Sie schluckt schwer und senkt erneut den Kopf. »Wir haben uns hin und wieder geliebt.«

Ich bin perplex. Geliebt? War es nicht ganz anders? Stoever hat mit ihr geschlafen, wenn es ihm passte, sie benutzt, beruflich wie privat. Anke Hinrichs weiß um die zahlreichen Affären, die Klaas Stoever ihr nicht einmal verheimlicht hat. Hat sie sich mehr von der Beziehung versprochen? Ihr muss doch klar gewesen sein, dass er seine Frau nicht verlassen würde, um sie zu heiraten. Trotzdem hat sie weiter bei ihm gearbeitet, mehr noch, sie hat eingewilligt, wenn er Sex mit ihr haben wollte.

»Klaas war großzügig.« Sie schaut sich in dem großen Zimmer um. »Er hat mir beim Kauf der Wohnung geholfen. Und auch bei der Einrichtung.«

Ich fühle mich unwohl in meiner Haut. Was mache ich hier? Die Frau hat genug unter Stoever gelitten. Ich glaube auch nicht, dass Anke Hinrichs mir wirklich weiterhelfen kann. Stoever wird sie nur so weit einbezogen haben, dass er nichts von ihr zu befürchten hatte.

Ich stehe auf. »Sie haben meine Handynummer. Wenn Sie mit mir sprechen möchten, können Sie mich Tag und Nacht erreichen.«

Anke Hinrichs wirft mir einen dankbaren Blick zu.

Zurück im Kommissariat kommt Hauke mir entgegen. »Ich hatte einen Anruf«, raunt er mir zu. »Kaup.«

Erst jetzt sehe ich, wie aufgelöst er ist. »Lass uns in mein Büro gehen.« Ich schließe die Tür auf, Hauke schaut nach rechts und links in den Flur und ist im nächsten Augenblick an mir vorbei.

»Setz dich doch erst mal«, schlage ich vor, aber er läuft weiter unruhig im Raum umher. »Hauke, was ist los?«

Jetzt bleibt er stehen. »Kaup will, dass ich ihm alles über den Unfallfluchtfall durchgebe. Alles!«

»Hat er irgendetwas …«

»Nein, natürlich nicht. Der sagt mir doch nicht, warum er das braucht.«

»Was hat der Clan mit der Sache zu tun? Haben die …« Ich breche ab und rufe mir die Fakten des Falls in Erinnerung. Dabei wird mir klar, dass ich Keas Ausführungen nicht sehr aufmerksam verfolgt habe. »Ihr geht inzwischen von einer Tötungsabsicht aus?«

»So weit sind wir noch gar nicht. Alles ist im Moment möglich. Unfall, Suizid, aber auch ein Tötungsdelikt, vielleicht sogar Mord. Ich verstehe nicht, was der Clan damit zu tun haben sollte. Oder wollen die mich nur testen? Konnte der Clan überhaupt von dem Vorfall wissen? Die Pressemitteilung zu dem Fall ist doch rausgegangen, oder?«

»Davon gehe ich aus. Unfall mit Todesfolge ist definitiv eine Meldung wert.«

»Also ist das ein Test?«, fragt Hauke ein weiteres Mal.

Ich schüttele den Kopf. »Kann ich mir nicht vorstellen. Die wissen doch gar nicht, ob du ihnen alles erzählst oder nur einen Bären aufbindest. Wie kann das ein Test sein? Und die Razzia, die du durchgestochen hast, ist doch schon gelaufen. Das sollte Test genug gewesen sein.« Sicher bin ich mir nicht. Wenn es schon länger einen Maulwurf gibt, werden die de Jongs alles über Hauke wissen und ihm nicht unbedingt trauen. Ich muss das Risiko eingehen.

»Dann gibt es nur noch eine Möglichkeit. Der De-Jong-Clan hat bei dem Unfall seine Finger im Spiel. De Vries muss für sie gearbeitet haben oder hatte Probleme mit denen.«

»Und die bringen ihn um? Ein Mord, quasi in aller Öffentlichkeit?«, werfe ich ein.

Hauke bleibt stehen. »Hast du eine bessere Idee?«

»Nein«, gebe ich nach einer Weile zu. »Es sieht tatsächlich danach aus, dass der Clan da mit drinhängt.«

»Und ich sitze in der Scheiße. Kea muss erfahren, dass der Clan etwas damit zu tun hat. Da führt doch kein Weg dran vorbei. Wir müssen die Ermittlungen jetzt neu aufrollen.«

»Hauke, langsam. Du kannst das nicht allein entscheiden. Das muss eng mit Osnabrück abgestimmt werden.«

»Dazu ist keine Zeit. Kea erwartet mich, wir wollten eigentlich gleich los und …« Er wirft einen Blick auf sein Handy. »Sie hat schon zweimal versucht, mich zu erreichen.«

»Ruhig, Hauke. Ganz ruhig. Du musst jetzt einen klaren Kopf behalten. Ich setze mich mit Carstens in Verbindung und informiere ihn. Du machst erst mal gar nichts.« Als Hauke nicht reagiert, füge ich lauter hinzu: »Hast du mich verstanden?«

Nach einer Weile nickt er, schließt die Augen und atmet einmal tief durch. »Okay. Ich versuche es.«

»Nicht nur versuchen! Mach einfach so weiter und halte Augen und Ohren offen.«

»Verdammter Mist!«, flucht Hauke. »Warum habe ich mich nur darauf eingelassen?«

Ich gehe auf ihn zu und nehme ihn in den Arm. »Ruhe bewahren! Das ist jetzt wichtig. Kea darf nichts merken.«

Hauke löst sich von mir und eilt aus meinem Büro, während ich bereits die Kurzwahltaste auf meinem Handy suche. Nach dem zweiten Klingelton drückt mich Kriminaldirektor Carstens weg und schreibt kurz darauf, dass er in einer wichtigen Sitzung ist und sich meldet. Ich schleudere das Handy auf den Tisch und stöhne leise. Hauke hat recht, wir sitzen in einer Zwickmühle. Egal, was wir jetzt machen, überall droht Ärger.

Vierzehn

Kea

»Ich dachte schon, du bist verloren gegangen«, sage ich, als sich Hauke endlich in meinem Büro einfindet. »Eigentlich wollte ich längst unterwegs sein. Warum hast du meine Anrufe ignoriert?«

»Ich …« Hauke fährt sich nervös durchs Haar und stößt geräuschvoll die Luft aus. Für einen kurzen Moment sieht es so aus, als würde er wanken.

»Alles okay mit dir?« Ich sehe ihn forschend an. »Wieso bist du denn so aufgelöst? Ist was passiert?«

»Nein. Also ja.« Er weicht meinem Blick aus. »Ist was Privates. Ich möchte jetzt nicht darüber reden.«

»Hm.« Ich bin mir nicht sicher, ob ich ihm das glauben soll. »Falls du immer noch auf meine Kopfschmerzen anspielst …«

»Herrgott noch mal, Kea«, fährt er mir über den Mund, »nicht alles hat immer was mit dir zu tun, okay?!«

Ich hebe abwehrend die Hände. »Schon gut, schon gut. Ich will nur nicht, dass … Egal«, unterbreche ich mich selbst nach einem tiefen Atemzug, »lassen wir das. Wir haben einen Job zu machen.«

»Sehe ich auch so«, knurrt Hauke.

»Dann ist es ja gut. Also: Kirsten kümmert sich um die Sichtung der Unterlagen, die die Kollegen bei den de Vries beschlagnahmt haben. Außerdem legt sie der Bank den richterlichen Beschluss vor und wird sich um de Vries' Konten kümmern.«

»Und wir?«

»Wir fahren nach Schirumerfeld. Ich möchte wegen der Immobilien noch mal mit Stefanie de Vries sprechen. Außerdem hat Lars Snietjer mich angerufen. Er hat wohl irgendwas in der Scheune entdeckt und will es uns zeigen.«

»Vielleicht sollten wir uns dann zuerst die Scheune ansehen und anschließend mit Frau de Vries sprechen«, schlägt Hauke vor. »Ich meine, falls es in der Scheune tatsächlich etwas Interessantes zu sehen gibt, könnten wir sie direkt darauf ansprechen.«

»So machen wir's. Also, auf geht's!«

Als ich an der vermeintlichen Scheune, die sich als Resthof entpuppt, aus dem Auto steige, schaue ich mich zunächst einmal um. So weit das Auge reicht, gibt es um uns herum nur Felder und Wiesen. Hier und da stehen versprengt ein paar landwirtschaftliche Gehöfte, doch ist jedes einzelne von ihnen geschätzt mindestens einen Kilometer Luftlinie entfernt. Das Grundstück, auf dem der Resthof steht, wird in alle Richtungen durch hochgewachsene Büsche und vereinzelte Bäume begrenzt, sodass von außen nicht ersichtlich sein dürfte, was hier passiert.

Das Gebäude selbst scheint das Überbleibsel eines ehemaligen Gulfhofs zu sein. Aus irgendeinem Grund aber wurde der Wohntrakt abgerissen, sodass lediglich noch der aus rotem Backstein erbaute Stall übrig ist. Dieser dürfte in etwa die gleiche Größe haben wie der Stalltrakt des von der Familie de Vries bewohnten Hofs und scheint noch gut in Schuss zu sein. Selbst die roten Dachziegel sehen so aus, als wären sie vor nicht allzu langer Zeit erneuert worden.

»Ein massiver Bau«, stellt Hauke fest. »Wohl eher ein Stall als eine Scheune. Auf alle Fälle kann man ihn für alle möglichen Zwecke nutzen.«

Ich nicke zustimmend. »Was einmal mehr die Frage aufwirft, warum dieses Gebäude für einen Spottpreis an de Vries verkauft wurde.«

Lars Snietjer tritt aus dem Stall heraus und kommt auf uns zugelaufen. Er ist komplett eingehüllt in einen weißen Schutzanzug und trägt blaue Überzieher über den Schuhen. »Da seid ihr ja endlich«, ruft er uns zu. »Ich hatte euch früher erwartet.« Er tupft sich mit einem Taschentuch den Schweiß von der Stirn. »Puh, was für eine Hitze!«

»Wir wurden aufgehalten«, erkläre ich. »Du wolltest uns was zeigen, Lars?«

»Ja, genau.« Er bedeutet uns, ihm ins Gebäude zu folgen.

»Was gibt es denn so Spannendes zu sehen?«

»Wohl eher zu riechen.«

»Zu riechen?« Ich hebe erstaunt die Brauen.

»Genau. Wenn es nur etwas zu sehen gäbe, hätte ich euch nicht extra hergebeten, denn dann hätten sicherlich auch Fotos ausgereicht. Mit Gerüchen aber wird es schon schwieriger.«

Ich bemerke, dass Hauke neben mir nervös wird. Irgendwie vermittelt er den Eindruck, als wollte er lieber die Flucht ergreifen, als mit uns den Stall zu betreten. Ob es mit dem zu tun hat, was Lars sagte? Oder ist er in Gedanken bei seinem angeblich privaten Problem? Vermutlich ist es Letzteres. Denn warum sollte ihm bei einem Ermittlungseinsatz, der letztlich nichts weiter ist als polizeiliche Routine, plötzlich die Muffe gehen?

Ich seufze innerlich. Früher hätte er mir anvertraut, was ihn bewegt; und ich frage mich, an welchem Punkt und aus welchem Grund wir begonnen haben, uns nicht mehr zu vertrauen.

Nachdem wir uns ebenfalls Überzieher über die Schuhe gestreift haben, betreten wir das Stallgebäude durch das große Tor. Lars scheint sein Team noch einmal aufgestockt zu haben, denn es wuseln hier ungewöhnlich viele Personen in weißen Schutzanzügen herum.

Doch ist es nicht das, was mich irritiert. Vielmehr ist es der Geruch, der mir entgegenschlägt, sodass ich mir gleich nach dem Öffnen der Tür reflexartig die Nase zuhalte. Zwar ist der hier herrschende Gestank für einen milchwirtschaftlichen Betrieb nicht außergewöhnlich, nichtsdestoweniger aber sehr intensiv. Die Quelle ist rasch ausgemacht, denn in dem rechtsseitig gelegenen Laufstall liegt ein nicht abgedeckter größerer Haufen Maissilage.

»Boah, was ist denn das?!«, schimpft Hauke. Er presst sich den unteren Teil seines T-Shirts auf die Nase. Was in der Konsequenz bedeutet, dass sein Bauch und Teile seiner Brust nun unbedeckt sind. Als mir Sekunden später klar wird, dass ich ihn anstarre, wende ich rasch meinen Blick ab.

»Maissilage«, erkläre ich näselnd. »Es erinnert mich an meine Kindheit. Eine meiner Freundinnen ist auf einem Bauernhof aufgewachsen. Ich habe es geliebt, im Heu zu toben, weil es so herrlich roch. Um Gras- oder Maissilage aber habe ich lieber einen großen Bogen gemacht. Allerdings«, ich runzele die Stirn, »wundere ich mich, dass die Silage im Stall gelagert wird und nicht draußen.« Ich schaue Lars fragend an. »Das ist doch nicht unbedingt normal, oder? Ich meine, werden die Silos nicht normalerweise draußen aufgefahren und mit einer Plane abgedeckt?«

»Das war bisher auch mein Stand«, stimmt er mir zu.

»Und deshalb lässt du uns hier antanzen?«, schimpft Hauke. »Für einen Haufen vergorenen Mais? Ist das dein Ernst?«

Genau die gleiche Frage hatte auch mir auf der Zunge gelegen. »Nein. So bemerkenswert ist die Silage nun auch wieder nicht.«

»Sondern?« Hauke klingt gereizt.

»Ich war genauso verwundert wie du und Kea, als ich hier ankam. Aber wie ein Spürhund wie ich nun mal veranlagt ist, habe ich versucht, eine Antwort auf die Frage zu finden.«

»Wie genau lautete die Frage?«, erkundige ich mich.

»Warum lagert jemand etwas, das so erbärmlich stinkt wie Maissilage, in einem geschlossenen Raum, wenn es um das Gebäude herum dafür genügend Fläche gibt?« Er schaut mich herausfordernd an.

Ich überlege kurz, dann sage ich: »Um einen anderen Geruch zu überdecken?«

»Exakt. Gut kombiniert, Frau Hauptkommissarin.«

Wir sind am Ende des Futtergangs angekommen, und Lars öffnet eine graue Eisentür. Gleich darauf stehen wir in einem weiteren Raum. Ich schätze seine Größe auf etwa vierzig Quadratmeter. Alles, was ich sehe, ist gähnende Leere über einem nackten Betonboden, die bis hinauf zum Dachgebälk reicht.

Lars hebt den Zeigefinger. »Merkt ihr was?«

Ich drehe mich einmal um mich selbst, dann schüttele ich den Kopf.

Hauke hingegen nickt. Bevor er jedoch etwas sagt, läuft er schnuppernd kreuz und quer durch den Raum, dann nickt er erneut. »Es könnte der gleiche Geruch sein, den ich auch auf einem der Lkw wahrgenommen habe. Irgendetwas Chemisches, richtig?«

»Richtig.«

Ich gebe mir Mühe, ebenfalls etwas zu riechen außer der Maissilage, deren Gestank hier zwar längst nicht mehr so intensiv, aber dennoch wahrnehmbar ist. Offensichtlich aber ist mein

Geruchssinn nicht so gut ausgeprägt wie der meiner Kollegen. Vielleicht hat sich aber auch einfach nur der Gestank der Silage in meinen Nasenschleimhäuten festgesetzt. »Chemisch, sagt ihr? Wurden hier vielleicht Pestizide gelagert?«

»Möglich«, antwortet Lars. »Nur würde sich mir dann die Frage stellen, warum der Boden gründlich gereinigt wurde, und das zeitnah.«

»Vermutlich, um Spuren zu verwischen«, spekuliert Hauke. »Genau wie in einem der Lkw.«

»Wird es denn trotzdem möglich sein, eventuelle Überreste der Chemikalien zu sichern?«, erkundige ich mich.

»Wir tun, was wir können«, sagt Lars. »Was uns die Mühen gebracht haben, werden die Auswertungen im Labor zeigen. Aber ich dachte, ihr solltet euch auf jeden Fall ein Bild machen. Ob Chemikalien oder nicht – normal ist es jedenfalls nicht, dass solch ein Raum komplett leer steht und die Silage im Laufstall vor sich hin gärt.«

»Vielleicht kann uns die Bäuerin eine Antwort geben«, erwidere ich. »Möglich, dass es für das alles hier eine plausible Erklärung gibt.« Ich schaue Lars an. »Die Proben, die ihr von der Ladefläche des Lkw genommen habt, sind noch nicht ausgewertet?«

»Nein. Das wird aber nicht mehr lange dauern. Sobald wir etwas haben, geben wir euch selbstverständlich Bescheid.«

»Okay, dann machen wir uns jetzt mal auf den Weg zu Frau de Vries. Ich bin wirklich gespannt, was sie zu alledem zu sagen hat.«

Fünfzehn

Lina

Seit über einer Stunde warte ich auf den Rückruf von Kriminaldirektor Carstens. Normalerweise meldet er sich sehr zeitnah, aber heute scheint ihm etwas dazwischengekommen zu sein.

Mir will nicht in den Kopf, was der Unfall, ob inszeniert oder geplant, mit dem De-Jong-Clan zu tun haben soll. Nach unseren Informationen sind sie in vielen kriminellen Bereichen tätig, aber ihr Hauptbetätigungsfeld in Deutschland ist der Verkauf von synthetischen Drogen. Und mutmaßlich seit einiger Zeit die Herstellung. An meinem ersten Tag in Aurich hatte Keas Mannschaft eine einsame Scheune hochgenommen, die in Verdacht stand, als Drogenlabor benutzt zu werden. Die Scheune war bis auf einige Fässer mit Chemikalien leer geräumt. Ich stutze. Fässer, Chemikalien. War in der Besprechung nicht die Rede von einem merkwürdigen chemischen Geruch? Hat Hauke nicht die Lkw untersucht und davon gesprochen? Ist hier eine Verbindung zwischen de Jong und der Spedition? Aber was sollte das wiederum mit dem Unfall zu tun haben? Oder gibt es gar keinen Zusammenhang? Sind der Unfall und der Transport von Chemikalien zwei voneinander unabhängige Ereignisse? Dennoch muss es einen Grund geben, weshalb der Clan an den Ermittlungsergebnissen interessiert ist.

Eventuell ist nur jemand aus dem Clan in den Vorfall verstrickt, der tatsächlich ein Unfall war, und sie wollen sichergehen, dass dem Familienmitglied kein Prozess bevorsteht.

Ich klappe meinen Laptop auf und öffne die Datei, die mir Carstens vor einigen Wochen zur Verfügung gestellt hat. In der Datensammlung befinden sich sämtliche Informationen, die bisher über die Mitglieder der De-Jong-Großfamilie gesammelt wurden. Vor knapp drei Jahren kam zum ersten Mal der Verdacht auf, dass der De-Jong-Clan sich über die Grenzen der Niederlande hinaus ausgebreitet hat. Der jüngste Bruder des niederländischen Clan-Chefs, Derek de Jong, hatte sich ein ehemaliges Herrenhaus in der Krummhörn gekauft und war mit seiner Frau und den fünf Kindern umgezogen. Zwei seiner drei Söhne sind volljährig. Frerik de Jong ist inzwischen dreiundzwanzig, sein Bruder Bertus zwei Jahre älter. Der Jüngste in der Reihe, Levi de Jong, würde in wenigen Wochen seinen achtzehnten Geburtstag feiern. Die jüngere Tochter der Familie, Betje, ist fünfzehn, ihre Schwester Maiika zwanzig Jahre alt.

Derek de Jong ist fünfundsechzig, ist in den Niederlanden mehrfach verurteilt worden und saß zuletzt vor seinem Umzug nach Ostfriesland für zwei Jahre wegen Drogengeschäften im Gefängnis. Die Osnabrücker Kollegen vermuten, dass Derek de Jong aus der Schusslinie genommen werden sollte und ihm deshalb eine neue Aufgabe zugewiesen worden war. Mit ihm zogen nach und nach weitere Mitglieder der Großfamilie nach Deutschland um. Inzwischen werden fünfundvierzig Männer, Frauen und Kinder dem deutschen Zweig der de Jongs zugeordnet. Viele von ihnen sind von niederländischen Gerichten verurteilt worden und standen bei unseren Nachbarn unter Beobachtung. In ihrer neuen Heimat waren bisher nur Yorick de Jong und sein Cousin Luis Gómez von der Auricher Polizei festgenommen worden. Andere Mitglieder des niederländischen De-Jong-Ablegers wurden in der einen oder anderen Ermittlung als Verdächtige geführt, aber es konnte ihnen nie etwas nachgewiesen werden. Entweder zogen Zeugen ihre ursprünglichen Aussagen zurück oder sie verschwanden spurlos für längere Zeit.

Ich betrachte zwei Fotos. Auf dem einen ist das deutsche Clan-Oberhaupt zu sehen, auf dem anderen der mutmaßliche Finanzchef des Clans, Joris Verhoeven. Derek de Jong hat kurze graue Haare und buschige Augenbrauen. Sein schmales Gesicht mit den stechend blauen Augen und der markanten Nase würde ich in einer großen Menschenansammlung schnell wiedererkennen.

Joris Verhoeven ist mit seinen dreißig Jahren noch nicht einmal halb so alt wie sein Onkel mütterlicherseits. Verhoeven hat in Groningen und Emden Betriebswirtschaft studiert. Entsprechend seriös und vertrauenerweckend wirkt er auf dem Foto, scheint aber bei Weitem nicht das Charisma von Derek de Jong zu haben. Seine mittelblonden Haare trägt er kurz und zurückgekämmt, mit der modernen Hornbrille und dem dunklen Anzug macht er auf mich eher den Eindruck eines leitenden Bankangestellten als den eines führenden Mitglieds einer kriminellen Vereinigung. In den Akten habe ich gelesen, dass er neben Derek de Jong die entscheidende Figur im deutschen Clan ist. Sein Name ist weder in den Niederlanden noch in Deutschland jemals in Ermittlungen aufgetaucht, von einer Anklage ganz zu schweigen.

Als sich mein Handy bemerkbar macht, schließe ich schnell die digitale Akte und greife nach dem Handy. Ich melde mich, ohne aufs Display zu schauen. Carstens. Endlich!

»Was gibt es so Eiliges?«, fragt er ohne Begrüßung. Ich höre an seiner Stimme, dass er genervt ist.

Mit wenigen Worten umreiße ich den Unfallfluchtfall und ende mit der Aufforderung, die Hauke durch Harald Kaup erhalten hat. »Entweder ist das nur ein Test oder der De-Jong-Clan hat etwas mit dem Tod von de Vries zu tun.«

»Chemikaliengeruch sagten Sie? Das kann viele Ursachen haben. Ihre Intuition in allen Ehren, aber ich sehe da nicht zwingend einen Zusammenhang mit den Drogengeschäften des Clans.«

»Wir vermuten, dass sie dabei sind, die Produktion nach und nach aus den Niederlanden nach Deutschland zu verlegen. Im Nachbarland sind die Kollegen und auch die Bevölkerung inzwischen so sensibilisiert, dass es immer schwieriger für die Clans geworden ist, geeignete Produktionsstätten zu finden.«

»Ich habe den Bericht über die Lagerhalle in den Niederlanden gelesen, in der mutmaßlich synthetische Drogen hergestellt wurden. Aber den letztendlichen Beweis, dass bei uns im Norden Drogenlabore aufgebaut werden, haben wir bis heute nicht. Wie Sie wissen, hat das LKA alle Polizeidienststellen aufgefordert, die Augen und Ohren offen zu halten. Bisher gab es keine weiteren Erkenntnisse.« Er hält kurz inne. »Ich glaube, Sie schießen da gerade weit übers Ziel hinaus.«

»Wie viele Jahre hat es gebraucht, bevor in den Niederlanden ein Drogenlabor nach dem nächsten gefunden wurde?«, werfe ich ein. »Wir sollten das nicht auf die leichte Schulter nehmen. Es gibt durchaus Anzeichen …«

»Frau Lübbers«, unterbricht mich der Kriminaldirektor. »Ich weiß Ihre Arbeit zu schätzen, aber bitte schalten Sie einen Gang runter. Also, wie gehen wir mit der Aufforderung des Clans um? Das war doch letztlich Ihre Frage, oder?«

»Ja. Kollege Behrends muss in angemessener Zeit reagieren. Deshalb …« Ich breche ab. Nur mit Mühe kann ich meine Enttäuschung über Carstens im Zaum halten. Warum versteht er nicht, dass wir dem Clan noch nie so nahe gekommen sind?

»Ja?«, fragt Carstens, als ich nicht weiterspreche.

»Sie haben natürlich recht, dass wir noch nicht wissen, warum der Clan an der Fahrerflucht interessiert ist. Aber gehen wir einmal davon aus, dass de Vries für die Organisation gearbeitet hat. Es wäre fatal, wenn Kollege Behrends Informationen herausgibt, die dem Clan helfen würden, Spuren zu verwischen. Wollen Sie das wirklich verantworten?«

»Das lassen Sie mal meine Sorge sein.« Carstens räuspert sich. »Halten Sie den Clan erst mal hin. Sollte es notwendig sein, soll Kollege Behrends Sachverhalte weitergeben, die sich aus unserer Sicht für weniger wichtig erwiesen haben. Sollten wirklich weitere Anfragen auf die Drogengeschäfte des Clans hinweisen, werde ich die Lage neu beurteilen. Noch Fragen?«

»Ich halte das für wenig zielführend und gefährlich. Kollege Behrends könnte schnell in eine Situation kommen, die für ihn brenzlig wird. Und damit unseren Kontakt zum Clan gefährden könnte.«

»Ich habe volles Vertrauen zu Ihnen. Sie werden einen Weg finden. Informieren Sie mich, sollte es neue Entwicklungen geben. Und jetzt entschuldigen Sie mich. Ich bin in Eile.«

Bei dem Meeting mit den Kollegen kann ich mich kaum auf meinen Fall konzentrieren. Wir besprechen die Ermittlungsergebnisse des Tages. Lothar ist die Telefonlisten von Klaas Stoevers Handy und Festnetz durchgegangen und überprüft gerade eine Vielzahl von Anschlüssen. Von einem Handy mit niederländischer Nummer wurde in den Wochen vor Stoevers Tod mehrfach telefoniert. Es ist naheliegend, dass es sich um Sybille Krutischs Nummer handelt. Die Gespräche waren kurz und dienten womöglich nur der Absprache, wo sich Stoever und Krutisch treffen würden.

Ich notiere mir die Nummer, um sie nach Groningen durchzugeben.

»An den anderen Nummern bin ich dran«, fährt Lothar fort. »Einige haben sich schon als harmlos erwiesen. Friseur, Amtsgericht und Ähnliches. Die habe ich bereits aussortiert.«

»Wie lange wirst du brauchen?«, frage ich.

»Einen Tag mindestens noch.« Er wirft einen Blick zu Frank. »Vielleicht kann mir jemand helfen?«

»Das sehen wir morgen früh.« Ich schaue auf die Uhr. In einer halben Stunde treffen Kea und ich uns mit dem Staatsanwalt für die letzten Absprachen vor der Pressekonferenz. Ich wende mich an Frank. »Wie sieht es bei euch aus?«

»Wir sind einmal die Bankdaten durchgegangen. Die Überweisungen lassen sich gut nachverfolgen, da fast immer deutlich der Zweck oder die Rechnungsnummer vermerkt wurde. Außerdem haben wir die Kontostände mit den Steuererklärungen der letzten zwei Jahre abgeglichen. Das sind natürlich nur Überschlagsrechnungen, aber da scheint nichts im Argen zu liegen.«

»Bareinzahlungen?«

»Nein. Und genau das hat uns gewundert«, sagt Frank. »Sollten wir recht haben mit unseren Mutmaßungen, muss es dieses Bargeld geben. Wo ist es? Lag vielleicht eine größere Summe im Tresor? Dann können wir von einem ziemlich hohen Geldbetrag ausgehen.«

»Würde Stoever das wirklich da lagern?«, wirft Jörn ein. »So groß ist der Tresor auch nicht. Also ich könnte nicht ruhig schlafen, wenn einige hunderttausend Euro in meinem Tresor liegen würden.«

»Bankschließfach«, schlage ich vor.

»Wäre durchaus eine Möglichkeit«, meint Frank. »Und dann auf ein Schweizer Konto. Einmal im Jahr eine Reise in unser Nachbarland, und das Geld ist absolut sicher verwahrt.«

»Wir brauchen einen neuen Beschluss, der alle örtlichen Banken und Schließfachanbieter umfasst. Ich sehe den Staatsanwalt ohnehin gleich. Vielleicht bekommen wir ihn noch heute.« Ich schaue in die Runde. »Wir treffen uns morgen um neun und sehen dann weiter. Bis dahin habt ihr ja ausreichend Arbeit auf dem Tisch.«

Zwei Stunden später sitzen Kea und ich nach der Pressekonferenz mit Staatsanwalt van Zoest zusammen. Wir sind alle halbwegs zufrieden mit dem Verlauf, auch wenn sich durch die eine oder andere Frage bereits andeutete, was in den nächsten Tagen und Wochen auf uns zukommen könnte.

»Lange wird die Presse uns keine Ruhe lassen«, sagt van Zoest. »Heute war nur eine überregionale Zeitung vertreten und kein Fernsehsender. Das wird beim nächsten Mal anders sein.«

»Wann planen Sie die nächste Runde?«, fragt Kea.

»Das kommt darauf an, wie Ihre Ermittlungen laufen, aber spätestens in einer Woche sitzen wir wieder vor der Meute.« Van Zoest wirft mir einen fragenden Blick zu. »Haben wir bis dahin etwas?«

Mit *etwas* meint er natürlich den oder die Täter. Um ein Haar antworte ich ihm, dass ich keine Hellseherin bin, reiße mich aber zusammen und gebe ihm eine nichtssagende Antwort. Der Ermittlungsdurchbruch kann morgen kommen oder aber in einem Monat. Es gibt Fälle, die sich über Jahre hinziehen, und andere, die nie aufgeklärt werden.

»Wenn Sie mehr Leute brauchen, sagen Sie Bescheid«, gibt van Zoest genauso nichtssagend zurück. Wir beide wissen, wie dünn die Personaldecke gerade im Sommer ist.

Der Staatsanwalt steht auf. »Dann sehen wir uns spätestens in der nächsten Woche. Halten Sie mich bitte täglich auf dem Laufenden.«

Ich sitze in meinem Büro und warte auf Hauke. Kea hat sich bereits verabschiedet, sie murmelte etwas von einem Friseurtermin und dass sie morgen in großer Runde berichten würde. Bevor ich überhaupt reagieren konnte, ist sie verschwunden.

Erst jetzt kann ich über Carstens' schroffe Abweisung meiner Pläne nachdenken. Entweder hat der Kriminaldirektor einen schlechten Tag gehabt, oder ich habe mich verrannt. Ja, es gibt durchaus auch eine relativ harmlose Erklärung, warum der Clan Hauke beauftragt hat, alle Ermittlungsergebnisse weiterzugeben. Ein Test oder einen Gefallen für einen Bekannten oder Freund, der nicht zum Clan gehört. Will ich so sehr den Erfolg, weil ich zurück nach Osnabrück will? Bewusst nicht, unterbewusst könnte der Drang dazu beigetragen haben, dass ich übers Ziel hinausgeschossen bin.

Ich greife nach dem Handy, um Hauke zu fragen, wo er bleibt. Er antwortet nicht auf meine Textnachricht. Auch mein Anruf läuft ins Leere. Ich schiebe mit Wucht das Handy zurück auf den Tisch. Wo ist er jetzt schon wieder? Untergetaucht, weil ihm alles zu viel wird? Ich habe schon in den letzten Wochen mitbekommen, dass er nicht der Richtige für den Undercover-Job ist. Ändern lässt sich jetzt nichts mehr. Es war der einzige Ausweg für ihn.

Meine Tür wird aufgerissen, Hauke stürmt rein. Er kommt mir noch aufgelöster vor als ein paar Stunden zuvor.

»Hast du Carstens erreicht?«, fragt er atemlos.

»Ja, aber er schätzt die Situation nicht so dramatisch ein wie wir. Vielleicht sollten wir wirk…«

»Kaup hat mich gerade angerufen.« Haukes Stimme klingt jetzt schrill und überschlägt sich fast. »Sie wollen die Proben. Noch heute Nacht. Ich soll …«

»Hauke!«, falle ich ihm ins Wort. »Langsam! Welche Proben?«

»Aus dem Stall von de Vries. Es geht um den Chemikaliengestank. Wie können diese verfluchten Arschlöcher überhaupt davon wissen? Wir haben die Proben doch erst vor ein paar Stunden genommen.«

»Beruhig dich erst mal – ich muss überlegen. Die Proben habt ihr genommen, weil ihr vermutet, dass …«

»Ja, natürlich«, unterbricht er mich wieder. »Drogen. Was sonst? Liegt doch auf der Hand, was de Jong mit der Spedition zu tun hat. Die holen – woher auch immer – die Chemikalien, die der Clan für ihre Teufelspillen braucht. Diese Sachen bekommt man nicht mal eben in der Apotheke nebenan. Und schon gar nicht in so großen Mengen im Großhandel. Und die müssen dann auch noch ins Land rein.« Hauke, der die ganze Zeit in meinem Büro hin- und hergelaufen ist, bleibt vor mir stehen. »Mensch, Lina. Siehst du das denn nicht? Was soll ich jetzt machen? Ins Labor der Kollegen einbrechen und …« Er legt den Kopf in den Nacken und stößt einen Verzweiflungsschrei aus.

»Erst mal sollst du dich beruhigen und dich hinsetzen. Ich versuche gleich, Carstens zu erreichen.« Ich zeige auf den Stuhl neben mir. »Also!«

Während Hauke sich hinsetzt, habe ich bereits das Handy am Ohr. Dieses Mal erwische ich den Kriminaldirektor sofort.

»Frau Lübbers. Was gibt es denn noch? Ich dachte, wir hätten alles geklärt.«

Ich frage, ob es in Ordnung ist, wenn Hauke mithören kann. Als Carstens das bestätigt, fahre ich fort: »Es gibt eine neue, dramatische Lage.« Ich fasse kurz zusammen, was passiert ist. »Wenn Kollege Behrends die Aufforderung ignoriert oder sich herausredet, ist er nicht nur persönlich in Gefahr, sondern auch unser Kontakt zum De-Jong-Clan wird abbrechen. So kurzfristig aber, wie das alles jetzt ist, sehe ich auch eine gute Chance für uns, an den Clan heranzukommen.«

»Die wäre?« Carstens' Laune scheint sich etwas verbessert zu haben. Seine Stimme klingt zumindest interessierter als zuvor.

»Wenn wir jetzt richtig agieren, können wir dem De-Jong-Clan immer einen Schritt voraus sein und müssen nicht nur auf deren Anforderungen reagieren.«

»Wie ist Ihr Plan?«

»Wir geben ihnen, was sie wollen. Natürlich nicht die Proben oder die gesamten Proben. Wenn ich mich richtig entsinne, werden jeweils zwei Proben von der gleichen Stelle genommen. Zur Sicherheit und um eine Gegenprobe machen zu können.«

»Das ist richtig«, bestätigt mir der Kriminaldirektor.

»Kollege Behrends übergibt die Proben und wir verkünden intern, dass sie abhandengekommen sind. Dann können wir im Geheimen weiterermitteln, ohne dass der Clan alle möglichen Maßnahmen ergreift.«

»An was dachten Sie da?« Carstens scheint angebissen zu haben.

Hauke hebt den Arm, um mir zu signalisieren, dass er etwas sagen möchte. Ich nicke.

»Herr Kriminaldirektor«, beginnt Hauke. »Ich grüße Sie. Es ist so, dass die Spedition noch für einige Wochen Aufträge hat. Ich gehe davon aus, dass es nicht nur legale sind. Wir bringen an beiden Lkw Peilsender an und können so die Fahrzeuge per Internet verfolgen. Wenn sie dann zurück in Deutschland sind, muss die Ware ja ausgeliefert werden. Wir sind dabei und werden zuschlagen. Aber es wird sicher auch noch andere Möglichkeiten geben.«

»Klingt gut, allerdings frage ich mich, was die niederländische Organisation mit den Proben will. Wir können doch jederzeit neue nehmen.«

Ich fasse mir an die Stirn. In der Eile habe ich nicht weit genug gedacht. Carstens hat recht. Hier stimmt was nicht.

»Kann ich Sie gleich wieder anrufen, Herr Kriminaldirektor? Ich muss kurz etwas veranlassen.«

»Ich bin erreichbar.«

Ich eile zu meinem Schreibtisch und rufe über den Festnetzanschluss in der Zentrale an. »Ich brauche einen Streifenwagen, der heute Nacht eine Scheune bewacht.« Hauke schiebt mir einen Zettel zu, auf dem die Koordinaten stehen. Ich lese sie vor und erkläre, wie die Kollegen fahren müssen.

»Einen Moment bitte. Ich schaue mal kurz nach, ob wir einen …« Der Polizist in der Zentrale stutzt. »Sagten Sie ›in der Nähe von Schirum‹? Ich habe da gerade eine Meldung reinbekommen. Ein Resthof steht in Flammen. Wenn ich das richtig sehe … Augenblick …«

»Verdammt«, fluche ich leise.

»Ja, ich fürchte …«, meldet sich der Polizist aus der Zentrale wieder. »Das ist der Stall, den Sie mir gerade durchgegeben haben. Soll ich immer noch einen Streifenwagen schicken?«

»Nein, das hat sich erledigt, danke.«

Ich lege auf und erkläre Hauke, was passiert ist.

»Wie können die so schnell …?« Er verschluckt den Rest.

Ich greife nach meinem Handy und habe im nächsten Augenblick den Kriminaldirektor in der Leitung.

»Dann wäre das ja geklärt«, sagt er, nachdem ich ihn über die neue Lage informiert habe. »Ich hatte Zeit, über Ihren Vorschlag nachzudenken. Ich stimme ihm zu, und jetzt scheint es mir noch ratsamer zu sein, sofort zu reagieren. Leiten Sie alles in die Wege. Allerdings werden Sie Frau Siefken einweihen müssen. Ist das ein Problem?«

Ich schaue Hauke an, der verzweifelt den Kopf schüttelt.

»Ich denke nicht. Allerdings fürchte ich, dass wir auch den Leiter der Kriminaltechnik einweihen müssen. Zumindest insoweit, als die Proben quasi im Geheimen analysiert werden.«

»Vermutlich ja. Ich bin den ganzen Abend zu erreichen. Sprechen Sie mit Hauptkommissarin Siefken, und dann sehen wir weiter.«

Ich verabschiede mich von Carstens und setze mich zu Hauke an den Tisch. »Es gibt keine andere Lösung. Wir müssen Kea reinen Wein einschenken.«

Sechzehn

Kea

Elf Anrufe in Abwesenheit? Acht von Hauke, drei von Lina. Alarmiert starre ich auf das Display meines stumm geschalteten Handys. Was, um alles in der Welt, ist denn jetzt passiert?!

»Alles in Ordnung?«, fragt meine Friseurin. Ich habe gerade bezahlt und wollte eigentlich nur nachschauen, ob meine Kinder sich gemeldet haben, wie sie es an jedem Abend machen.

»Ich fürchte nicht«, murmele ich und wende mich dem Ausgang zu. »Vielen Dank und bis zum nächsten Mal.«

»Ja, bis dann, Frau Siefken.«

»Hauke?«, rufe ich gleich darauf in den Hörer.

»Kea, Gott sei Dank!«, kommt es zurück, noch bevor ich eine Frage stellen kann. »Du musst sofort ins Kommissariat kommen, hier brennt die Hütte.«

»Aber was …?«

»Komm einfach her, okay? Wir sind in Linas Büro. Ich kann dir das unmöglich am Telefon erklären.« Erst jetzt geht mir auf, dass seine Stimme zittert.

»Es ist doch hoffentlich niemandem etwas passiert?«

»Nein, das ist es nicht.«

»Gut.« Ich atme erleichtert auf. »Alles andere lässt sich reparieren.«

»Wenn du meinst.« Hauke klingt alles andere als überzeugt. Noch einmal nachhaken aber kann ich nicht, denn er hat aufgelegt. Also mache ich mich durch die belebte Auricher Fußgängerzone auf den Rückweg zu meiner Dienststelle.

Zwei ernste Gesichter blicken mir entgegen, als ich Linas Büro betrete. Hauke sieht so desolat aus, wie ich ihn noch nie erlebt habe. Die Haare zerzaust, das Gesicht wachsbleich, und in seinen Augen steht nackte Verzweiflung. Lina wirkt auf den ersten Blick ernst und gefasst, doch verraten sie ihre Finger, mit denen sie nervös auf dem Tisch herumtrommelt.

»Sorry, dass wir dir deinen Feierabend versauen, Kea, aber wir haben dir etwas Dringendes zu sagen.« Lina bedeutet mir, Platz zu nehmen.

»Ich höre.«

»Ich hab Scheiße gebaut«, sagt Hauke nach einem auffordernden Blick von Lina. Er rutscht unruhig auf seinem Stuhl hin und her. »Richtig große Scheiße.«

»Ich höre«, wiederhole ich, um eine ruhige Stimme bemüht, obwohl sich meine Eingeweide in Erwartung eines Worst-Case-Szenarios schmerzhaft zusammenziehen.

Hauke beginnt zu erzählen, und mit jedem Satz, den er von sich gibt, wird mein Wunsch größer, dies möge nur ein Albtraum sein und ich gleich aus ihm erwachen. Leider aber hilft alles In-den-Arm-Kneifen nichts. Was Hauke mir mal stammelnd, mal flüssiger erklärt, ist und bleibt die Realität. Illegales Pokerspiel, Schuldschein, Kaup, Drogenküche, de Jong, Undercover, de Vries … Haukes Worte wirbeln in meinem Kopf herum und verquirlen sich zu einem klebrigen Brei. Das darf doch nicht wahr sein! Ich suche nach Anzeichen, dass mich die beiden auf den Arm nehmen, dass das alles ein dummer Streich unter Kollegen ist, den sie aus irgendeinem Grund für witzig halten. Leider aber sprechen ihre Gesichter eine andere Sprache.

»Na ja, und nun haben wir die Situation, dass die de Jongs von Hauke die von der KTU genommenen Proben haben wollen«, sagt Lina, als Hauke nach langer Rede schwer atmend und verschwitzt in seinem Stuhl zusammensinkt. »Die aus dem Stall. Wir haben Anweisung, den de Jongs zumindest einen Teil der Proben auszuhändigen. Gott sei Dank haben wir ja von jeder zwei.«

»Anweisung?«, hake ich ein. »Von wem?«

»Kriminaldirektor Carstens.«

Ich beuge mich vor, als hätte ich nicht richtig verstanden. »Was, in drei Teufels Namen, hat Carstens mit dieser Sache zu tun?«

»Er war darüber informiert. Also über …« Lina stockt. »Über Haukes Angelegenheit.«

Ich schließe die Augen. Das kann doch nur ein schlechter Traum sein! Als ich sie wieder öffne, wedele ich mit den Händen in der Luft herum und sage: »Jetzt noch mal ganz langsam, Lina. Du maßt dir an, hinter meinem Rücken mit Carstens einen Deal auszuhandeln, der so weitgreifende Folgen hat, dass er unsere Ermittlungen konterkariert? Und das alles nur, weil Hauke … weil Hauke …« Ich werfe ihm einen so vernichtenden Blick zu, dass er wie unter Peitschenhieben zusammenzuckt.

»Bitte, Kea, lass mich das erklären …«

Ich unterbreche Lina mit einer Geste. »Spar dir das für morgen auf! Für heute habe ich genug gehört.« Ich stehe auf und merke, dass meine Beine unter mir nachzugeben drohen. Reflexartig greife ich an die Tischkante.

»Ist alles okay, Kea?« Hauke streckt seinen Arm aus, um mich zu stützen, doch ich stoße ihn weg.

»Diese Frage war hoffentlich nicht ernst gemeint«, presse ich angestrengt hervor. »Wir sprechen morgen weiter. Ich gehe jetzt nach Hause. Ich muss das alles erst mal verdauen.«

Lina schüttelt den Kopf. »Das geht nicht.«

»Wie bitte? Was geht nicht?«

»Wir haben Entscheidungen zu treffen.«

»Dann ruf doch Kriminaldirektor Carstens an. Ich hörte, der ist in solchen Dingen gern behilflich.«

Lina seufzt. »Ich verstehe dich ja, Kea«, sagt sie mit leiser Stimme. »Ich an deiner Stelle würde genauso reagieren. Und das alles tut mir wirklich leid. Aber glaub mir, es gab keine andere Möglichkeit.«

»Keine andere Möglichkeit? Ihr habt mein Vertrauen missbraucht, und alles, was du zu sagen hast, ist, dass es keine andere Möglichkeit gab?«

»Bitte, Kea. Ich werde dir zu einem späteren Zeitpunkt alles ganz genau erklären. Versprochen. Aber wie Hauke dir am Telefon schon sagte, brennt hier gerade die Hütte. Und das leider nicht nur im übertragenen Sinne.«

Ich horche alarmiert auf. »Was soll denn das jetzt schon wieder heißen?«

»Der Stall«, erklärt Hauke. »Der Stall von de Vries, in dem wir heute mit Lars waren, brennt lichterloh. Wir gehen davon aus, dass die de Jongs dahinterstecken.«

Wie in Zeitlupe lasse ich mich wieder auf meinen Stuhl sinken. »Bring mir einen Kaffee, Hauke. Extrastark. Feierabend ist gestrichen.«

Nach einer zehnminütigen Pause, in der ich mit meinen Kindern telefoniert habe, sitzen wir drei bei einem Kaffee wieder zusammen. Ich versuche, die in mir lodernde Enttäuschung zu ignorieren. Die Planung des weiteren Vorgehens erfordert ein hohes Maß an Professionalität. Persönliche Animositäten haben da keinen Platz, selbst wenn es mich große Anstrengung kostet, sie auszublenden.

»Wir, also Hauke und ich, haben das schon mal durchdacht«, beginnt Lina, nachdem ich sie mit einer Geste dazu aufgefordert habe. »Damit die de Jongs keinen Verdacht schöpfen, bringt Hauke ihnen gleich morgen früh die Proben aus dem Stall.«

»Was ist mit den Proben aus den Lkw? Haben die de Jongs dazu nichts gesagt?«, hake ich nach.

»Nein. Entweder wissen sie nicht, dass wir sie genommen haben …«

»Das glaubst du doch wohl selbst nicht«, unterbreche ich sie.

»… oder sie sind, warum auch immer, nicht daran interessiert«, vollendet Lina unbeeindruckt ihren Satz.

»Was allerdings auch egal ist«, ergänzt Hauke, »denn inzwischen wissen wir von der KTU, dass sie sowieso nicht brauchbar sind.«

»Nicht brauchbar? Und das heißt jetzt genau was?«

»Anscheinend wurde der Lkw so gründlich gereinigt, dass nur noch Spuren des Reinigungsmittels nachweisbar waren.«

»Vielleicht wissen die de Jongs das ja auch«, meint Lina.

Ich sehe sie stirnrunzelnd an. »Woher sollten denn die das wissen? Hat Hauke es ihnen gesteckt?«

Hauke schüttelt den Kopf. »Nee, ganz sicher nicht.«

Lina winkt ab. »Egal. Das war nur so dahingesagt.«

»Okay, Lina«, sage ich, »dann bringe ich dich, was Stefanie de Vries angeht, mal auf den neuesten Stand. Oder hat Hauke das schon getan?«

Nun schütteln Lina und Hauke den Kopf.

»Wir haben von ihr einiges Neue erfahren, als wir heute bei ihr waren«, fahre ich daher fort. »Sie sagt, dass in dem Stall, der gerade brennt, derzeit lediglich Futtermittel für die Tiere gelagert werden. Der Grund, warum ihr Mann dafür plädiert hat, den Stall zu kaufen, war aber wohl, dass er mittelfristig vorhatte, die Spedition zu erweitern, sprich noch mindestens einen weiteren Lkw zu leasen. Dafür wollte er den Stall umbauen und als Garage nutzen. Ob das so stimmt, sei mal dahingestellt. Vielleicht finden sich dazu irgendwelche Pläne in den Unterlagen, die Kirsten gerade durchforstet. Was mich allerdings stutzig gemacht hat, ist, dass Frau de Vries plötzlich, die Spedition betreffend, ihre Absicht geändert hat.«

»Inwiefern?«, fragt Lina.

»Bislang hat sie immer davon gesprochen, dass sie die Spedition ihres Mannes nicht weiterbetreiben möchte. Lediglich die vertraglich zugesicherten Fahrten sollten noch gemacht werden. Heute aber sagte sie mir plötzlich, dass sie ihre Meinung geändert hat. Glücklich wirkte sie mit dieser Entscheidung keineswegs.«

»Sie hat Angst«, wirft Hauke ein. »Das war nicht zu übersehen.«

Lina nickt. »Was angesichts dessen, was wir jetzt vermuten, durchaus Sinn ergeben würde. Vermutlich haben sich die de Jongs bei ihr gemeldet und üben Druck aus.«

»Genau«, stimme ich ihr zu. »Sie wollen, dass das eingespielte Team, sprich die beiden Fahrer, auch weiterhin für sie durch ganz Europa fahren und ihre Drogen unter die Leute bringen. Zumindest so lange, bis sie eine Alternative haben.«

»Wohl eher die Zutaten für die Drogen«, meint Hauke. »Oder sie transportieren tatsächlich beides. In de Vries' Stall hat allerdings nichts darauf hingedeutet, dass dort Ecstasy – oder was auch immer – zusammengebraut wird.«

Ich nicke. »Gehen wir einmal davon aus, dass der Geruch durch Chemikalien verursacht wurde, die als Bestandteile für die synthetischen Drogen gebraucht wurden. Dann würden so einige Puzzleteile plötzlich ins Bild passen.«

»Aber warum zwingen die de Jongs Frau de Vries, die Spedition weiterzubetreiben, und brennen gleichzeitig den Lagerraum ab?«, überlegt Hauke. »Das ist doch nicht logisch.«

»Sie werden noch andere Lagerräume haben«, erwidert Lina schulterzuckend. »Was sie brauchen, sind die beiden Lkw mitsamt den Fahrern. An welchem Ort die dann ihre Ware abholen – und diese vermutlich zwischen all dem Zeug verstecken, das auf den offiziellen Frachtpapieren steht –, ist für die de Jongs doch erst mal egal. Ich gehe mal davon aus, dass sie nicht viele Spediteure haben, die sich auf ein solches Geschäft mit ihnen einlassen und denen sie vertrauen können. Zumal ja auch die Fahrer die Klappe halten müssen.«

»Wie auch immer, um diese Details können wir uns später kümmern«, stoppe ich ihre Überlegungen. »Auf alle Fälle werde ich morgen wegen des Brands noch mal mit Frau de Vries und auch mit den beiden Fahrern sprechen. Zunächst einmal müssen wir jedoch entscheiden, wie wir kurzfristig weiter vorgehen.« Ich mache eine kurze Pause. »Um bei den de Jongs keinen Verdacht aufkommen zu lassen, dass Hauke sich weigert, weil es ihm zu heiß wird, oder er gar aufgeflogen ist«, ich werfe ihm einen finsteren Blick zu, »kriegen sie morgen ihre Proben. Uns ist es egal, da wir ja anscheinend ein doppeltes Set haben.«

»Was die de Jongs hoffentlich nicht wissen«, ergänzt Lina. »Sie werden davon ausgehen, dass sie nach der Übergabe alle Proben in der Hand beziehungsweise durch den Brand vernichtet haben.«

»Es sei denn, das Abfackeln diente einem anderen Zweck, als Spuren zu vernichten«, gibt Hauke zu bedenken. »Aber nach allem, was wir dort gesehen oder eben nicht gesehen haben, wüsste ich nicht, was es sonst sein sollte.« Er feixt. »Es sei denn, sie wollten einfach nur die bestialisch stinkende Maissilage aus der Welt schaffen.«

Als Hauke begreift, dass ich für seine Scherze noch nicht wieder empfänglich bin, hebt er entschuldigend die Hände.

»Dass Hauke den de Jongs die Proben liefert, ist also abgemacht«, fahre ich fort. »Welche Schritte sind noch erforderlich?«

»Damit ich an die Proben herankomme, muss Lars noch heute eingeweiht werden«, sagt Hauke. »Vielleicht nicht in die ganze Geschichte, aber …« Er hebt schulterzuckend die Hände. »Irgendwie werden wir ihn ja davon überzeugen müssen, dass das alles seine Richtigkeit hat. Dafür muss er herkommen.«

»Gut, das Herholen übernehme ich.« Mein Blick schweift von Lina zu Hauke und wieder zurück. »Sonst noch was?«

Lina und Hauke berichten mir von den Peilsendern, mit denen sie die Lkw ausstatten wollen.

»Eine sehr gute Idee«, sage ich. »Gut möglich, dass die de Jongs in der nächsten Zeit vorsichtig sein werden, was illegale Transporte angeht. Aber wenn sie sich sicher fühlen, werden sie weitermachen. Und dann kommt unsere große Stunde.« Schon die Vorstellung, dem deutschen Ableger des De-Jong-Clans endlich auch hierzulande etwas nachweisen und deren Oberhaupt Derek de Jong in absehbarer Zeit womöglich hochnehmen zu können, löst in mir eine gewisse Euphorie aus. Die Opfer, die auf dessen Konto gehen, sind vermutlich kaum noch zählbar. Das gilt für die direkten Opfer genauso wie für die indirekten.

»Apropos Opfer«, sage ich, obwohl dieses Wort gar nicht laut ausgesprochen wurde. »Ich denke, wir können unter den gegebenen Umständen davon ausgehen, dass Keno de Vries nicht zufällig gestorben ist. Also weiten wir die Fahndung nach dem schwarzen SUV noch einmal aus.« Ich schnaube unwillig. »Nun wird mir auch klar, warum der mit einem nicht registrierten Nummernschild durch die Gegend fährt. Das ist doch ganz klar die Handschrift der de Jongs.«

»Noch mal zu den Finanzen der Familie de Vries«, sagt Hauke. »Das Zusatzeinkommen, das er mutmaßlich von den de Jongs kassiert hat, würde auch erklären, warum sich de Vries nicht nur den Erwerb des Stalls, sondern auch die teuren Lkw und die Eigentumswohnung hat leisten können. Kirsten prüft doch gerade die Unterlagen. Wir sollten sie also auf den Nebenerwerb hinweisen, damit sie noch gezielter auf Ungereimtheiten achten kann.«

»Auch das, ja«, stimme ich zu.

Es entsteht eine längere Pause, bis Lina sagt: »Notar Stoever hat den Ankauf von de Vries' Stall beurkundet. Wie wir wissen, deutlich unter Wert. Auch das sollten wir uns noch mal genauer anschauen.«

Ich nicke. »Tut das.« Ich werfe einen Blick auf die Uhr. »Nun gut. Es ist noch nicht so spät, dass wir Lars Snietjer nicht mehr anrufen könnten. Wenn die Aktion mit den Proben bis morgen früh gelaufen sein soll, dann muss er jetzt tatsächlich noch mal herkommen.«

Ich greife zu meinem Telefon. Lars hebt ab, und ich fordere ihn auf, kurzfristig ins Kommissariat zu kommen. Er klingt nicht begeistert. Auf seine mürrische Nachfrage hin sage ich nur: »Lina und ich werden dir alles Weitere erklären, wenn du hier bist. Es ist wirklich wichtig.«

Siebzehn

Lina

»Wie lange braucht Lars?«, frage ich Kea. Hauke hat sich für ein paar Minuten entschuldigt. Er müsse draußen frische Luft schnappen. Wir haben vorher abgesprochen, dass nur Kea und ich mit Lars Snietjer sprechen werden.

Kea schaut auf die Uhr. »In einer Viertelstunde sollte er da sein.« Sie wirft mir einen Blick zu, den ich nicht deuten kann. »Ich hoffe, du hast eine Idee, wie du ihn einweihst, ohne dass er erfährt, was hier abgegangen ist.«

»Wir werden ihn bitten müssen, uns zu vertrauen.«

»Wir? Uns?«

Ich stöhne innerlich auf. Auf der einen Seite verstehe ich Kea, die sich von mir und vor allem Hauke verraten fühlt, auf der anderen Seite sollte sie sich denken können, dass wir nicht leichtfertig gehandelt haben. »Es gab keinen anderen Weg, um Hauke rauszuhelfen. Mir, und Hauke sowieso, waren die Hände gebunden. Carstens hat bestimmt, wo es langgeht und wer davon erfahren darf. Das war eine absolute Notlage. Hätte Hauke den Dienst quittieren sollen? Wäre das in deinem Sinne gewesen?«

Kea schnaubt verächtlich. »Habe ich das etwa gesagt? Was ihr beide da ausgeheckt habt, ist ...« Kea winkt ab. »Lassen wir das jetzt. Wir brauchen einen Plan. Und nicht nur für Lars.«

»Es gibt keinen anderen Weg, als dass Lars uns vertraut und über das schweigt, was wir gleich mit ihm besprechen. Wenn du deine Autorität in die Waagschale wirfst, wird er mitspielen. Wir brauchen die Proben, und Lars muss die Analyse selbst und geheim durchführen. Den Kollegen sagen wir, dass die Proben nichts gebracht haben.«

»Noch eine Lüge. Ist dir nicht klar, dass dir das irgendwann um die Ohren fliegt?«

Ich entschließe mich zu einem gefährlichen Schritt. »Carstens hat ausdrücklich darauf bestanden, dass nur du eingeweiht wirst. Ich habe natürlich gefragt, warum es nicht alle wissen dürfen.«

»Und?«

»Er hat Angst, dass etwas durchsickert und die Aktion nach hinten losgeht. Wir müssen die Fäden in der Hand behalten und dem Clan immer einen Schritt voraus sein.«

Kea wirft mir einen wütenden Blick zu. »Durchsickert? Was soll das denn heißen? Hier sickert nichts durch. Dafür lege ich meine Hand ins Feuer.«

»Vielleicht nicht aus dem Kreis der Kollegen im Kommissariat. Oder nicht bewusst. Aber du weißt selbst, wie viele Kollegen – auch aus dem Streifendienst – schon etwas mitbekommen haben. Alle Kollegen der Kriminaltechnik wissen von den Proben, es waren zwei Streifenwagen mit vor Ort, wie Hauke mir erzählt hat. Das sind alles viel zu viele Personen, die niemand mehr kontrollieren kann. Ein falsches Wort an der falschen Stelle und die Aktion platzt. Ganz davon abgesehen, dass wir Hauke dadurch in Gefahr bringen würden.«

»Gefahr?« Kea schaut mich entsetzt an.

»Der Clan ist der Meinung, dass er ihr Mann ist. Was meinst du, wie sie reagieren, wenn sie merken, dass sie verraten wurden?«

»Verdammter Mist, Lina. Du bist …« Sie schluckt die letzten Worte hinunter und legt den Kopf in den Nacken. »Okay, gehen wir systematisch vor. Zuerst Lars, dann der Plan.«

Die Tür von Keas Büro wird aufgerissen, Lars stürmt ins Zimmer. »Ist euch eigentlich klar, dass ich mein Badminton-Spiel absagen musste? Paul ist stinksauer.«

»Moin, Lars«, begrüßt Kea den Kriminaltechniker. »Setz dich doch erst mal. Es ist wirklich wichtig, sonst hätten wir dich nicht gerufen.«

»Da bin ich ja mal gespannt«, murmelt er.

Kea nickt mir zu. Ich räuspere mich. »Wir sind in einer Art Notlage. Das größte Problem ist, dass wir dir nicht erklären können oder dürfen, weshalb wir etwas ganz Bestimmtes machen.«

»Wovon redest du? Ich verstehe nur …«

»Hör einfach zu«, unterbricht Kea ihn. Sie spricht ruhig, aber man hört ihrer Stimme an, dass die Situation ernst ist.

»Ihr habt Proben aus dem Lagerraum der de Vries genommen«, fahre ich fort. »Alle zweifach?«

»Machen wir immer. Weißt du doch.«

»Wir brauchen die jeweilige Doppelprobe. Die anderen verbleiben im Labor. Du wirst sie untersuchen und nur Kea und mir Bericht erstatten. Intern geben wir raus, dass nichts gefunden wurde.«

Lars schaut mich fassungslos an. »Egal, was die Analyse sagt?«

»Ja. Niemand außer uns dreien darf von den Ergebnissen erfahren.«

Lars fährt sich mit der Hand durch die Haare. »Kann mir mal jemand sagen, was hier los ist? Ist das ein Test, ob ich mich auf diesen Stuss einlasse?« Er verdreht die Augen. »Ihr beide verarscht mich doch.«

»Lars«, schreitet Kea ein. »Das kommt von ganz oben. Osnabrück. Es hat alles seine Richtigkeit. Wenn du willst, bekommst du von mir eine schriftliche Anweisung. Dann bist du auf der sicheren Seite.«

»Quatsch! Das brauchen wir bei uns doch wohl nicht. Trotzdem …« Er schüttelt den Kopf und stöhnt leise. »Okay, also absolute Geheimhaltung. Kein Wort an niemanden. Habe ich das richtig verstanden?«

Ich nicke und atme erleichtert auf.

»Was ist mit den Proben aus den Lkw?«

»Die können ganz normal in die Analyse gehen«, sagt Kea. »Es geht ausschließlich um die aus der Halle.« Sie hält kurz inne. »Die übrigens abgebrannt ist. Ich habe vorhin mit den Kollegen der Feuerwehr vor Ort telefoniert. Es ist nicht viel übrig. Sie vermuten, dass es sich um Brandstiftung handelt.«

Lars scheint zu perplex zu sein, als dass er das Gehörte kommentieren könnte.

»Wir vermuten einen Zusammenhang mit unserer Durchsuchung«, wage ich mich vorsichtig vor. »Aber bitte auch darüber absolutes Stillschweigen.«

Lars nickt und steht auf. »Soll ich die Proben jetzt holen?«

Lars Snietjer hat uns vor wenigen Minuten die Proben übergeben und sich anschließend auf den Weg nach Hause gemacht. Nachdem wir Hauke gerufen haben, sitzen wir in Keas Büro am Besprechungstisch zusammen, vor uns der große Pappkarton mit den in Plastiktüten verpackten Proben.

»Wann triffst du Kaup?«, frage ich Hauke.

»In einer Stunde in seinem Haus. Was soll ich ihm sagen, wenn er fragt, wie ich an die Proben gekommen bin?«

Ich ziehe ein kleines Dietrich-Set aus der Tasche und öffne das Etui. »Zeig ihm das. Kannst du damit umgehen?«

Hauke nickt. »Leidlich. Das wird ihm sicher reichen.«

»Wie geht es weiter?«, fragt Kea, der man deutlich anmerkt, wie schwer es ihr inzwischen fällt, ruhig und sachlich zu bleiben.

»Wir gehen jetzt kurz durch, was Hauke Harald Kaup über die Ermittlungen im Fall de Vries sagen kann. Dann legen wir unsere nächsten Schritte fest.«

Ich schlage vor, dass Hauke weitestgehend bei der Wahrheit bleibt und auf Fragen nach den Proben von Routinedurchsuchung spricht. »Dass wir einen Toyota suchen, wird Kaup selbst wissen. Ansonsten warten wir auf die Untersuchungsergebnisse. Er könnte auch erwähnen, dass die Obduktion keine eindeutigen Ergebnisse gebracht hat.«

»Super! Laden wir Derek de Jong doch gleich persönlich zu uns ein«, wirft Kea schnippisch ein. »Wäre das nicht einfacher?«

Hauke und ich schweigen. Was sollen wir sagen? Kea ist zutiefst verletzt und braucht ein Ventil für ihren Frust.

»Und weiter?«, sagt Kea.

»Wir bringen einen Tracker an den Lkw an und warten, bis sie nach ihrer nächsten Fahrt wieder auf deutschem Boden sind. Eventuell können die ausländischen Kollegen auch vor Ort observieren. Das hängt davon ab, wie früh wir erfahren, wo es hingeht, und auch, welches Land es ist.«

Kea nickt.

»Wenn die Lkw die Ware ausliefern oder in einem neuen Zwischenlager unterbringen, sind wir dabei. Dann wird es vermutlich auf eine längere Observation hinauslaufen, bis wir ausreichend Material gesammelt haben.« Als Kea und Hauke keine Einwände erheben, fahre ich fort. »Inzwischen werten wir die Proben aus, recherchieren weiter zu de Vries und den Umständen seines Todes und der mutmaßlichen Zusammenarbeit mit dem Clan. Es muss ein Motiv für die Tat geben, egal, ob es ein Unfall war oder eine gezielte Tötung. Im Detail müssen wir, je nach Situation, nachsteuern. Über Hauke können wir Falschinformationen an den Clan bringen, der sie im besten Fall in eine Falle lockt.«

»Guter Plan«, sagt Hauke mit zurückhaltender Stimme und wirft einen vorsichtigen Blick auf Kea.

»Okay. Und Osnabrück macht dabei mit? Kriminaldirektor Carstens verantwortet das in letzter Instanz?«

»Davon gehe ich fest aus. Wir werden uns vor jedem Schritt absprechen. Wenn du nichts dagegen hast, würde ich das übernehmen. Ich habe einen sehr guten Kontakt zu Carstens.«

Kea zögert lange, schließlich nickt sie. »Wir gehen so vor.« Sie steht auf. »Ihr kommt allein klar?«

Ich nicke.

»Bis morgen«, murmelt Kea und verlässt mit uns zusammen ihr Büro.

»Das war eine Scheißidee«, flucht Hauke, als wir im Auto sitzen. »Wir hätten die ganze Sache einfach beenden sollen. Diesen Kriminellen die kalte Schulter zeigen. Lieber ein Ende mit Schrecken als …«

»Hör auf, Hauke! Kea wird sich beruhigen.«

»In wie vielen Jahren genau? Du kennst sie nicht so gut wie ich. Sie ist verdammt nachtragend. Und ihre Reaktion vorhin hat ja wohl Bände gesprochen, oder?«

»Ich werde ihr noch einmal ausführlich erklären, dass die Idee von mir stammt, ich dich dazu überredet habe und du keine andere Chance gehabt hast und …«

»Schon gut«, winkt Hauke ab und schaut auf die Uhr. »Wo lässt du mich raus?«

Eine Viertelstunde später parke ich zwei Straßen von Kaups Haus entfernt, Hauke nickt mir zu, steigt aus und holt den stabilen Pappkarton vom Rücksitz. Als er hinter der Straßenecke verschwunden ist, steige auch ich aus und tauche im Dunkel zwischen zwei Häusern unter. Ich kann nicht das Risiko eingehen, im Auto gesehen zu werden.

»Ich will nach Hause«, sagt Hauke, als er eine halbe Stunde später wieder neben mir sitzt. »Kannst du mich fahren?«

Ich starte den Motor. Er schweigt während der Fahrt, ich dränge ihn nicht. Erst als der Wagen wieder steht, schaut er zu mir. »Kaup scheint alles geschluckt zu haben. Frag mich nicht, wie ich das geschafft habe, aber er schien sogar erleichtert zu sein, dass ich ohne zu murren pariere.«

»Erleichtert? Du hattest also den Eindruck, dass die Proben wichtig sind?«

»Definitiv. Er hat den Karton wie ein rohes Ei entgegengenommen. Später, als ich von dem Fall berichtet habe, hat er sich jede Menge Notizen gemacht.«

»Weitere Forderungen?«

»Ich soll sie regelmäßig auf dem Laufenden halten. Telefonisch – es gibt eine Extranummer. Ich habe sie schon überprüft. Sie ist nicht registriert.«

»Das war zu erwarten.« Ich werfe einen Blick auf die Uhr. Kurz nach Mitternacht. »Wir reden morgen darüber. Ich bin todmüde. Leg dich ein paar Stunden hin.«

»Glaubst du wirklich, dass ich schlafen kann?« Hauke öffnet die Tür, scheint aussteigen zu wollen, dreht sich dann aber wieder zu mir um. »Danke, dass wenigstens du zu mir stehst.« Er wendet sich ab, steigt aus dem Auto und geht langsam auf den Hauseingang zu. Ich schaue ihm hinterher und fahre erst los, als er im Gebäude verschwunden ist.

Da ich vermute, dass ich so spät keinen Parkplatz direkt vor meinem Wohnhaus bekomme, halte ich eine Straße weiter und gehe die letzten Meter zu Fuß. Schon von Weitem sehe ich, dass jemand vor dem Haus wartet. Jana. Mein Herz schlägt höher. Ich hatte ihr drei Stunden zuvor geschrieben, dass ich lange im Kommissariat zu tun habe und mich morgen melde.

Ich sinke in ihre Arme und schließe die Augen.

»So schlimm?«, fragt sie.

»Schlimmer.«

»Gehen wir nach oben?«

Ich küsse sie und löse mich von ihr. »Wie lange wartest du verrückte Nudel schon hier?«

»Nicht lange«, sagt sie, aber ich glaube ihr nicht.

Wir gehen in meine Wohnung, ich werfe mich vollkommen erschöpft aufs Bett. Jana kommt zu mir und nimmt mich in den Arm. Nach einer Weile werde ich ruhiger. Erst jetzt merke ich, wie sehr die letzten Stunden an meinen Nerven gezerrt haben. Und das ist erst der Anfang, die wirklich schweren Tage werden noch kommen. Ich zweifele immer mehr, ob ich Hauke mit dem Undercover-Einsatz wirklich einen Gefallen getan habe. Ging es mir nicht die ganze Zeit um meine eigene Mission? Benutze ich Hauke, um so schnell wie möglich ans Ziel zu kommen? Werde ich jemals damit leben können, was ich in Aurich angerichtet habe?

»Was ist los?«, fragt Jana leise. Sie weiß, dass ich ihr keine Einzelheiten aus meiner Arbeit erzählen darf. Bisher hat sie sich immer mit Fragen zurückgehalten, aber jetzt scheint sie zu spüren, dass etwas passiert ist, was weit über die normale Routine hinausgeht.

»Vielleicht habe ich einen Fehler gemacht«, flüstere ich. »Dabei war ich mir so sicher.«

»Deine Freunde?«

»Kollegen«, korrigiere ich sie halbherzig.

»Sicher? Ich habe euch doch in der *Arche* erlebt. Hauke und Kea sind dir ans Herz gewachsen. Oder irre ich mich?«

Ich zucke mit den Schultern, weiß aber tief in mir, wie recht sie hat. Hauke wie Kea sind mir wichtig – sie sind in den wenigen Wochen, seit ich in Aurich bin, zu einem Teil meines Lebens geworden. Warum kann ich mir das nicht eingestehen? Habe ich Angst vor dem, was kommt? Angst vor dem Tag, an dem ich ihnen erzählen muss, weshalb ich wirklich hier bin?

Jana zieht mich an sich, hält mich fest und summt leise ein Kinderlied. Meine Augen werden feucht, und ich kann mein Schluchzen nicht mehr zurückhalten.

Achtzehn

Kea

»Scheiße.« Es ist das erste Wort, mit dem ich am Morgen aufstehe. Genauso wie es das letzte war, mit dem ich in der Nacht ins Bett gegangen bin. Ich habe keine Sekunde geschlafen, zu viele Gedanken, zu viel Enttäuschung, zu viele Sorgen. Entsprechend gerädert fühle ich mich, als ich mich aus dem Bett quäle. Nach einer heißen Dusche traue ich mich kaum, auf mein Handy zu schauen, da ich damit rechne, dass bereits die nächsten Hiobsbotschaften auf mich warten. In der Nacht kam lediglich eine kurze Nachricht von Lina, dass die Übergabe der Proben geklappt hat.

Erleichtert atme ich auf, als mein Display lediglich eine Nachricht meines Ex-Manns anzeigt. *Schön hier*, schreibt er unter das Foto eines fantastischen Sonnenaufgangs über der ruhigen Ostsee. In besseren Zeiten hätten wir, einen letzten Wein oder einen ersten Kaffee in den Händen haltend, zusammen dort am Strand gesessen. Ich klicke die Nachricht weg und verscheuche diesen Gedanken. Es ist aus und vorbei, und daran wird sich ganz sicher nichts ändern, wenn ich der Vergangenheit nachtrauere.

Ich mache mir einen starken Kaffee und zwinge mich, ein Vollkornbrot mit Käse zu essen, obwohl ich keinerlei Appetit verspüre.

Ich setze mich auf die Terrasse, und prompt nimmt mein Gedankenkarussell wieder Fahrt auf. Wie soll es jetzt weitergehen? Ist eine vertrauensvolle Zusammenarbeit mit Lina unter den gegebenen Umständen überhaupt noch möglich? Und wie, um alles in der Welt, gehe ich jetzt mit Hauke um, nachdem er mich, seine Vorgesetzte, derart hintergangen hat?

Es sind exakt die gleichen Fragen, die mir schon die ganze Nacht durch den Kopf gingen und auf die ich – wie könnte es auch anders sein – keine Antwort gefunden habe. Im Gegensatz zu Kriminaldirektor Carstens, der angeblich über alles Bescheid weiß und dem Deal zugestimmt hat.

Meine Hand langt zum Smartphone, und ich lasse meinen Finger über Carstens' Nummer kreisen. Dann jedoch rufe ich mich selbst zur Ordnung. Ich bin nicht in der richtigen Stimmung, um sachlich mit ihm zu sprechen. Vielleicht später am Tag. Fakt ist, auch er schuldet mir eine Erklärung. Schließlich zeichne ich, und nicht Lina, für alles verantwortlich, was in meiner Abteilung passiert.

Aber was, wenn genau das von Anfang an der Plan unserer Vorgesetzten gewesen ist? Noch bin ich nach dem Ausscheiden unseres früheren Chefs schließlich nur kommissarische Leiterin. Hat man gar nicht vor, mich auf den Leitungsposten zu hieven? Ist hingegen Lina dafür vorgesehen? Zwar hatte ich diese Möglichkeit nach anfänglicher Skepsis längst verworfen und mir gesagt, dass ich Gespenster sehe. Aber was, wenn diese Skepsis berechtigt war?

Mein Telefon klingelt. Es ist Hauke. Er gibt sich kleinlaut.

»Das … das alles … ach, Scheiße, Mann! Es tut mir so leid, Kea«, stammelt er, nachdem er mir einen guten Morgen gewünscht hat. »Es tut mir so unendlich leid.«

»Das will ich doch hoffen.«

»Bitte gib mir die Möglichkeit, dir das alles noch mal in Ruhe zu erklären. Ich möchte, dass du verstehst, dass ich … dass Lina und ich keine andere Wahl hatten. Und bitte: Lina trägt an alledem keine Schuld. Sie hat nur zu reparieren versucht, was ich verbockt habe. Sie ist … toll.«

»Wie schön, dass du in ihr endlich jemanden gefunden hast, dem du vertraust«, erwidere ich säuerlich.

»Kea, bitte glaub mir, das alles hat nichts damit zu tun, dass ich dir nicht vertraue.«

»Bist du schon im Kommissariat?«, frage ich nach einer längeren Pause.

»Ja, wieso?«

»Dann können wir uns ja an die Arbeit machen. Ich bin gleich da. Warte auf dem Parkplatz auf mich, wir fahren als Erstes zu Frau de Vries. Ich will wissen, was sie zu dem Brand zu sagen hat.«

»Kea, ich …«

»Bis gleich, Hauke.«

Bevor wir zum Hof der de Vries fahren, schauen wir zunächst bei dem Stall vorbei, der in der letzten Nacht in Flammen aufgegangen ist. Seine verkohlten Dachbalken zeichnen sich vor dem blauen Himmel ab wie das Gerippe eines verendeten Dinosauriers. Diverse Feuerwehrleute stapfen durch die Trümmer.

Der vor Ort anwesende Einsatzleiter der Feuerwehr bestätigt meinen Eindruck. »Bis auf die Grundmauern ist hier nicht viel übrig«, sagt er. »Hat alles gebrannt wie Zunder. Nach der langen Trockenheit und bei der Hitze nicht verwunderlich.« Er deutet auf ein paar umstehende Bäume, deren Äste ebenso verkohlt in den Himmel ragen wie das Gebälk. »Wir können von

Glück sagen, dass es drum herum keine Gebäude gibt. Hätte ein Fiasko werden können.«

»Sie gehen davon aus, dass es Brandstiftung war?«

»Ja, eindeutig. Irgendwer hat mit Brandbeschleuniger nachgeholfen.«

»Wurde in den Trümmern irgendetwas gefunden, was Ihnen komisch vorkommt?«

»Noch sind wir nicht ganz durch. Was ich aber schon sagen kann, ist, dass untypische Schadstoffbelastungen der Luft gemessen wurden. Nicht besonders hoch, aber immerhin. Mal sehen, was unsere Experten dazu sagen.«

»Hier waren keine Fässer, als wir den Stall untersucht haben«, erkläre ich. »Also Fässer, in denen zum Beispiel Chemikalien gelagert gewesen sein könnten, meine ich.«

»Dann muss irgendwann eine gewisse Menge von dem Zeug freigesetzt worden und in den Boden oder ins Gebälk gesickert sein. Oder was auch immer. Ich bin kein Experte. Ich wollte es nur erwähnt haben.« Er winkt uns, ihm zu folgen. »Und dann ist da noch was.«

Wir gehen um die teils noch glimmenden Trümmerteile herum zu dem Bereich, in dem früher mal der Wohntrakt gewesen sein muss. Vor uns tut sich im Boden ein Loch von vielleicht eineinhalb mal zwei Metern auf. Ich schaue hinab. Steinerne Stufen führen circa zwei, drei Meter in die Tiefe hinab.

»Hier gab's einen Keller?«, frage ich.

»Ja. Unter dem ehemaligen Wohnhaus. Ist vom Feuer weitgehend verschont geblieben. Das, was da unten in Kisten verpackt stand, ist nur ein bisschen verrußt.«

»Da unten stand was?« Vor meinem inneren Auge steigen Bilder von mit Einmachgläsern gefüllten Regalreihen auf, wie ich sie aus dem Keller meiner längst verstorbenen Oma kannte.

»Ja. Und wenn Sie mich fragen, dann ist es nichts, was man an einem solchen Ort vermuten würde.«

»Nämlich?«

»Laborzubehör, würde ich mal sagen. Meine Leute haben es an Ihre KTU übergeben. Was es genau ist, werden die Ihnen dann wohl sagen können.«

»Laborzubehör. Hm.« Ich schaue Hauke bedeutungsvoll an.

»Unsere Spurensicherung war doch erst gestern noch hier«, sagt der. »Wie kann es sein, dass die das Zeug nicht entdeckt haben?«

»Der Zugang zum Keller war vermutlich durch eine hölzerne Falltür oder so was verschlossen. Die hat den Brand nicht überlebt. Über der Falltür stand eine alte Egge auf irgendwelchen Stahlgittern. Die Egge und die Gitter haben sich in dem Zugang verkeilt, nachdem die Falltür in Flammen aufgegangen war.« Er deutet auf ein ebenso verbogenes wie verrußtes Stahlgebilde, das noch als Egge erkennbar ist. »Wir haben sie beiseitegeschafft, weil wir gucken wollten, was da unten ist. Und dabei haben wir dann das Laborzeug gefunden.«

»Dann können wir davon ausgehen, dass der Zugang zum Keller nicht auf Anhieb erkennbar war?«

Der Feuerwehrmann zuckt mit den Schultern. »Wenn Ihre Spurensicherung den nicht gefunden hat, dann wird es wohl so sein, oder? Ich nehme doch an, dass die Fotos von dem Gebäude gemacht haben, als sie hier waren. Vielleicht gucken Sie sich die mal an. Müsste die Egge dann ja eigentlich drauf zu sehen sein.«

Ich nicke. »Sonst noch was?«

»Bis jetzt nicht. Wenn wir noch was finden, sagen wir Ihnen Bescheid.«

»Danke. Es ist wichtig, dass von diesem Fund zunächst nichts an die Öffentlichkeit kommt. Ist das machbar?«

»Klar. Kein Ding.«

Wenige Minuten später fahren wir auf dem Hof der Familie de Vries vor. Als Erstes kommt uns der Hund entgegengelaufen und begrüßt uns wie alte Bekannte.

Stefanie de Vries ist auf der Weide, die sich an ihren Garten anschließt. Sie füttert eine kleine Ziege mit der Flasche, scheint aber nicht bei der Sache zu sein, sondern starrt mit leerem Gesichtsausdruck in die Ferne. Sie zuckt zusammen, als ich sie über den Zaun hinweg anspreche.

»Wir haben noch ein paar Fragen an Sie«, rufe ich ihr zu. »Wenn Sie ein paar Minuten für uns hätten …«

Mit einem Blick auf das engagiert an der Flasche nuckelnde Zicklein ruft sie zurück: »Ich kann hier gerade nicht weg. Kommen Sie doch einfach rüber.« Mit der freien Hand klopft sie auf den Stamm eines umgestürzten und von seinen Ästen befreiten Baums, auf dem sie sitzt. »Es geht bestimmt ums Feuer, oder?«, sagt sie, als wir schließlich neben ihr Platz nehmen. Sie fährt sich müde übers Gesicht. »Als hätte es das Schicksal nicht schon schlecht genug mit uns gemeint, kommt nun auch noch das dazu.«

»Wir waren gerade vor Ort und haben mit der Feuerwehr gesprochen«, bestätige ich. »Es handelt sich eindeutig um Brandstiftung. Sie haben nicht zufällig einen Verdacht, wer es gewesen sein könnte?«

»Nein.«

Für meinen Geschmack kam das ein wenig zu prompt.

Sie scheint meine Irritation zu bemerken, denn sie fügt mit besorgter Miene hinzu: »Ich hoffe nur, dass es kein Feuerteufel ist, der hier sein Unwesen treibt.«

»Sie haben also niemanden beobachtet, der sich in den letzten Tagen dort herumgetrieben hat?«

»Nein.« Erklärend fügt sie hinzu: »Ich bin zu dieser Jahreszeit aber auch nur sehr selten dort. Die Kühe sind ja auf der Weide. Das in der Scheune gelagerte Futter ist für den Winter.«

»Ich nehme an, dass Ihre Versicherung für den Schaden aufkommen wird?«, fragt Hauke. Er krault der kleinen Ziege, deren Schnauze mit Milch vollgesabbert ist, den Kopf.

»Ja, davon gehe ich aus. Aber darum geht es mir im Moment nicht. Ich muss jetzt sehen, woher ich ausreichend Futter für den Winter bekomme.«

»Und außer dem Futter wurde gar nichts in dem Stall gelagert?«, frage ich.

»Nein. Noch nicht. Ich habe Ihnen ja gestern schon gesagt, dass Keno vorhatte, die Spedition auszubauen. Er hat mir vor wenigen Tagen erzählt, dass er endlich einen Bauunternehmer gefunden hat, der sich um den Umbau der Scheune kümmern soll. Es sollte im September losgehen.«

»Davon haben Sie uns bislang gar nichts erzählt«, stelle ich fest.

»Ich dachte nicht, dass es eine Rolle spielt, jetzt, da Keno …« Ihre Lippen beginnen zu beben, und sie presst sie rasch zu einem schmalen Strich zusammen.

»Sind Ihre Fahrer gerade da?«, erkundigt sich Hauke.

Sie schüttelt den Kopf. »Erst heute Nacht wieder. Um fünf Uhr am Morgen brechen sie zu ihrer nächsten Fahrt auf.«

»Wohin geht es diesmal?«

»Nach Süddeutschland.«

Hauke wirft einen Blick auf sein Handy. »Ein verpasster Anruf«, sagt er und steht auf. »Besser, ich rufe gleich zurück.« Er nickt mir kaum merklich zu, und ich verstehe, dass es ihm keineswegs um ein Telefonat geht. Vielmehr ist dies eine gute Gelegenheit, unbemerkt die Peilsender an den Lkw anzubringen. Nicht zuletzt, weil man den Schuppen, in dem sie untergestellt sind, von diesem Platz aus nicht einsehen kann.

»Jetzt, da die Scheune abgebrannt ist«, ich fange den Blick der Bäuerin ein, um ihre Reaktion abschätzen zu können,

»planen Sie immer noch, die Spedition weiterzuführen, wie Sie es mir gestern erzählt haben?«

Sie starrt mich für ein paar Sekunden an, als würde ich sie plötzlich mit einer Waffe bedrohen.

»N-natürlich«, stottert sie. »Das ändert doch nichts an der Situation, oder?«

»An welcher Situation?«, hake ich nach.

»N-na ja, an … an meiner Entscheidung.«

»Die ich immer noch nicht so ganz verstehe. Ich meine, Sie schienen mir zunächst sehr davon überzeugt zu sein, das Geschäft Ihres Mannes nicht weiterführen zu wollen oder auch zu können. Warum plötzlich dieser Sinneswandel?«

»Ich … fühlte mich überfordert. Das ist ja wohl verständlich.« Sie strafft die Schultern, als müsste sie mir – und vielleicht auch sich selbst – beweisen, dass sie die Kraft für dieses Vorhaben hat. »Mir ist jetzt klar geworden, dass ich die Spedition nicht aufgeben kann. Keno hätte es nicht gewollt. Schon wegen Bernhard und Timo nicht. Die würden ja ihren Job verlieren. Timo kennt sich gut aus im Speditionsgewerbe. Er hat Keno häufig im Büro geholfen. Und als Landwirtin habe natürlich auch ich Ahnung davon, wie man einen Betrieb führt. Gemeinsam kriegen wir das also ganz sicher gut hin.« Sie rasselt es herunter wie auswendig gelernt.

»Verstehe. Das ändert natürlich einiges.«

»Ja.« Sie nickt noch einmal bestätigend.

Stefanie de Vries ist eine verdammt schlechte Lügnerin. Jedes ihrer Worte untermauert meinen Verdacht, dass sie diese Entscheidung keineswegs freiwillig getroffen hat. Wir sollten Timo Kluge noch einmal genauer unter die Lupe nehmen.

Mein Handy kündigt eine Nachricht an. Sie ist von Kirsten. *Bin bei den Auswertungen auf Ungereimtheiten gestoßen, die wir besprechen müssen. Wann seid ihr zurück?*

Ich schreibe ihr, dass wir uns in einer Stunde in meinem Büro zusammensetzen.

Als ich aufblicke, sehe ich Hauke auf uns zukommen.

»Anruf erledigt?«, frage ich, nachdem er mit einem Satz über den Zaun gesprungen ist.

»Anruf erledigt«, bestätigt er.

Gut. Ich stehe auf. »Vielen Dank, Frau de Vries. Wir machen uns dann mal wieder auf den Weg.«

Ihrem Gesichtsausdruck nach zu urteilen, ist sie erleichtert, uns endlich loszuwerden.

Neunzehn

Lina

Als ich am Morgen vor dem Kommissariat aus dem Auto steige, klingelt mein Handy. Arie van Dijk begrüßt mich und fragt, ob er so früh stören kann.

»Sie stören nicht – ganz im Gegenteil. Erst mal wünsche ich Ihnen einen guten Morgen.«

»*Bedankt!* Ich muss mich bei Ihnen entschuldigen. Leider hat es etwas länger gedauert, Informationen zu Frau Krutisch zu finden. Sie ist weder in Groningen noch sonst wo in den Niederlanden registriert.«

Ich bleibe stehen und stoße enttäuscht ein Steinchen mit dem Fuß zur Seite.

»*Maar* … so schnell gebe ich natürlich nicht auf. Einer meiner Kollegen hat einen Informanten an der Hand, der sich im Milieu auskennt. Der Name der Dame sagte ihm nichts, aber das Foto, das Sie mir geschickt haben, war Gold wert. Sagt man das nicht so auf Deutsch?«

»Ja, durchaus«, bestätige ich.

»Der Informant hat Frau Krutisch erkannt. Sie arbeitet in Groningen als Escort. Das ist zumindest sein Stand. Die

Dame ist allerdings weder bei der Handelskammer noch beim Finanzamt als Prostituierte registriert.«

»Interessant. Wusste der Informant, ob Frau Krutisch allein arbeitet?«

»*Nee, niet alleen*. Er meinte, dass sie über eine Agentur vermittelt wird. Ich habe mich über diese Firma informiert. Sie ist schon eine Weile im Fokus meiner Kollegen von der Steuerfahndung. Ich warte auf einen Rückruf von einem Kollegen, der mit der Angelegenheit beschäftigt ist. Ich würde mich dann gleich wieder bei Ihnen melden.«

»Dann bedanke ich mich schon einmal recht herzlich für die wertvollen Informationen«, sage ich. »Wie Sie wissen, macht uns der De-Jong-Clan seit einiger Zeit Probleme. In einem parallel laufenden Fall, den Kea leitet, scheint diese Organisation die Hände mit im Spiel zu haben. Ganz ausschließen können wir das auch nicht in dem Tötungsdelikt, das mein Team bearbeitet. Für uns wäre interessant, ob Frau Krutisch etwas mit den de Jongs zu tun hat.«

»Gibt es dafür *aanwijzingen* … äh, wie sagt man auf Deutsch? Indizien?«

»Nein, bisher nicht. Aber es gibt eine Verbindung zwischen den beiden Fällen, die wir noch nicht ganz zuordnen können.«

»*Ik zie*. Ich werde mich erkundigen. Machen Sie sich aber nicht zu viel Hoffnung. Die Familie de Jong, allen voran der Clan-Chef Marten de Jong, schirmt sich ausgesprochen gut ab, und wir haben die gleichen Probleme wie Sie in Deutschland. Es ist sehr schwer, ihnen etwas nachzuweisen. Ich melde mich dann bei Ihnen.« Arie van Dijk verabschiedet sich, und ich will gerade auflegen, als er »*Wacht noch even!*« ruft. Ich bleibe in der Leitung und warte, bis er sich wieder meldet. »Da ist gerade die Meldung wegen der Telefonnummer, die Sie mir geschickt haben, durchgegeben worden. Das ist ein Prepaid-Handy auf den Namen Ruben Visser. Wenn Sie noch einen Moment

Zeit haben, überprüfe ich das gleich mal.« Ich bin inzwischen in meinem Büro angekommen und setze mich hinter meinen Schreibtisch. »Die Auskunft ist vorläufig«, fährt er fort, »aber nach allem, was ich hier sehe, gibt es keinen Ruben Visser in der angegebenen Straße in Groningen.«

»Ein gefälschter Pass?«

»So weit würde ich noch nicht gehen. Lassen Sie mir noch ein paar Stunden, dann weiß ich mehr. Vielleicht ja auch bezüglich der Escort-Agentur.« Wir verabschieden uns ein zweites Mal und beenden das Gespräch.

Zehn Minuten später sitze ich mit meinen drei Kollegen bei mir im Büro zusammen. Ich berichte von meinem Gespräch mit Arie van Dijk und frage den Stand der laufenden Recherchen ab.

Frank öffnet sein Notizbuch. »Vorab, heute Morgen lag der Beschluss für alle örtlichen Banken und Privatanbieter von Schließfächern auf unserem Tisch. Jörn und ich machen uns später auf die Suche nach dem Schließfach. Damit sind wir vermutlich heute beschäftigt.«

»Okay«, sage ich. »Was machen die Recherchen der Kontoauszüge und Steuererklärungen?«

»Wir haben als Arbeitshypothese angenommen, dass Stoever einiges an Schwarzgeld zur Verfügung hatte. Das bedeutet, er muss das Geld irgendwo unterbringen. Da haben wir auf der einen Seite das Studium der Kinder. Wir konnten keine Überweisungen finden, die an die Universität in England gegangen sind. Heißt, das muss von einem anderen Konto bezahlt worden sein.«

»Kommt da wieder die Schweiz ins Spiel?«, wirft Lothar ein.

»Unter anderem.« Frank wendet sich an mich. »Können wir über Europol herausbekommen, von welchem Konto das Geld überwiesen wurde?«

»Großbritannien ist nicht mehr in der EU«, antworte ich ihm. »Da werden wir Interpol einschalten müssen. Wenn das bei der Indizienlage überhaupt klappt, wird es lange dauern, bevor wir Informationen bekommen. Wir sollten das erst mal zurückstellen.«

»Nun gut, aber wie gesagt, keine Überweisung von den uns bekannten Konten. Das Gleiche trifft auf die Zahlungen fürs Haus zu. Außer dem Kredit über hunderttausend haben wir nichts gefunden. Auch hier ist die Frage, woher kamen die nicht unerheblichen Beträge?«

»Bargeldzahlung?«, wirft Lothar ein.

»Wer hat das Haus gebaut?«, will ich wissen.

»Ein Bauträger im Auftrag von Klaas Stoever. So viel konnten wir zumindest herausbekommen. Der ist allerdings seit zwei Jahren insolvent. Sollen wir trotzdem versuchen, an die Belege heranzukommen?«

»Ich kann das machen. Ihr kümmert euch um die Schließfach-Sache. Schickst du mir gleich die Daten?«

Frank nickt. »Notiert!«

Ich wende mich an Lothar. »Was machen die Telefonlisten?«

»Langsam, aber sicher kommt Land in Sicht. Ich habe schon mit einigen Personen gesprochen, mit denen Stoever telefoniert hat. Es waren in erster Linie Mandanten. So weit bin ich jedes Mal gekommen, aber sobald ich auch nur gefragt habe, was die Beurkundung umfasst hat, haben die Befragten gemauert.«

»Ihr gutes Recht«, kommentiert Jörn.

»Habe ich nicht abgestritten«, kontert Lothar. »Aber mit etwas Erfahrung merkt man schnell, ob die Zeugen nur verwundert sind, weil sie plötzlich von der Polizei angesprochen werden, oder ob sie regelrecht erschrocken reagieren. Letzteres war eindeutig der Fall. Mindestens sechs Personen, die eine Beurkundung durch das Stoever-Notariat gemacht haben lassen, waren sehr, sehr zurückhaltend. Es gab leicht zitternde

Stimmen, manche haben zu lange gezögert, meine Frage zu beantworten, andere haben sich ständig verhaspelt. Das kann kein Zufall sein. Übrigens haben sich sogar drei weitere Zeugen geweigert, mit mir über die Beurkundung zu sprechen. Macht zusammen schon neun Personen.«

»Würde ich auch«, kontert Jörn. »Am Telefon, ohne dass ich hundertprozentig weiß, mit wem ich da spreche. Wie gesagt, das ist ihr gutes Recht.«

»Lassen wir mal die Diskussion, ob und wie, und konzentrieren uns auf die Fakten«, beende ich die kleine Fehde zwischen den beiden. »Mir ist gerade eingefallen, dass Kea auch über Ungereimtheiten bei einer Beurkundung für den Spediteur gesprochen hat. Was war da noch genau passiert?«

»Ein Resthof«, sagt Frank. »Kea meinte, er wäre viel zu günstig über den Ladentisch gegangen.«

»Stimmt«, sagt Lothar mit erhobenem Finger. »Da kommen wir der Sache schon näher.«

Frank nickt. »Der Käufer wird Schwarzgeld los, der Verkäufer braucht nicht den ganzen Betrag als Einnahme zu versteuern, der Notar vermittelt und managt die Geldübergabe. Wieso sollte ich als Verkäufer darauf vertrauen, dass mir der Käufer nach der Unterzeichnung des notariellen Vertrags das nicht dokumentierte Zusatzgeld übergibt?«

»Und umgekehrt«, nimmt Lothar den Faden auf. »Der Käufer würde niemals einen hohen Betrag in bar übergeben, wenn er das Grundstück oder das Haus noch nicht sicher in seinem Besitz hat. Und hier wird auch klar, warum Stoever so viel Bargeld im Tresor gehabt haben könnte. Er bewahrt das Geld auf und gibt es weiter, sobald der Deal abgewickelt ist.«

»Und er wird dafür bezahlt«, fügt Frank hinzu. »Wiederum mit Schwarzgeld. So wird ein Schuh draus!«

Ich habe die Diskussion der beiden aufmerksam verfolgt. Die Schwierigkeit wird sein, einem der Stoever-Mandanten die

Steuerhinterziehung nachzuweisen. Bisher war der zuständige Richter nicht einmal bereit, die Mandantenakten freizugeben. Das wird sich so schnell nicht ändern.

»Wer würde am ehesten einknicken: der Verkäufer oder der Käufer?«, frage ich. »Wer hat das Wenigste zu verlieren?«

»Der Verkäufer«, sagt Frank. »Er hat nur eine überschaubare Steuerhinterziehung begangen. Bei einer rechtzeitigen Selbstanzeige geht das ziemlich glimpflich aus. Es sei denn, wir sprechen von einer sehr hohen Summe.«

»Genau da setzen wir an. Lothar und Frank, ihr beide sucht die Mandanten auf, die als Verkäufer an einem dieser mutmaßlichen Deals beteiligt waren. Setzt sie unter Druck und lasst beiläufig fallen, dass bei Selbstanzeige einer überschaubaren Steuerhinterziehung zwar eine Nachzahlung fällig wird, aber ansonsten nichts passiert. Wir brauchen einen Türöffner oder besser zwei.«

Lothar und Frank nicken. Jörn hält sich tunlichst zurück. Ich beauftrage ihn mit der Suche nach einem möglichen Bankschließfach von Klaas Stoever.

Frank schickt mir, kurz nachdem die Kollegen mein Büro verlassen haben, die Unterlagen zum Hausbau der Stoevers. Die GmbH des Bauträgers wird inzwischen von einem Insolvenzverwalter abgewickelt. Ich wähle die Nummer, werde verbunden und erhalte direkt einen Termin bei einem gewissen Thomas Overbeck.

Eine Viertelstunde später sitze ich in seinem Büro in der Auricher Innenstadt vor seinem Schreibtisch. Der drahtige Mann von geschätzt Mitte fünfzig bietet mir Kaffee an, den ich gern annehme.

»Was kann ich für die Polizei tun? Es geht um die Insolvenz der Rother Aurich GmbH?«

»Nicht direkt. Der Bauträger hat vor vier Jahren für Klaas Stoever einen Neubau errichtet. Wir interessieren uns dafür, ob dabei Bargeld geflossen ist.«

Overbeck wiegt den Kopf hin und her. »Sie wissen, dass ich keine Daten ohne richterlichen Beschluss herausgeben darf.«

Natürlich weiß ich das, aber ich weiß auch, wie schwierig das werden wird. Mir bleibt nur die Flucht nach vorn. »Ich will ehrlich zu Ihnen sein. Einen Beschluss werde ich bei der momentanen Beweislage eher nicht bekommen.« Ich halte kurz inne und fahre fort: »Herr Stoever ist Opfer eines Überfalls geworden.«

Overbeck nickt. »Ich habe davon gehört und gelesen. Schlimme Sache.«

»Sie wissen, dass Straftaten von inzwischen Verstorbenen nicht verfolgt werden. Uns geht es darum, den oder die Täter zu finden, damit sie vor Gericht gestellt werden. Wir durchkämmen dafür Herrn Stoevers Leben und sind dabei auf Ungereimtheiten bei seinem Hauskauf gestoßen.«

»Was sollte der mit seinem Tod zu tun haben?«, fragt Thomas Overbeck.

»Das wissen wir noch nicht genau, aber wir gehen davon aus, dass Herr Stoever mehr Geld ausgegeben hat, als er offiziell eingenommen hat. Wir konnten, bis auf eine kleine Summe der Finanzierung, keine Überweisungen an den Bauträger finden. Unsere Vermutung ist die, dass entweder in bar bezahlt oder der Betrag von einem ausländischen Konto überwiesen wurde.«

»Bargeldzahlungen sind ungewöhnlich«, wirft der Insolvenzverwalter ein.

»Aber sie kommen vor?«

Er nickt. »Selbst in den besten Kreisen. Da wundert man sich schon das eine oder andere Mal. Es war bis vor Kurzem auch nicht verboten. Inzwischen sind diesen Zahlungen ja immer mehr Riegel vorgeschoben worden.«

Ich vermute, dass Overbeck mir einen inoffiziellen Wink geben will, und gebe mich damit zufrieden.

»Kann ich den Geschäftsführer der GmbH, Herrn Rother, irgendwie erreichen?«

Thomas Overbeck hebt beide Arme. »Ich wüsste auch gern, wo er steckt. Ihre Kollegen sind bereits auf der Suche nach ihm. Mein letzter Stand ist der, dass sich Herr Rother ins Ausland abgesetzt hat. Aber wie gesagt, Genaues weiß ich nicht.«

Ich bedanke mich bei Thomas Overbeck, er begleitet mich bis vor die Eingangstür.

»Sollten Sie noch einen richterlichen Beschluss bekommen, stehe ich Ihnen gern zur Verfügung«, sagt er zum Abschied. »Ich glaube aber nicht, dass Sie mehr erfahren würden, als Sie inzwischen schon wissen.«

Zurück im Kommissariat schaue ich bei Jörn vorbei. Er telefoniert gerade mit einer Bank, ich warte.

»Gibt es Neuigkeiten?«

»Nein, aber ich habe noch einige auf der Liste. Ist nicht so leicht, jemanden bei den Banken zu finden, der berechtigt ist, mir Auskünfte zu geben. Wenn ich dann jemanden in der Leitung habe, muss ich den Beschluss faxen und der Verantwortliche ruft zurück. Bisher habe ich aber noch keinen Treffer.«

Mein Handy macht sich bemerkbar, ich schaue aufs Display und nicke Jörn zu, bevor ich das Gespräch annehme. Inspecteur van Dijk ist in der Leitung. Ich begrüße ihn zum zweiten Mal an diesem Tag.

»*Goedendag.* Dieses Mal ging es etwas schneller«, sagt der Groninger Kollege. »Die Escort-Agentur hat Frau Krutisch nicht mehr auf der Homepage, *maar* … mein Kollege geht davon aus, dass die Dame weiterhin dort arbeitet. Interessant für Sie ist sicher, dass in der Szene gemunkelt wird, dass ein

Cousin von Derek de Jong der eigentliche Besitzer der Agentur ist.«

Ich bleibe wie elektrisiert mitten auf dem Flur stehen. »Damit habe ich jetzt nicht gerechnet. Sind Sie sicher?«

»Das habe ich meinen Kollegen auch gefragt. Er kann es zwar nicht endgültig beweisen, geht aber fest davon aus. Ich kenne den Kollegen gut, er würde das nicht sagen, wenn er unsicher wäre.«

»Dass die Verbindung so direkt ist, hätte ich nicht gedacht.« Kann das Zufall sein? Unwahrscheinlich. Sybille Krutisch ist in die Niederlande gegangen, mutmaßlich für einen Neuanfang. Hat Stoever sich an die Groninger Agentur gewandt und die Frau gebucht?

»*Bent u daar nog?*«, fragt Arie van Dijk.

»Entschuldigung, ich habe nachgedacht. Wie weit ist es von Aurich nach Groningen?«

»Je nach Verkehrsaufkommen kann es schon eineinhalb Stunden dauern. Mit dem Bus – eine direkte Bahnverbindung gibt es nicht – können es auch schnell zweieinhalb Stunden sein.«

»Wie wahrscheinlich ist es dann, dass eine Escort-Dame die Strecke zurücklegt?«

»Ich kenne mich in der Szene nicht so gut aus«, sagt Arie van Dijk. »Aber die Stundensätze sind wohl sehr hoch. Ein solcher Besuch würde dann wohl schnell auf zweitausend und mehr Euro kommen.«

Wenn Stoever überhaupt bezahlen musste. Wir haben keine Kreditkartenabrechnungen gefunden, auf denen die Agentur in Groningen erscheint.

»Sie denken darüber nach«, fragt der Groninger Kollege, »ob der Mann nicht bezahlen musste?«

»Genau. Wir haben keine Kontobelege gefunden, die dafürsprechen.«

»Ich habe noch eine weitere Information für Sie. Es geht um die Handynummer, die auf den Namen Ruben Visser registriert ist. Die Person existiert nicht, aber bei einer Durchsuchung eines De-Jong-Hauses ist meinen Kollegen vor zwei Tagen genau dieser gefälschte Ausweis in die Hände gefallen.«

»Die zweite Verbindung zum De-Jong-Clan«, murmele ich.

»*Precies.*«

»Wenn Sie mir jetzt noch sagen können, wo ich Frau Krutisch finde, wäre ich …«

»Vermutlich wissen wir das«, unterbricht er mich. »Sie soll sich in einem Reihenhaus in Hoogezand aufhalten. Das ist eine Stadt, die etwa zwanzig Minuten Fahrzeit von Groningen entfernt liegt. Richtung Osten, also zur deutschen Grenze.«

»Sie haben nicht zufällig Zeit, dorthin zu fahren? Wir könnten uns dort treffen und Frau Krutisch befragen.«

»*Natuurlijk.* Ich habe schon damit gerechnet, dass Sie mich das fragen. Wann können Sie in Hoogezand sein?«

Zwanzig

Kea

»Sehen wir uns heute Abend?«, fragt Hauke mit flehender Stimme, bevor wir mein Büro betreten. »Bitte, Kea, ich bin kurz vorm Durchdrehen. Ich will dir endlich alles aus meiner Sicht erklären. Bitte.«

Nachdem ich heute bislang jeden seiner Versuche abgeblockt habe, über die unselige Geschichte zu sprechen, wagt er tatsächlich noch einen weiteren Versuch. Diese Hartnäckigkeit lässt mich, genauso wie seine offensichtliche Verzweiflung, nicht unberührt. Aber es geht nicht darum, ob *er* mit mir reden möchte. Nein, es geht darum, ob *ich* gewillt bin, es zu tun.

»Ich sage dir Bescheid, wenn ich zu einem Gespräch bereit bin, okay?«, spreche ich meinen Gedanken aus. »Ich weiß wirklich nicht, ob es …« Ich seufze resigniert. »Ich möchte nicht, dass ein solches Treffen im Desaster endet, in gegenseitigen Vorwürfen, womöglich im Streit. Noch aber weiß ich nicht, ob ich schon in der Lage bin, Ruhe zu bewahren. Es … schmerzt, weißt du?«

»Natürlich weiß ich das«, erwidert er sanft. »Frag mich mal.« Er hebt seine Hand, als wollte er mir über die Wange streichen, lässt sie jedoch wieder sinken. »Danke, dass du mir keine endgültige Abfuhr erteilst, Kea. Das hilft schon sehr.«

Ich öffne die Tür zu meinem Vorzimmer, und wir treten ein.

»Moin, ihr beiden.« Birte sitzt an ihrem Schreibtisch, schneidet ein Stück von einem Apfel ab und steckt es sich in den Mund. »Wie war's in Schirumerfeld? Irgendwelche neuen Erkenntnisse?«

»Moin, Birte«, begrüße ich sie. »Ja, jede Menge. Wir brauchen jetzt einfach mal zwei, vielleicht drei Stunden, um alles zu sortieren. Sollte es zwischenzeitlich zu keiner Katastrophe kommen, die unser sofortiges Eingreifen erfordert, wäre ich dankbar, wenn wir nicht gestört würden.«

»Geht klar, Chef.«

»Könntest du bitte Kirsten Bescheid geben? Ich habe ihr zwar gesagt, dass wir uns hier zusammensetzen, aber …«

In diesem Moment schwingt die Tür auf, und Kirsten kommt herein. »Oh, da seid ihr ja!« Sie strahlt, als hätte sie uns schon seit Jahren vermisst. »Dann können wir ja loslegen, oder?«

»Das können wir. Birte, würdest du uns …?«

»Kaffee kommt sofort«, sagt meine Sekretärin, noch bevor ich es ausgesprochen habe.

»Danke, du bist ein Schatz. Ach, eins noch: Was ist mit Lina und ihrem Team? Haben die sich heute schon bei dir gemeldet?«

»Ja, haben sie. Sie sind in der Angelegenheit Stoever auf dem Weg in die Niederlande und wollen sich dort mit dem Kollegen Arie van Dijk treffen. Anscheinend verfolgen sie eine vielversprechende Spur. Sie melden sich, sobald sie wieder zurück sind.«

»Okay. Sobald es so weit ist, teile ihnen bitte mit, dass wir uns morgen früh um acht in großer Runde zusammensetzen. Es ist an der Zeit, dass wir uns gegenseitig auf den neuesten Stand bringen und die nächsten Schritte abstimmen.«

»Okay, ich richte es aus.«

Hauke, Kirsten und ich setzen uns gleich darauf an den Besprechungstisch in meinem Büro. »Ich würde gern zunächst mit dem anfangen, was Hauke und ich im Fall de Vries Neues erfahren haben«, komme ich zur Sache, nachdem Birte uns mit Kaffee und Gebäck versorgt hat. »Ich könnte mir vorstellen, dass dann vielleicht schon die eine oder andere Frage beantwortet ist, die sich dir vermutlich bei der Durchsicht der Unterlagen gestellt hat, die in Sachen Keno de Vries angefordert und sichergestellt wurden, Kirsten.«

Sie nickt zustimmend. »Ich bin ganz Ohr.«

Also berichte ich in den nächsten Minuten ausführlich von dem, was wir bei unseren beiden letzten Ortsterminen in Schirumerfeld in Erfahrung gebracht haben.

»Wow, das ist ja wirklich … krass.« Als ich ende, schiebt Kirsten die Unterlippe vor und nickt. »Interessante Entwicklung, das muss ich schon sagen.« Sie tippt auf den Stapel Papiere, der vor ihr liegt. »Und ja, du hast recht, diese Erkenntnisse könnten tatsächlich ein paar der fehlenden Puzzleteile sein, die mir nach Durchsicht der Unterlagen noch gefehlt haben. Puh«, sie fährt sich mit den Händen durch die Haare, »wo fange ich denn am besten an?«

»Sammeln wir erst mal die Fakten, die uns unwiderruflich vorliegen«, schlage ich vor. »Sobald wir einen Gesamtüberblick haben, können wir schauen, welche Teile uns noch fehlen, um das Puzzle zu vervollständigen.«

»Nun gut, dann zunächst zu dem Fund der Feuerwehr«, beginnt Kirsten. »Vorhin kam ein Bericht unserer KTU, den ich zunächst nicht so recht zuordnen konnte. Es geht um die Geräte, die in dem Keller gefunden wurden. Unsere KTU bestätigt, dass es sich um Laborzubehör handelt. Destillationsbrücken,

Dreihals-Rundkolben, Heizpilze, Scheidetrichter und noch etliches mehr. Laut Lars in der Summe all das, was man zum Beispiel zum Betrieb eines Labors zur Herstellung synthetischer Drogen braucht. Sie untersuchen es gerade auf Fingerabdrücke und DNA.«

Kirsten hebt den Blick. »Haltet ihr es für möglich, dass de Vries ein eigenes Drogenlabor einrichten wollte, oder was hat dies eurer Meinung nach zu bedeuten?«

Hauke schaut mich fragend an und weiß allem Anschein nicht, was er darauf antworten soll. Damit geht es ihm nicht viel anders als mir. Natürlich widerstrebt es auch mir, Kirsten gegenüber mit Fakten hinter dem Berg zu halten. Von unserer Annahme aber, dass de Vries mit dem De-Jong-Clan zusammengearbeitet haben könnte und er deshalb womöglich sogar hat sterben müssen, darf sie zu diesem Zeitpunkt nichts wissen. Als erfahrene Ermittlerin würde sie zweifelsohne nachhaken, wie wir zu dieser Schlussfolgerung gekommen sind. Was aber sollte ich ihr darauf antworten, ohne von Haukes – und jetzt auch meinem – Dilemma zu berichten? Ich lasse mir ein paar Augenblicke Zeit, bis ich sage: »Die Tatsache, dass diese Geräte in seinem Keller gefunden wurden, muss nicht zwingend bedeuten, dass er vorhatte, ein Drogenlabor einzurichten. Derzeit wissen wir ja noch nicht einmal, ob die Geräte überhaupt ihm gehören. Womöglich hat er sie nur gelagert, um sie später im Auftrag eines Kunden weiterzutransportieren.«

»Von einem solchen Auftrag habe ich in de Vries' Unterlagen nichts gefunden«, wendet Kirsten ein. »Irgendwie müssen sie ja auch in den Keller gekommen sein. Zu einer solchen Lieferung aber liegen weder Frachtpapiere noch eine Rechnung vor.«

»Vielleicht, weil die Geräte mit seiner Spedition gar nichts zu tun haben«, meint Hauke. »Womöglich waren sie ja für seinen privaten Gebrauch bestimmt.« Ich kann nicht einschätzen, ob er damit vom Kern der Geschichte ablenken möchte oder dies tatsächlich als eine Option ansieht.

»Du meinst, er war so eine Art Hobbychemiker?« Kirsten schaut ihn zweifelnd an. »Darauf gibt es keinerlei Hinweise.«

Hauke zuckt mit den Schultern. »Ein neues Hobby? Das wäre doch möglich, weil …«

»Wie auch immer«, unterbreche ich ihn schnell, bevor er sich noch um Kopf und Kragen redet. »Fakt ist derzeit, das Zeug wurde beschlagnahmt, und wir können allenfalls darüber spekulieren, was de Vries damit vorhatte, solange wir in den Unterlagen keinen Hinweis auf ihren Zweck finden. Warten wir also zunächst ab, bis unsere KTU die Untersuchung der Geräte abgeschlossen hat. Vielleicht sind wir ja dann schlauer.« Nach einer kurzen Pause frage ich: »Hat die KTU uns eigentlich Fotos von der Scheune zukommen lassen? Also Fotos von ihrem Einsatz vor dem Brand?«

»Ja, haben sie.« Kirsten sucht sie raus und reicht sie mir. Ich blättere sie durch und reiche sie an Hauke weiter. »Die Egge stand tatsächlich über der Falltür. Bis zu dem Brand hat ihr anscheinend niemand von der KTU besondere Beachtung geschenkt, denn es wurden keine Nahaufnahmen von ihr oder gar von der Falltür gemacht.«

»Dann kann man wohl davon ausgehen, dass de Vries nicht wollte, dass die Falltür entdeckt wird«, schlussfolgert Kirsten. »Warum sonst sollte man eine Egge auf ihr abstellen? Die Hypothese, dass de Vries nur hobbymäßig ein Labor betreiben wollte, können wir damit wohl streichen.«

Ich räuspere mich. »Ja, das klingt logisch. Aber wie gesagt, darauf kommen wir später noch mal zurück. Lass uns erst mal schauen …«

»Was ist denn eigentlich mit den Proben, die unsere KTU in den Ställen genommen hat?«, lässt Kirsten nicht locker. »Vielleicht untermauern ja die …«

»Unbrauchbar«, falle ich ihr ein wenig zu schroff ins Wort.

»Unbrauchbar?«

»Unbrauchbar«, bekräftigen Hauke und ich gleichzeitig. »Das ist zumindest das, was Lars sagt«, füge ich hinzu, wobei ich den Blickkontakt mit Hauke vermeide. Mal ganz davon abgesehen, dass wir eine ganz andere, offenere Ermittlungsstrategie fahren könnten, wenn Hauke und Lina sich nicht derart verrannt hätten, bin ich einfach nur wütend, dass sie mich in die Situation gebracht haben, meine Kollegen anlügen zu müssen; und ich fürchte, dass sich diese Wut unmissverständlich in meinem Gesicht widerspiegelt.

»Schauen wir mal, was uns noch vorliegt«, sage ich nach einem tiefen Atemzug. »Was haben wir über de Vries' Fahrer herausbekommen?«

»Bernhard Harms ist fünfundfünfzig Jahre alt und seit über dreißig Jahren als Berufskraftfahrer beschäftigt«, referiert meine Kollegin. »Davon mehr als zwanzig Jahre bei der Spedition de Vries.«

»Das heißt, er war schon beim Vater von Keno de Vries angestellt«, stelle ich fest.

»So sieht's aus. Harms ist verheiratet und hat drei erwachsene Kinder. Das Ehepaar bewohnt ein Eigenheim in Neu-Ekels. Dieses Eigenheim hat er vor drei Jahren gebaut, nachdem die Kinder aus dem Haus waren. Zuvor haben sie immer zur Miete gewohnt. Außerdem fährt er einen nicht eben günstigen Sportwagen, seine Frau einen Mercedes.«

»Dass man noch einmal neu baut, nachdem die Kinder aus dem Haus sind, ist doch eher ungewöhnlich, oder?«, meint Hauke.

»Aber es ist weder ausgeschlossen noch verboten«, entgegne ich. »Dir liegen doch die Gehaltsabrechnungen von Harms vor. Lebt das Ehepaar denn deiner Meinung nach über seine Verhältnisse?«, wende ich mich an Kirsten.

»Na ja, ganz billig war der Neubau nicht. Aber wenn sie all die Jahre den Gürtel enger geschnallt haben, um sich irgendwann den Wunsch vom Eigenheim zu erfüllen, dann mag es schon hinhauen. Vielleicht hat Harms ja einiges an Eigenleistung eingebracht.«

»Was ist mit Timo Kluge?«

»Timo Kluge ist vierunddreißig Jahre alt, ledig, keine Kinder. Er hat eine Ausbildung zum Chemielaboranten gemacht …«

Ich horche auf. »Sagtest du Chemielaborant?«

Kirsten nickt. »Exakt. Bislang habe ich mir nicht viel dabei gedacht, aber nachdem ihr dann mit diesem Laborzubehör um die Ecke kamt …« Sie lässt den Rest des Satzes in der Luft hängen. »Vielleicht lohnt es sich, bei ihm mal ein wenig genauer hinzusehen. Nicht ausgeschlossen, dass er derjenige war, der seine eigene Produktion starten wollte. Vielleicht hat sein Chef ja nicht mal was davon gewusst.«

Ich bin mir ziemlich sicher, dass dies nicht der Fall ist, aber angesichts der Umstände verzichte ich darauf, eine entsprechende Bemerkung zu machen. Stattdessen murmele ich etwas Unverbindliches und frage dann: »Wie lange war Kluge als Chemielaborant tätig?«

»Er hat lediglich die Ausbildung abgeschlossen, dann kam der Wehrdienst. Kluge hat sich gleich für acht Jahre bei der Bundeswehr verpflichtet. Dort hat er auch seinen Lkw-Führerschein gemacht. Nachdem er zunächst für ein Bauunternehmen als Fahrer beschäftigt war, hat er vor rund vier Jahren den Job bei der Spedition de Vries angenommen.«

»Lebt denn er auf zu großem Fuß?«, fragt Hauke.

»Wenn es stimmt, was er in den sozialen Medien postet, dann ja.«

»Das heißt konkret?«, hake ich nach.

»Zwar lebt Kluge nicht wie sein Kollege in einem eigenen Haus, sondern in einem Auricher Mehrfamilienhaus zur Miete. Dafür aber leistet er sich eine sündhaft teure Multimediaanlage, für die er gut und gern zehntausend Euro hingeblättert haben dürfte.«

»Und das wissen wir, weil?«, frage ich.

»Wie gesagt, er teilt sich gern in den sozialen Medien mit, und besagte Multimediaanlage scheint er für ein besonders gelungenes Motiv zu halten, genauso wie seinen ebenfalls einigermaßen teuren Sportwagen.« Kirsten wiegt den Kopf hin und her. »Sollte er tatsächlich im Drogengeschäft sein, könnte das erklären, warum er sich einen solchen Schnickschnack leisten kann.«

»Auf den Darstellungsdrang der Leute ist doch immer wieder Verlass«, stelle ich fest. »Gute Arbeit, Kirsten, danke. Wir werden vor allem Timo Kluge im Auge behalten. Kommen wir zu den Unterlagen, die du gesichtet hast. Du sprachst von Ungereimtheiten.«

»Ja. Eine Frage, die sich mir gestellt hat, hat sich bereits geklärt. Es geht um die Umbaupläne für den Stall.«

»Es gibt sie also tatsächlich?«, fragt Hauke.

»Ja. Im September sollten die Bauarbeiten beginnen«, bestätigt Kirsten das, was Stefanie de Vries ausgesagt hat. »Laut Bauantrag handelt es sich um den Umbau eines landwirtschaftlich genutzten Anwesens zu einem speditionsgewerblich genutzten Gebäude. Vorgesehen sind zwei Stellplätze für Lkw sowie drei unterschiedlich große Räume, die in den Plänen als Büro, Lager und Werkstatt bezeichnet sind. Baurechtlich gab es keine Einwände, das Genehmigungsverfahren nahm seinen üblichen Weg durch die zuständigen Behörden.«

»Was uns zu den Finanzen führt«, leite ich zum nächsten Punkt über. »Hat sich unsere Annahme bestätigt, dass Keno de

Vries sich die teuren Lkw und den Kauf der Immobilien eigentlich nicht hätte leisten können?«

»Definitiv«, sagt Kirsten. »Mir liegen inzwischen alle Bank- und Steuerunterlagen vor, und ich habe sie gemeinsam mit unseren Experten aus der Wirtschaftskriminalität durchgeschaut. Aus ihnen geht nicht hervor, woher die Sonderzahlungen fürs Leasing der Lkw oder der nicht geringe Eigenanteil für den Ankauf der Eigentumswohnung gekommen sind. Keine Erbschaften, keine Aktien- oder sonstigen Spekulationsgewinne, kein Lottogewinn, nichts.«

»Also hatte de Vries inoffizielle Einnahmen, sprich Schwarzgeld, dessen Quelle wir derzeit lediglich erahnen, aber nicht gerichtsfest nachvollziehen können«, schlussfolgere ich. »Und wo er es aufbewahrt, wissen wir auch nicht. Was ist mit den Verbindungsnachweisen der Telefongesellschaft?«

»Die sind vor gut einer Stunde gekommen.« Kirsten greift nach einem Ordner. »Ich habe sie abgeheftet.«

»Das heißt, sie sind noch nicht ausgewertet.«

»Nein. Wie hätte das gehen sollen in der Kürze der Zeit?«, erwidert sie angesäuert.

Ich hebe beschwichtigend die Hand. »Es war nur eine Frage, kein Vorwurf. Gibt es irgendwelche Dateien oder E-Mails auf de Vries' Computer, die uns weiterhelfen?«

»Nein, nichts Offensichtliches.«

»Hast du sonst noch was, Kirsten?«, frage ich.

»Nein, das wäre zunächst mal alles.«

»Nun gut, dann machen wir an dieser Stelle weiter.« Ich schaue auf die Uhr. »Bis zum Feierabend bleiben noch ein paar Stunden Zeit. Die sollten wir nutzen, um noch ein wenig tiefer zu graben. Machen wir uns also an die Auswertung der Telefondaten.« Ich nicke meinen Kollegen zu. »Einverstanden?«

»Einverstanden«, bestätigen die.

Es ist eine eintönige und mühselige Arbeit, sich durch endlos erscheinende Zahlenreihen zu quälen und diese miteinander zu vergleichen. Es dauert nicht lange, bis mir all die Ziffern vor den Augen verschwimmen. Der Schweiß, der mir dabei das Gesicht hinunterläuft, macht es auch nicht besser. An diesem Nachmittag herrscht eine drückende Schwüle, und vermutlich gibt es nicht einen Menschen in der Region, der sich kein kühlendes Gewitter herbeiwünscht.

Wir haben uns darauf geeinigt, zunächst nur die Telefonnummern zu überprüfen, mit denen de Vries besonders häufig Kontakt hatte. Doch auch davon gibt es jede Menge.

»Puh, Disponent einer Spedition möchte ich wirklich nicht sein«, stellt Kirsten irgendwann fest. »Dir muss doch irgendwann das Telefon am Ohr festkleben, so viel, wie da hin und her telefoniert wird. Ich meine …«

»Ich glaube, ich hab hier was«, unterbricht Hauke sie. »Keine Ahnung, ob es was zu bedeuten hat, aber es lohnt sich sicherlich, mal näher hinzuschauen.«

»Nämlich?«, frage ich lahm. Ein Blick auf die Uhr sagt mir, dass es bald schon wieder Zeit ist, mit den Kindern zu telefonieren. Außerdem habe ich nicht vor, noch einen weiteren meiner wertvollen freien Abende im Kommissariat zu verbringen.

»Ein Chemiker«, erklärt Hauke. »Doktor Simon Hoffer, wohnhaft in Aurich. Keno de Vries hat in den Wochen und Tagen vor seinem Tod ständig mit ihm telefoniert. Vor allem früh am Morgen oder am späteren Abend, also außerhalb der gängigen Dienstzeiten.«

»Er betreibt ein eigenes Labor für chemische Analysen«, stellt Kirsten gleich darauf fest. »Seine Kundschaft kommt hauptsächlich aus dem industriellen und gewerblichen Bereich.« Sie deutet auf ihren Bildschirm, als ich sie fragend ansehe. »Hab ihn gegoogelt.«

Ich stöhne erleichtert auf. »Puh! Endlich ein Kontakt, der zumindest aufhorchen lässt. Diesen Herrn werden wir uns morgen mal genauer ansehen. Schickst du mir bitte die Anschrift, Kirsten?«

»Kommt sofort.«

Schon im nächsten Moment gibt mein Handy ein kurzes *Bling* von sich, als Kirstens Nachricht eingeht. »Danke.« Ich stehe auf und recke und strecke mich. »Schluss für heute, würde ich sagen. Wir sehen uns morgen früh in der großen Runde. Und gleich danach statten wir diesem Simon Hoffer einen Besuch ab.«

Einundzwanzig

Lina

Die Fahrt nach Hoogezand verläuft ohne Staus oder Baustellen planmäßig. Nach einer guten Stunde biege ich in die Straße ein, die mir Arie van Dijk genannt hatte. Ich halte hinter dem Wagen des niederländischen Kollegen, steige aus und setze mich zu ihm ins Auto.

»Warten Sie schon lange?«, frage ich, nachdem wir uns begrüßt haben.

»*Nee*. Ich bin erst vor ein paar Minuten gekommen.«

»Wie gehen wir vor? Ist es für Sie ein Problem, wenn ich auch Fragen stelle?«

»*Nee hoor*, das ist in Ordnung. Es ist Ihr Fall – ich bin nur die Begleitung, da wir hier in den Niederlanden sind. Ich stelle Sie als Kollegin aus Aurich vor, dann werden wir sehen, ob die Dame überhaupt mit uns reden wird.«

»Wie sehr darf ich Frau Krutisch unter Druck setzen?«

»Ich vertraue Ihnen da. Die Frau ist Deutsche, da werden Sie am besten wissen, was zu tun ist. Wenn ich Bedenken habe, mache ich mich bemerkbar.«

»Woher wissen Sie, dass Frau Krutisch gerade hier ist?«

»*Ik weet het niet hoor.* Ich vermute es. Die Kollegen haben das Handy, dessen Nummer Sie durchgegeben haben, hier geortet. Dieses Haus ist uns bekannt. Es gehört dem De-Jong-Clan und wird als eine Art Gästehaus für bestimmte Personen benutzt.«

»Es könnte also sein, dass Frau Krutisch gar nicht im Haus ist?«

Arie van Dijk lächelt. »Das glaube ich schon.«

Er fasst noch einmal kurz zusammen, was er von seinen Kollegen über Frau Krutisch in Erfahrung gebracht hat. Wir besprechen anschließend die Vorgehensweise, bevor wir aussteigen und auf das schlichte Reihenhaus zugehen.

Der niederländische Kollege drückt die Klingel, wartet eine Weile und lässt es noch einmal lange klingeln. Erst beim dritten Versuch öffnet eine Frau die Tür, die ich als Sybille Krutisch erkenne.

Arie van Dijk stellt sich auf Deutsch vor und zeigt ihr seinen Ausweis. »Das ist meine Kollegin aus Deutschland. Wir haben ein paar Fragen an Sie. Können wir eintreten?«

Seine Stimme klingt zwar freundlich, aber es ist unschwer herauszuhören, dass van Dijk kein *Nein* akzeptieren würde.

Sybille Krutisch wirkt unentschlossen, tritt schließlich einen Schritt vor und schaut nach links und rechts die Straße entlang, bevor sie uns Platz macht. Wir treten in den Flur und warten, bis sie die Haustür geschlossen hat und auf die erste Tür rechts weist.

In der Küche nehmen wir am Tisch Platz, Sybille Krutisch bleibt stehen und schaut zwischen van Dijk und mir hin und her. »Wird es lange dauern? Ich habe nicht viel Zeit.«

Arie van Dijk zeigt auf einen freien Stuhl. »*Alstublieft.* Nehmen Sie Platz, Frau Krutisch.«

»Ich stehe ganz gut«, erwidert sie. »Was wollen Sie von mir?«

»Wollen Sie sich nicht doch setzen?«, frage ich betont ruhig. »Dann spricht es sich doch leichter.«

Ich habe offensichtlich den richtigen Ton erwischt, da Sybille Krutisch den Stuhl vorzieht und sich setzt.

»Sie kennen Herrn Klaas Stoever aus Aurich?«, stelle ich meine erste Frage.

»Ich kenne viele Männer. Warum wollen Sie das wissen?«

»Sie haben eine Beziehung mit Herrn Stoever?«

Sybille Krutisch schweigt.

»Läuft Ihre Bekanntschaft mit Herrn Stoever im Rahmen Ihrer Escort-Tätigkeit?«

»Hat der Heini von dem Hotel das ausposaunt?«, faucht sie mich an.

»Sie meinen Herrn Hadlich aus dem Emder *Hotel am Markt*?«

»Hat er?«

Ich nicke. »Er hat uns über Ihren Besuch zusammen mit Herrn Stoever Auskunft erteilt.« Mir ist klar, dass ich damit mein Versprechen gegenüber dem Hotelmanager breche, aber ich glaube kaum, dass Frau Krutisch mit der Information hausieren geht.

»Dann wissen Sie doch alles. Was wollen Sie noch von mir?«

»Wie lange läuft die Beziehung zwischen Herrn Stoever und Ihnen schon?« Da ich nicht weiß, ob sie von Stoevers Tod gehört hat, benutze ich die Gegenwartsform.

»Ein paar Wochen. Kann ich bitte erfahren, was Sie das angeht? Das ist Privatsache.«

»Waren Sie professionell mit ihm unterwegs?«, schiebe ich die nächste Frage hinterher.

»Nein, verdammt. Auch wenn Sie es sich nicht vorstellen können, ich habe ein Privatleben.«

»Wo haben Sie sich kennengelernt?«

Sybille Krutisch zögert kurz. »In einer Bar. Warum?«

»In Aurich?«

»Nein, in Emden. Ich war da zu Besuch.« Sie wirft mir einen triumphierenden Blick zu. »Privat.«

»Wann haben Sie das letzte Mal mit Herrn Stoever gesprochen?«

Sybille Krutisch springt auf. »Jetzt ist es aber gut! Sagen Sie, was Sie wirklich von mir wollen, oder hauen Sie einfach ab!« Sie funkelt mich wütend an. »Mein Privatleben geht Sie einen Dreck an.«

»Herr Stoever ist tot in seiner Kanzlei aufgefunden worden. Sein Tresor war aufgebrochen. Die Umstände deuten auf ein Verbrechen hin.«

Sybille Krutisch erstarrt und wird kreidebleich. Entweder ist sie eine ausgezeichnete Schauspielerin, oder sie war tatsächlich ahnungslos. »Tot? Das … kann … doch nicht … sein«, stammelt sie mit weit aufgerissenen Augen und lässt sich auf den Stuhl zurückfallen.

Ich lege eine Emder Tageszeitung auf den Tisch, die auf der ersten Seite groß von dem Überfall und dem Tod des Notars berichtet. Sie greift nach der Zeitung, liest. Schließlich gleitet ihr das Blatt achtlos aus der Hand und Sybille Krutisch sackt in sich zusammen.

Habe ich mich vollkommen in dieser Frau geirrt? Kann es sein, dass sie tatsächlich eine Beziehung mit Stoever angefangen hat, zu der sie weder beauftragt noch von Stoever bezahlt wurde?

»Frau Krutisch, wann haben Sie das letzte Mal mit Herrn Stoever gesprochen?«, wiederhole ich meine Frage.

»Letzte Woche«, murmelt sie.

Arie van Dijk steht auf. »Darf ich Ihre Toilette benutzen?«

Sybille Krutisch nickt. »Auf dem Flur, die nächste Tür rechts.«

Van Dijk nickt mir zu und verlässt den Raum. Kurz darauf höre ich ein Handy klingeln. Es muss irgendwo in einem der anderen Räume liegen. Sybille Krutisch wird unruhig. Sie steht auf, setzt sich aber wieder. Vermutlich denkt sie, dass das Klingeln gleich aufhören wird. Sie lächelt verkrampft, ich schaue sie fragend an.

»Das wird nicht so wichtig sein«, sagt sie schließlich.

»Einer Ihrer Kunden?«

Sie zuckt mit den Schultern. In diesem Augenblick verstummt das Telefon, Sybille Krutisch wirkt erleichtert. Arie van Dijk kommt zurück, setzt sich und legt ein kleines schwarzes Handy auf den Tisch.

»Sorry, ich bin in der Küche anstatt auf der Toilette gelandet. Das Handy klingelte. Ich dachte, Sie wollen vielleicht rangehen?«

Sie schüttelt fast unmerklich den Kopf, greift nach dem Gerät und lässt es in die Tasche ihrer Hose gleiten. »Das war unwichtig.«

»*Nee, dat denk ik niet*«, sagt mein niederländischer Kollege. »Ich habe Sie angerufen. Ihre SIM-Karte ist mit einem gefälschten Ausweis registriert worden. Und genau dieser Ausweis wurde vor ein paar Tagen bei … *een huiszoeking* … einer Hausdurchsuchung sichergestellt.«

Sybille Krutisch schluckt schwer. »Davon … weiß ich … nichts.«

»Frau Krutisch«, spreche ich sie wieder an. »Sie haben über dieses Handy mit Herrn Stoever telefoniert. In den letzten acht Wochen zehn Mal. Wer hat Sie beauftragt, Herrn Stoevers Nähe zu suchen und mit ihm eine Beziehung anzufangen?«

Sie schüttelt energisch den Kopf. »Niemand! Wir haben uns zufällig getroffen.«

Ich sehe ihr an, dass sie panische Angst hat. Ihre Stimme überschlägt sich fast, sie presst beide Hände fest auf den Tisch, um das Zittern zu verbergen, und sie schaut hektisch zwischen van Dijk und mir hin und her. »Sie müssen mir glauben. Ich habe nichts getan. Klaas und ich …« Sie verstummt, ihre Augen sind feucht geworden. Jetzt senkt sie den Kopf.

»Wer hat Sie beauftragt?«, wiederhole ich meine Frage.

Sybille Krutisch schweigt.

»Herr Stoever lebt nicht mehr. Ich spreche hier nicht von einem natürlichen Tod, er ist gewaltsam ums Leben gekommen. Der Staatsanwalt in Aurich spricht bereits von einer Mordanklage. Wollen Sie wirklich darin verwickelt werden, Frau Krutisch? Beihilfe zum Mord. Das bedeutet eine Freiheitsstrafe von bis zu fünfzehn Jahren. Ist Ihnen das klar?«

Sybille Krutisch schweigt, aber ich sehe, dass sie kurz davor ist, zusammenzubrechen.

»Fünfzehn Jahre. Wie alt sind Sie, wenn Sie die Haftstrafe abgesessen haben? Wollen Sie wirklich für andere ins Gefängnis gehen?«

Ruckartig richtet sich die Frau auf, schaut mir direkt in die Augen. »Ich habe damit nichts zu tun. Klaas und ich haben uns geliebt. Verlassen Sie jetzt bitte mein Haus. Ich muss nicht mit Ihnen sprechen.«

Ihre Stimme klingt jetzt fester, aber ihre Angst ist mit den Händen greifbar.

»Ihre Auftraggeber sind skrupellose Kriminelle. Wenn die Leute denken, dass Sie eine Gefahr für die Organisation sind, werden sie kurzen Prozess machen. Es gibt viele, die das nicht lebend überstanden haben.«

Ich lege eine Visitenkarte auf den Tisch und stehe auf, van Dijk folgt mir. »Rufen Sie mich an, wenn Sie es sich anders überlegen. Sie können mich Tag und Nacht erreichen.«

»*Jammer*«, sagt Arie van Dijk, als wir außer Hörweite des Hauses sind. »Schade. Um ein Haar hätte Frau Krutisch ausgepackt.«

»Sie wusste noch nicht, dass Klaas Stoever tot ist.«

Van Dijk nickt. »*Precies*. Ihr Entsetzen war echt und nicht gespielt.«

»Vielleicht überlegt sie es sich ja noch anders.«

»Möglich. Angst sollte sie jetzt jedenfalls genug haben.«

Ich verabschiede mich von Arie van Dijk und gehe langsam und nachdenklich auf meinen Dienstwagen zu.

»Ich habe die Bank gefunden!« Jörns Stimme klingt euphorisch. Er hat mich kurz hinter Leer im Auto erreicht und fragt jetzt, was er machen soll.

»Bist du ganz sicher?«, frage ich über die Freisprechanlage.

»Ich habe mit dem Leiter der Bank gesprochen. Er hat mir Stoevers private Adresse aus den Unterlagen vorgelesen. Es gibt keine Zweifel.«

»Der Beschluss reicht für die Öffnung des Schließfachs nicht aus. Ich rufe gleich den Staatsanwalt an. Hast du alle Anbieter von Schließfächern durch?«

»Es stehen noch drei auf der Liste.«

»Ruf sie noch an – eventuell hatte Stoever nicht nur ein Fach.«

Der Staatsanwalt nimmt meinen Anruf direkt an, ich erkläre ihm die Lage und bitte um einen Beschluss.

»Ist das ein privates Schließfach?«, fragt er.

»Zumindest hat Klaas Stoever seine Privatadresse angegeben. Von daher liegt die Vermutung nahe.«

»Dann sollte es kein Problem sein. Ich bin gerade auf dem Weg zum zuständigen Richter. Sie hören von mir.«

Zurück im Kommissariat schaue ich bei Hauke im Büro vorbei, treffe ihn aber nicht an. Jörn kommt mir mit dem Beschluss in der Hand entgegengelaufen. Zusammen machen wir uns auf den Weg zu der Bank.

Der Empfang durch den Direktor der Bank ist kühl. Er führt uns in den Keller und öffnet mit einem Generalschlüssel das Fach mit der Nummer dreiunddreißig. Wir erfahren, dass Klaas Stoever das Schließfach seit fünf Jahren unterhält und seitdem acht Mal vor Ort gewesen ist.

Ich ziehe mir Latexhandschuhe über und nehme die Metallbox, die eine Größe von zwei Schuhkartons hat, in Empfang. Jörn schaut mir über die Schultern, als ich sie öffne. Die Hundert-Euro-Scheine sind gebündelt und in Folie eingeschweißt. Vorsichtig, um keine Fingerabdrücke zu verwischen, lege ich ein Bündel nach dem anderen in den Plastikbeutel, den Jörn mir aufhält. Der Leiter der Bank beobachtet uns, wirkt aber angesichts unseres Fundes wenig verwundert. Ich schätze die Summe auf ungefähr zweihunderttausend Euro.

Als wir das Geld sorgfältig verstaut und gekennzeichnet haben, frage ich unseren Begleiter, wann Klaas Stoever zum letzten Mal sein Schließfach geöffnet hat, und bekomme zur Antwort, dass sein Besuch fünf Monate zurückliegt.

Ich reiche Frank mein Handy mit dem Foto der Geldscheine, er stößt einen Pfiff aus und gibt das Handy weiter.

»Wie viel ist es?«, fragt Lothar.

»Genau hundertachtzigtausend«, antwortet Jörn.

»Was für einen Grund sollte es geben, es zu bunkern, außer dass es sich hier um Schwarzgeld handelt?«, fragt Frank.

Wir sitzen am späten Nachmittag zusammen, um die Ermittlungsergebnisse des Tages auszutauschen.

»Keinen«, wirft Lothar ein. »Da der gute Herr Stoever nur selten bei seinem Bankschließfach auftaucht, wird er das Geld, das er braucht, wohl in seinem Tresor zwischenlagern. Wie lange liegt der letzte Besuch beim Schließfach zurück?«

»Fünf Monate«, sagt Jörn.

»Bingo! Die Vermutung liegt also nahe, dass ein erheblicher Betrag im Tresor gelegen hat.«

Ich nehme mein Handy wieder in Empfang. »Davon können wir ausgehen. Allerdings ist der mutmaßliche Steuerbetrug nicht unsere Baustelle. Wir geben das an die Kollegen der Wirtschaftskriminalität weiter.«

Ich berichte von meinem Tag. Die Kollegen stimmen mir zu, als ich davon ausgehe, dass Frau Krutisch im Auftrag gearbeitet hat.

»De Jong also«, wirft Frank ein. »Sind die jetzt ins Raubüberfall-Geschäft eingestiegen? Was sagt der Kollege aus Groningen dazu?«

»Ihm ist nicht bekannt, dass sie ihr Betätigungsfeld in diese Richtung ausgeweitet haben. Er war sehr erstaunt, als ich von dem Überfall berichtet habe.«

»Da arbeitet wieder einmal jemand aus dem Clan auf eigene Verantwortung«, sagt Lothar. »Das kennen wir doch schon.«

»Der Aufwand war recht hoch«, gebe ich zu bedenken. »Die Täter konnten nicht sicher sein, wie viel Geld Stoever im Tresor aufbewahrt. Sie haben Sybille Krutisch eingeschleust, die entweder Stoever ins Büro gelockt hat, oder die Täter haben ihn länger observiert. Wie gesagt, eine zeitaufwendige Angelegenheit mit unsicherer Erfolgsaussicht.«

»Du meinst, sie waren eigentlich gar nicht aufs Geld, sondern auf etwas anderes aus?«, fragt Jörn.

»Warum hätten sie sonst die Kanzlei gründlich durchsuchen sollen? Sie werden kaum vermutet haben, dass noch irgendwo Bargeld herumliegt, versteckt hinter Akten oder zwischen den Seiten der Fachliteratur.«

»Ist das denn hundertprozentig sicher?«, will Lothar wissen.

Ich nicke. »Die Kollegen der Kriminaltechnik haben da keinen Zweifel dran gelassen.«

»Das kann irgendeinen harmlosen Grund haben«, sagt Lothar.

»Gut, lassen wir das mal so stehen. Wie weit seid ihr mit den Befragungen gekommen?«

»Lief sehr gut«, antwortet Frank und grinst. »Ich habe gar nicht gewusst, dass Lothar so ein Schauspieltalent ist.« Er wird wieder ernst. »Wir haben mit fünf mutmaßlichen Steuerhinterziehern gesprochen. Drei von ihnen ist regelrecht der Arsch auf Grundeis gegangen. Ich verwette einen Monatslohn darauf, dass da mindestens einer zum Finanzamt läuft und eine Selbstanzeige macht. Oder, Lothar?«

»Davon gehe ich auch aus. Morgen haben wir noch ein paar Kandidaten auf der Liste. Dann heißt es abwarten.«

Lothar berichtet von den Befragungen und wir verteilen anschließend die Aufgaben für den nächsten Tag, bevor ich die Runde schließe.

»Du siehst ja elend aus.« Steffen steht in der *Arche* hinter der Theke, vor die ich mich gerade auf einen Barhocker gesetzt habe.

»Danke fürs Kompliment. Leider fühle ich mich auch so.«

»Dann ab mit dir ins Bett«, schlägt Steffen in seiner mütterlichen Art vor.

»Geht nicht. Ich warte noch auf Hauke. Machst du mir ein Bier?«

»Aber nur eins, meine Liebe«, bestimmt Steffen und greift nach einem Glas.

Wenige Minuten später setzt sich Hauke auf den Hocker neben mir und bestellt einen doppelten Whiskey.

»Frag nicht«, sagt er. »Ich bin tot oder etwas Ähnliches, was sich genauso anfühlt.«

Steffen reicht Hauke den Whiskey, er nimmt einen kräftigen Schluck.

»Das wird schon wieder«, höre ich meine wenig überzeugende Stimme, während Hauke schon wieder trinkt.

»Ja, vielleicht im nächsten oder übernächsten Leben«, murmelt er, schiebt das leere Glas über die Theke und gibt Steffen einen Wink. Kurz darauf steht das zweite Glas vor ihm. Hauke schiebt es unschlüssig hin und her, bevor er mir einen fragenden Blick zuwirft. »Haben wir Mist gebaut?«

Ich schüttele den Kopf. »Nein, ganz sicher nicht. Und Kea wird das schon verdauen. Du bist ihr wichtiger, als dir klar ist.«

»Meinst du wirklich?« In Haukes Stimme klingt ein Hauch Hoffnung mit.

»Wenn ich mich mit etwas auskenne, dann mit Blicken von Verliebten. Sie wird das Berufliche vom Privaten trennen, glaub mir.«

Hauke lächelt mich matt an und schiebt das immer noch volle Glas von sich weg. »Ja, vielleicht hast du recht. Aber es wird wohl eine ganze Weile dauern.«

Zweiundzwanzig

Kea

Am nächsten Morgen bin ich kaum im Büro angekommen, als es an meine Tür klopft und Lars Snietjer mit einem Becher Kaffee in der einen und ein paar Zetteln in der anderen Hand eintritt.

»Moin, Kea.« Er setzt sich mir gegenüber an den Schreibtisch und wirft mir aus schmalen Augen einen ungewöhnlich langen, unergründlichen Blick zu.

»Was ist?«, frage ich schließlich verunsichert.

»Ich dachte, es interessiert dich vielleicht trotz des Schweigegelübdes, was aus unseren«, er schnaubt, »nicht brauchbaren Proben geworden ist.«

»J-ja, natürlich.«

»Ich habe angenommen, dass es dir nicht recht wäre, wenn ich die Wahrheit gleich in unserer Sitzung herausposaune.«

Ich fahre mir gequält aufstöhnend durchs Haar. »Bitte, Lars, ich verstehe, dass du sauer bist, aber …«

»Ich bin nicht sauer, Kea«, korrigiert er mich. »Sagen wir mal, ich bin, nun ja, irritiert.«

»Das ist verständlich. Und glaube mir bitte, wenn ich dir sage, dass ich mindestens ebenso irritiert bin. Leider aber sind mir die Hände gebunden, und ich kann dich nur noch einmal bitten, mir zu vertrauen. Hätte ich eine andere Möglichkeit gesehen …« Ich hebe resigniert seufzend die Hände. »Du kennst mich.«

»Okay.« Zwar klingt Lars noch immer nicht so, als würde ihn meine kurze Ansprache zufriedenstellen – wie könnte sie auch –, aber immerhin scheint er einzusehen, dass es die Situation nicht verbessern würde, wenn er noch weiterbohrt, denn er sagt nun: »Phenylaceton.«

»Bitte?«

»Im Stall von Keno de Vries ist vermutlich Phenylaceton gelagert worden. Oder es wurde sogar damit gearbeitet.«

»Was genau ist das?«

»Phenylaceton ist eine farblose bis schwach gelbe Flüssigkeit. Sie wird viel in der chemischen und pharmazeutischen Industrie eingesetzt. Ich habe mit der Feuerwehr gesprochen. Sie bestätigen, dass die Schadstoffbelastung der Luft, die bei dem Brand gemessen wurde, ebenfalls auf Phenylaceton hindeuten könnte.«

»Wofür könnte Keno de Vries das Zeug verwendet haben?«

»Angesichts dessen, dass die Feuerwehr nun auch noch das ganze Laborzubehör gefunden hat …« Lars nippt an seinem Kaffee und schaut mich über den Rand seiner Tasse hinweg bedeutungsvoll an.

»MDMA?«, frage ich.

Er schüttelt den Kopf. »Methamphetamin.«

Ich beuge mich vor und starre ihn aus großen Augen an. »Du sprichst von Crystal Meth?«

»Es wäre eine Möglichkeit, ja. Aber natürlich kann man Phenylaceton auch noch für viele andere Zwecke nutzen.«

»Könnte das den chemischen Geruch erklären, den ein Zeuge bei einem von de Vries' Lkw wahrgenommen haben will?«

»Durchaus. Phenylaceton hat einen starken, sehr charakteristischen Geruch.«

Was, wenn wirklich etwas davon verschüttet wurde, auch die Lagerung der Maissilage zur Übertünchung des Geruchs erklären würde. »Wurde die Laborausstattung aus dem Keller schon benutzt?«, erkundige ich mich.

»Nein, sie ist neuwertig. Aber soweit ich es überblicke, ist alles da, was man für eine funktionstüchtige Anlage braucht. Wer auch immer vorhatte, dieses Labor zu betreiben, er hätte jederzeit damit anfangen können.«

Ich nicke. »Danke, Lars, das hilft uns weiter. Irgendwelche Fingerabdrücke oder DNA?«

»Ja, aber bislang haben wir im System keine Übereinstimmungen gefunden.«

Er steht auf. »Gut, dann sehen wir uns gleich in der Besprechung.« Er zieht eine Grimasse. »In der ich von nichts weiß, richtig?«

Ich schenke ihm ein dankbares Lächeln. »Richtig.«

Zur Besprechung erscheinen fast alle Kollegen pünktlich. Lediglich Jörn stürmt in letzter Sekunde herein, abgehetzt und schweißüberströmt. »Sorry, mein Fahrrad hatte einen Platten«, murmelt er und schiebt sich auf seinen Platz.

»Gut, dann sind wir ja jetzt vollzählig«, sage ich, bevor ich alle noch einmal begrüße. »Ich denke, es gibt in beiden unserer Fälle neue Erkenntnisse. Diese Sitzung dient dazu, uns alle auf einen Stand zu bringen, bevor wir uns wieder an die Arbeit machen. Und davon gibt es reichlich, aber das wisst ihr ja.«

Bei meinen Worten meldet sich prompt wieder mein schlechtes Gewissen. Alle auf einen Stand bringen. Bislang hatte ich es, wenn ich es aussprach, auch immer so gemeint. Aktuell aber konnte davon weiß Gott keine Rede sein. Kurz trifft mein Blick den von Hauke, und ich könnte schwören, dass er einem ganz ähnlichen Gedankengang folgt, denn er schaut alles andere als glücklich aus der Wäsche.

Aber nun gut, es ist, wie es ist, und das lässt sich nun mal nicht ändern. Also wende ich mich an Lina. »Würdest du anfangen? Was macht der Fall Stoever?«

»Eine ganze Menge«, antwortet sie. »Wir kommen gut voran.« Sie berichtet zunächst von dem Schließfach, in dem Klaas Stoever eine größere Menge Geld hortete.

»Wir vermuten, dass es sich bei den einhundertachtzigtausend Euro um seinen Anteil des Schwarzgeldes handelt, das zwischen Käufern und Verkäufern hin- und hergeschoben wurde«, schließt sie.

»Was zu der Spekulation verleitet, ob nicht auch Keno de Vries einen solchen Deal mit dem Verkäufer des Stalls ausgehandelt hat und Stoever in diesem Fall ebenfalls als zwischengeschaltete Instanz auftrat«, überlege ich laut. »Auch er hat ja den Resthof offiziell zu einem Preis unter Marktwert erstanden. Hier könnte also eine Schnittstelle zwischen den beiden Fällen sein.« Ich nicke Kirsten zu. »Da sollten wir noch mal genauer hinsehen. Stimme dich dahingehend bitte mit Linas Team ab.«

»Geht klar.«

»Was ist in dieser Sache euer nächster Schritt?«, wende ich mich wieder an Lina.

»Wir warten darauf, dass sich der ein oder andere dieser mutmaßlichen Steuerhinterzieher selbst bei den Steuerbehörden anzeigt. Über diese Klienten können wir dann hoffentlich mehr darüber erfahren, welche Rolle Stoever bei den Immobilienverkäufen gespielt hat.«

»Gute Strategie«, sage ich anerkennend. »Sonst noch was?«

Lina berichtet nun von ihrem Besuch bei Sybille Krutisch. »Und jetzt wird's interessant«, sagt sie schließlich, und sie vergewissert sich mit einem Blick in die Runde, dass sie die Aufmerksamkeit aller Anwesenden hat. »Noch hat sie zwar nicht explizit zugegeben, dass sie Stoever im Auftrag des De-Jong-Clans ausspioniert hat; aber wenn du mich fragst, dann fehlt nicht mehr viel. Die Panik in ihren Augen war nicht zu übersehen, als wir sie damit konfrontierten, dass ihr Handy auf einen gefälschten Ausweis registriert worden war und wir wissen, auf wessen Konto diese Fälschung geht.«

»De Jong also.« Ich vermeide es, Haukes Blick einzufangen, aber ich weiß, dass seine Gedanken gerade in die gleiche Richtung gehen wie meine. Unsere beiden Fälle könnten in einem engeren Zusammenhang stehen, als wir bislang angenommen haben. Und wieder einmal scheint dieser niederländische Kriminellen-Clan, der uns schon seit Jahren am Nasenring durch die Arena zieht, seine Finger im Spiel zu haben.

»Tja, das war's erst mal von unserer Seite«, sagt Lina. »Wir werden an dieser Stelle weitermachen, wenn nichts dagegenspricht.«

»Was sollte dagegensprechen?«, erwidere ich. »Sehr gute Arbeit bis hierhin. Weiter so! Möchte noch jemand was ergänzen?«

Als alle schweigen, beginne ich mit meinem Bericht und bringe es gleich auf den Punkt: »Es scheint mir keineswegs ausgeschlossen, dass die de Jongs auch im Fall von Keno de Vries ihre Finger im Spiel haben.«

Ein Raunen geht durch die Runde. Die Blicke aller richten sich nun auf mich, in den meisten von ihnen steht echtes Interesse. Lediglich Lina und Hauke befürchten anscheinend, dass ich zu viel meines Wissens preisgeben könnte, denn sie schauen mich ebenso furchtsam wie beschwörend an. Falls auch Lars sich gerade fragt, ob ich, die Geheimhaltung betreffend, meine Meinung geändert habe, so lässt er es sich zumindest nicht anmerken.

»Die Feuerwehr hat in einem gut getarnten Kellerraum unter der abgebrannten Scheune von de Vries diverse Behältnisse und Gerätschaften gefunden, die für die Herstellung von Drogen geeignet sind«, sage ich. »Quasi ein einsatzfähiges Labor, wie mir Lars bestätigt hat.«

Es folgt ein erneutes Raunen. »Leider«, ich räuspere mich, »haben sich die vor dem Brand im Stall entnommenen Proben als nicht brauchbar herausgestellt.«

Jetzt zieht Lars etliche fragende bis erstaunte Blicke auf sich. Der aber zuckt nur mit den Schultern und murmelt: »Ist so. Kann man nicht ändern.«

Aus Haukes und Linas Richtung kommt ein erleichtertes, wenn auch unterdrücktes Aufatmen. Oder bilde ich mir das nur ein?

»Natürlich heißt eine Laborausstattung, die sich zur Herstellung von Drogen eignet, noch nicht automatisch, dass die de Jongs ihre Finger im Spiel haben«, relativiert Hauke meine Aussage, obwohl er es besser weiß. »Denn wenn es sich beim Equipment aus dem Keller tatsächlich um das der de Jongs handelt, dann frage ich mich, warum sie dann durch Brandstiftung das Risiko eingehen, dass es entdeckt wird.« Sein Blick schweift zu Lars. »Dabei hatten sie doch gerade das Glück gehabt, dass es bei der Durchsuchung selbst den geübten Augen unserer KTU verborgen blieb.«

Lars reagiert lediglich mit einem unwilligen Grunzen auf diesen Seitenhieb.

»Woher willst du denn wissen, dass die Brandstiftung auf das Konto der de Jongs geht?«, erkundigt sich Lothar.

»Ist … äh … nur eine Vermutung. Wir bräuchten dafür natürlich noch Beweise.«

»Aha.« Lothar runzelt die Stirn, lässt es aber zu meiner Erleichterung so stehen.

Für einen Moment hatte mir tatsächlich der Atem gestockt. Es ist alles andere als einfach, sich nicht zu verplappern.

»Du meinst, Keno de Vries könnte auf eigene Rechnung gehandelt haben«, schlussfolgert Lina messerscharf, und es klingt eher wie eine Feststellung als wie eine Frage.

Hauke nickt. »Wir dürfen es zumindest nicht ausschließen.«

»Wie auch immer«, sage ich. »Diese Spekulationen bringen uns nicht weiter. Was wir brauchen, sind Beweise. Zunächst einmal stellt sich die Frage, was de Vries' Fahrer von dem Depot im Keller gewusst haben. Wir sollten ihnen dahingehend also noch mal auf den Zahn fühlen. Da sie aber wieder mit den Lkw unterwegs sind – Frau de Vries sagte uns, sie würden heute Morgen um fünf Uhr starten –, warten wir zunächst einmal ab, welche Erkenntnisse wir durch das Tracken der Fahrzeuge erhalten.« Ich schaue Lars an. »Ich nehme an, deine Leute haben die Lkw im Blick?«

»Selbstverständlich haben sie das. Du bekommst Bescheid, sobald es etwas Interessantes zu berichten gibt.«

»Gut. Danke.« Ich schließe noch einen kurzen Bericht zu dem Chemiker an, den wir unter de Vries' Telefonkontakten ausgemacht haben. »Den werden Hauke und ich jetzt mal aufsuchen und genauer unter die Lupe nehmen.«

Nachdem ich sichergestellt habe, dass alle wissen, was sie zu tun haben, schließe ich die Sitzung.

Dreiundzwanzig

Lina

Ich verlasse als Letzte den Besprechungsraum. In zehn Minuten werde ich mich mit den drei Kollegen zusammensetzen, um das weitere Vorgehen im Fall Stoever zu besprechen. Im Moment sieht alles danach aus, dass die Täter in beiden Fällen aus der gleichen Ecke kommen: dem De-Jong-Clan. Bisher weist zwar noch nicht viel darauf hin, dass es weitere Verknüpfungen gibt, was sich aber in den nächsten Tagen durchaus ändern konnte. Beide kleinen SoKos kommen gut voran, die Schlinge um den Clan-Hals wird stündlich enger.

Was mir mehr Sorgen macht, ist der mutmaßliche Maulwurf in unseren eigenen Reihen. Sollte es ihn geben, könnten unsere Vorteile aus Haukes direktem Draht zum Clan verpuffen.

Zurück im Büro öffne ich das Fenster und lasse mir den leichten Sommerwind um die Ohren wehen. Es wird wieder ein warmer Tag werden, den man besser am Nordseestrand verbringen sollte als im Büro.

Als ich Schritte höre, drehe ich mich um. Lothar steht mit einem triumphierenden Grinsen vor mir. »Die Falle ist zugeschnappt. Der erste Steuerhinterzieher ist eingeknickt und hat heute Morgen eine Selbstanzeige gemacht.«

Hinter Lothar treten Frank und Jörn ein.

»Ernsthaft?«, fragt Jörn.

Ich zeige auf den kleinen Besprechungstisch, um den vier Stühle stehen, schließe das Fenster und setze mich zu meinen Kollegen. »Wer ist es, und um was genau geht es?«

»Wolfgang Moormann, zweiundsechzig«, sagt Lothar. »Er hat nach dem Tod seiner Eltern deren Haus geerbt und verkauft. Wir haben gestern mit ihm gesprochen, und er machte mir schon da einen übernervösen Eindruck. Er war einer meiner heißesten Kandidaten.«

Frank nickt. »Dem ging der Arsch auf Grundeis – das war unschwer zu sehen. Die angebliche Verkaufssumme lag um mehr als ein Drittel unter dem Marktpreis. Ich vermute sogar, dass es nur die Hälfte war.«

»Lebt er hier in Aurich?«, frage ich.

»Ja, Frührentner seit ein paar Jahren«, antwortet Lothar. »Irgendwas mit der Lunge, wenn ich mich richtig erinnere. Er wird garantiert weiterplaudern.«

»Okay, wir beide fahren gleich zu ihm«, schlage ich vor und wende mich an Jörn. »Du musst noch die restlichen Schließfachanbieter befragen?«

Jörn nickt. »Wenn Frank auch welche übernimmt, sind wir schnell durch.«

Ich stehe auf. »Gut, so machen wir es.«

Wolfgang Moormann wohnt in einem kleinen Reihenhaus am Rande von Aurich. Der Vorgarten ist gepflegt, aber dem Haus sieht man an, dass einiges im Argen liegt. Die alten Holzfenster müssen dringend erneuert werden, und die Haustür hat auch schon bessere Tage gesehen. Lothar klingelt, kurz darauf wird uns die Tür geöffnet.

Moormann, ein kleiner, untersetzter Mann mit lichtem Haar und Schnurrbart, starrt Lothar an. »Was wollen Sie schon wieder? Es ist doch alles geklärt.«

»Noch nicht ganz«, sagt Lothar und deutet auf mich. »Das ist Hauptkommissarin Lübbers. Wir würden gern kurz mit Ihnen sprechen.«

»Muss ich das?«

»Nein, es steht Ihnen frei. Allerdings müssten wir dann umgehend eine offizielle Vorladung über die Staatsanwaltschaft veranlassen.«

»Ich habe alles mit dem Finanzamt geklärt.«

»Das ist uns bekannt. Das war ein guter und richtiger Schritt. Es gibt aber eine noch weitaus wichtigere Angelegenheit zu klären.«

»Die wäre?« Moormann macht immer noch keine Anstalten, uns ins Haus zu lassen.

»Bestechung einer Amtsperson. Das kann durchaus eine Haftstrafe nach sich ziehen.« Lothar wendet sich ab und scheint gehen zu wollen. Ich folge ihm.

»Halt! Was soll das bedeuten? Bestechung? Damit habe ich nichts zu tun!«

»Können wir jetzt rein, oder müssen wir das hier draußen klären?«

Wolfgang Moormann tritt zur Seite, wir gehen ins Haus und folgen ihm in die Küche. Erst nach Lothars Aufforderung setzt sich Moormann zu uns an den Tisch. Ich habe Lothar bereits einen Wink gegeben, dass er das Gespräch führen soll.

»Sie haben beim Finanzamt angegeben, dass Sie das geerbte Haus und Grundstück im Preis gesenkt haben und den Restbetrag vom Käufer bar erhalten haben.«

Wolfgang Moormann nickt.

»Wir sprechen hier von zweihunderttausend Euro?«

Erneut nickt Moormann.

»Wann und wie haben Sie das Geld bekommen?«, fragt Lothar weiter.

»Ist das wichtig? Ich habe doch alles zugegeben.«

»Wann und wie?«, wiederholt Lothar, ohne auf die Frage einzugehen.

»Halt nachdem alles eingetragen war«, murmelt Moormann.

»Wer hat Ihnen das Geld übergeben?«

Moormann schweigt.

Lothar wartet, lässt ihn aber nicht aus dem Blick.

Der Mann schluckt. »Was soll ich sagen? Irgendwie musste ich mich ja absichern und …« Er senkt den Kopf.

»Ja?«

»Ich habe damit nichts zu tun. Der Käufer hat mich angesprochen und das alles vorgeschlagen. Was soll ich sagen – er hat einen guten Preis gemacht.«

»Wer?«, fragt Lothar ein weiteres Mal.

Moormann zögert. »Klaas Stoever. Er hat das Geld aufbewahrt und mir dann gegeben.«

»Haben Sie Stoever bezahlt?«, fragt Lothar weiter.

»Nein, warum sollte ich? Das hat alles der Typ organisiert, der Käufer.«

»Bedeutet?«, fragt Lothar. Mit jeder Nachfrage wird sein Ton schärfer, jetzt fixiert er Moormann und scheint ihn mit den Augen durchbohren zu wollen.

»Der Typ hat so was erwähnt.«

»Was genau?« Lothar macht keinen Hehl daraus, dass sein Geduldsfaden kurz vor dem Reißen steht.

»Der hat den Notar bezahlt. Das hat er mir gesagt. Wollte wohl den Preis drücken, aber darauf habe ich mich nicht eingelassen.«

»Weiter?«

»Verdammt, ich habe es gesehen, ja. Einen Umschlag hat er ihm gegeben. Ziemlich dick. Da muss Geld drin gewesen sein, was auch sonst?«

»Haben Sie das Geld gesehen?«

»Nein, dann hätte ich ja auch was gesagt. Das war mir doch klar, dass das strafbar ist.«

Ich räuspere mich. »Vielen Dank, Herr Moormann, dass Sie mit uns kooperieren. Kommen Sie bitte heute Nachmittag in die Polizeiinspektion, um das Protokoll zu unterschreiben.«

»Bekomme ich Schwierigkeiten?«

»Wenn Sie nichts an Notar Stoever gezahlt haben und bei Ihrer Aussage bleiben, sehe ich dafür keinen Grund.«

Der Mann atmet erleichtert auf. »Ich unterschreibe das – natürlich.«

Wir verabschieden uns von Wolfgang Moormann, er begleitet uns bis zur Haustür. Auf dem Weg zum Auto klingelt Lothars Handy. Er nimmt das Gespräch nach einem Blick aufs Display an und begrüßt jemanden, hört zu und bedankt sich am Schluss.

»Kandidat Nummer zwei hat vor einer halben Stunde eine Selbstanzeige abgegeben. Fahren wir gleich hin?«

»Wo wohnt der Mann?«

»Am anderen Ende der Stadt. In zehn Minuten sollten wir da sein.«

»Okay.« Ich steige ein und warte, bis Lothar neben mir sitzt, bevor ich den Motor starte. In diesem Augenblick klingelt mein Handy. Auf dem Display steht eine mir unbekannte Nummer. Ich stelle den Motor wieder ab und nehme das Gespräch an.

»Frau Lübbers?«, flüstert eine Frauenstimme, die ich nicht gleich zuordnen kann.

»Ja, am Apparat.«

»Sybille Krutisch. Ich brauche Ihre Hilfe.« Die Stimme klingt ängstlich, fast panisch.

»Wo sind Sie?«

»In Emden. Sie suchen mich. Ich glaube …« Die Verbindung bricht ab.

»Hallo! Sind Sie noch da?« Sybille Krutisch antwortet nicht.

Lothar schaut mich fragend an. »Wer war das?«

»Sybille Krutisch. Aber das Gespräch ist unterbrochen worden.« Ich warte einen Moment, rufe schließlich zurück, erreiche sie aber nicht.

»Was wollte sie?«, fragt Lothar.

»Hat sie nicht gesagt.« Ich starte den Motor erneut und fahre nach Lothars Anweisungen.

Vor einer roten Ampel fragt Lothar: »Was glaubst du, wird die Prostituierte noch auspacken?«

Mir missfällt die Bezeichnung *Prostituierte* und auch, dass er von *auspacken* spricht. »Wir wissen bisher noch nicht einmal, ob es überhaupt etwas Relevantes gibt, was sie weiß. Bisher sind das alles Mutmaßungen unsererseits.«

»Und sie hat nicht gesagt, wo sie gerade ist?«

Bei Lothars Frage wird mir schlagartig klar, dass ich einen riesigen Fehler gemacht habe. Wie konnte ich den Maulwurf vergessen? Der würde, sollte Sybille Krutisch wirklich in direkter Verbindung mit dem De-Jong-Clan stehen, längst alle Informationen weitergegeben haben. Ich habe die Frau in Gefahr gebracht! Mir kommen ihre Worte in den Sinn. *Ich brauche Ihre Hilfe. Sie suchen mich.* War sie aus Hoogezand geflohen, weil die Schergen des Clans hinter ihr her waren?

Ich biege in die nächste Straße ein, die direkt zur Polizeiinspektion führt. Lothar schaut mich erstaunt an.

»Planwechsel. Du befragst zusammen mit Frank den zweiten Steuerhinterzieher. Mir ist gerade etwas eingefallen, was ich sofort überprüfen muss.«

Ich halte vor der Polizeiinspektion. »Ich melde mich bei euch.«

Leicht verwirrt steigt Lothar aus, ich nicke ihm zu und fahre weiter. Als ich außer Hörweite der Polizeiinspektion bin, setze ich das Blaulicht aufs Dach und schalte die Sirene an. Hinter dem Ortsschild gebe ich Gas. Auf halber Strecke nach Emden habe ich bereits fünfmal die Wahlwiederholungstaste gedrückt, ohne Sybille Krutisch zu erreichen. Komme ich zu spät? Wie soll ich sie in Emden finden? Die Stadt hat über fünfzigtausend Einwohner. Meine Chancen stehen eins zu einer Million. Ich kann auch genauso gut umkehren und abwarten, ob sie sich noch einmal meldet. Ich verringere die Geschwindigkeit und suche bereits nach einer Möglichkeit zu wenden, als mein Handy klingelt. Wieder eine mir unbekannte Nummer. Ich melde mich und höre, wie am anderen Ende jemand schluchzt.

»Frau Krutisch?«, rufe ich in die Freisprechanlage.

»Sie waren unten. Ich habe sie gesehen. Sie müssen das Handy geortet haben. Das geht doch, oder?« Ihre Stimme klingt schrill und panisch.

»Wo sind Sie jetzt, Frau Krutisch?«

»Ich bin über den Keller zum Hinterausgang. Da kommt man über den Rasen zu einer anderen Straße.«

»Wo sind Sie?«

»Gartentorstraße.«

»Ich bin auf dem Weg zu Ihnen. Können Sie sich irgendwo verstecken?«

»Helfen Sie mir!«, fleht sie mich an.

»Das will ich ja. Sie müssen sich jetzt beruhigen. Frau Krutisch, können Sie sich dort irgendwo verstecken, bis ich komme? Vielleicht in einem Hauseingang? Drücken Sie einfach auf alle Klingelknöpfe. Irgendwer wird Ihnen schon öffnen. Und dann bleiben Sie dort, bis ich komme. Haben Sie mich verstanden?«

Ich höre Windgeräusche und ein leises Keuchen. Läuft Sybille Krutisch gerade auf ein Haus zu, um dort Unterschlupf zu finden? Ich gebe währenddessen die Straße ins Navi ein. Die Fahrzeit wird auf sechzehn Minuten berechnet. Wenn ich mit Blaulicht und Sirene fahre, werde ich um einiges schneller sein.

»Ich bin im Haus«, flüstert Sybille Krutisch.

»In spätestens einer Viertelstunde bin ich bei Ihnen. Welche Hausnummer ist es?«

»Vierunddreißig.«

»Hat das Haus einen Keller?«

»Das weiß ich nicht.«

»Suchen Sie danach«, fordere ich sie auf. »Wenn kein Keller vorhanden ist, gehen Sie die Treppe hoch. Wie viele Stockwerke hat das Haus?«

»Drei.«

»Gehen Sie ganz nach oben und bleiben Sie in der Leitung. Haben Sie mich verstanden?«

Als sie die Frage bejaht, erhöhe ich wieder die Geschwindigkeit und fahre mit Blaulicht, aber ohne Sirene, um weiter mit Sybille Krutisch Kontakt halten zu können.

Die ersten Häuser von Wolthusen, einem Stadtteil von Emden, kommen in Sicht. Der Verkehr wird dichter, ich verringere die Geschwindigkeit und spreche gleichzeitig beruhigend auf Sybille Krutisch ein. Sie hat inzwischen den dritten Stock erreicht und horcht jetzt auf meine Aufforderung hin ins Treppenhaus hinein.

Der Philosophenweg trifft auf die vierspurige Neutorstraße, die ich aber kurz darauf wieder auf dem Weg in den Stadtteil Barenburg verlasse.

Als ich in die Gartentorstraße einbiege, stößt Sybille Krutisch einen halblauten Schrei aus. »Ich kann sie sehen! Sie kommen auf das Haus zu!«

Im nächsten Augenblick schalte ich die Sirene an, deren Schall zwischen den auf beiden Straßenseiten stehenden Mietshäusern zu explodieren scheint. Fünfzig Meter vor mir bemerke ich zwei Männer, die sich zu mir umdrehen und gleich darauf in die entgegengesetzte Richtung davonsprinten. Ich entschließe mich, sie nicht zu verfolgen, da ich mir nicht sicher bin, ob sie allein agieren oder weitere Verfolger von Sybille Krutisch im Viertel herumlaufen.

Ich halte vor dem Haus mit der Nummer vierunddreißig, reiße mein Handy aus der Fahrzeughalterung und stürze auf die Haustür zu.

»Hören Sie die Polizeisirene?«, frage ich Sybille Krutisch. »Ich stehe jetzt vor der Tür von Haus vierunddreißig.«

»Ja, ich sehe Sie.«

Ich schaue nach oben und sehe Sybille Krutisch, die aus einem kleinen Flurfenster auf die Straße hinunterschaut. Ich winke ihr zu. »Sie können jetzt herunterkommen.«

Seit über einer Stunde fahren wir Richtung Süden. Ich habe den Weg über die Autobahn gewählt, zunächst die A31, später die A30. In knapp einer Stunde werden wir in Osnabrück sein. Kriminaldirektor Carstens ist informiert, an Kea habe ich eine kurze Nachricht geschrieben, dass ich unterwegs bin und ihr später alles erklären werde. Jörn habe ich allein im Büro erreicht und ihm mitgeteilt, dass ich heute nicht mehr zurückkomme und das Team sich morgen um zehn Uhr zur Besprechung zusammensetzt.

Sybille Krutisch hat, seitdem ich mit ihr im Auto sitze, geschwiegen. Ihr scheint erst jetzt bewusst zu werden, in was für einen Schlamassel sie hineingeraten ist.

Ich bin mir sicher, dass uns aus Emden niemand gefolgt ist. Zweimal habe ich kurz einen Parkplatz angefahren, den Wagen so geparkt, dass er nicht sofort zu sehen ist. Alles war ruhig, kein Fahrzeug da, das mir zuvor schon aufgefallen war.

»Wo fahren wir hin?«, sind Sybille Krutischs ersten Worte. Ihre Stimme klingt brüchig und immer noch ängstlich.

Auch ihre Blicke gingen in der letzten Stunde häufiger zum Außenspiegel an ihrer Seite.

»Osnabrück. Dort werden Sie in einer sicheren Wohnung untergebracht.«

Sie nickt und schaut erneut in den Außenspiegel.

»Wir werden nicht verfolgt«, beruhige ich sie. »Es weiß niemand, auch meine Kollegen in Aurich nicht, dass wir nach Osnabrück unterwegs sind.«

»Gut«, murmelt sie, und wenn mich nicht alles täuscht, hat sie erleichtert aufgeatmet.

Ich überlege kurz, ob ich sie schon im Auto befragen soll, entscheide mich dann aber dagegen.

»Frau Krutisch, so kommen wir nicht weiter«, sage ich zwei Stunden später. Wir sitzen seit einer Weile in einem der Vernehmungsräume der Osnabrücker Polizeidirektion. Die Kamera und die Tonaufzeichnung läuft, aber Sybille Krutisch weigert sich bisher, meine Fragen zu beantworten. »Wenn Sie mir nicht helfen, kann ich Sie nicht vor diesen Menschen beschützen. Ich brauche Ihre Aussage. Haben Sie mich verstanden?«

Sie nickt, zögert lange, bevor sie endlich stockend anfängt zu sprechen. Ich erfahre, dass ihre Geschäfte in Emden immer schlechter gelaufen sind und sie bei dem Besuch einer Freundin in Groningen beschlossen hat, dort einen Neuanfang zu wagen. Sie erzählt von der Escort-Agentur, die ihr lukrative Aufträge vor allem mit deutschen Kunden vermittelt hat, aber auch von einer wachsenden Zahl an Aufträgen, deren Hintergrund sie zunächst nicht verstanden hat, bis ihr klar wurde, dass die Männer, die sich mit ihr trafen, fotografiert und gefilmt wurden.

»Ihre Kunden wurden erpresst?«

Sybille Krutisch zuckt mit den Schultern. »Ich habe nicht gewagt, danach zu fragen. Der Ton ist immer rauer geworden und die Aufträge immer merkwürdiger.«

Ich frage weiter, erfahre von dem ersten Treffen mit Klaas Stoever, das sorgfältig vorbereitet wurde. Stoever ging schnell auf ihre Avancen ein, sie wurden ein Paar.

»Er hat nicht gemerkt, dass Sie …«

»Nein«, unterbricht Sybille Krutisch mich. »Erst in dem Hotel in Emden … die wollten mich doch rauswerfen … da musste ich es Klaas beichten. Er hat gesagt, dass es okay wäre, wenn ich das nicht weitermache.«

»Was war Ihr Auftrag?«

»Ich sollte ihn aushorchen. Sie wollten wissen, wie sie ihn unter Druck setzen können.«

»Warum sollte Klaas Stoever unter Druck gesetzt werden?«

»Das weiß ich nicht genau. Aber ich habe mal mitbekommen, dass im Tresor seiner Kanzlei etwas sein muss, was sie unbedingt haben wollen.«

»Worum hat es sich gehandelt?«

»Es ging nicht um Geld, wenn Sie das meinen. Es muss etwas anderes gewesen sein. Irgendwelche Papiere, aber mehr weiß ich wirklich nicht.«

Langsam taste ich mich an den entscheidenden Abend und die Tatnacht heran. Sybille Krutisch gibt schließlich zu, dass sie sich mit Klaas Stoever in der Kanzlei treffen sollte, sie aber tatsächlich in Groningen war und nicht wusste, was in Aurich passiert ist. Am Tag danach sei sie nach Hoogezand gebracht worden und habe erst von Klaas Stoevers Tod erfahren, als ich ihr davon erzählt habe.

Sybille Krutisch nennt mir vier Namen von beteiligten Männern, mit denen sie in Groningen zu tun hatte und von denen einer ihr den Auftrag gegeben hat, ein Verhältnis mit Klaas Stoever einzugehen.

Kurz vor Mitternacht mache ich mich auf den Weg nach Aurich. Sybille Krutisch ist in einer sicheren Wohnung untergebracht und wird dort bewacht. Mit Carstens habe ich besprochen, was ich den Kollegen in Aurich berichten werde und wie wir weiter vorgehen.

Mein Handy klingelt. Es ist Jana.

»Ich bin gerade erst losgefahren«, sage ich. »Vor zwei Uhr bin ich nicht zu Hause.«

»Ich warte auf dich«, sagt sie. Heute Morgen habe ich ihr den Zweitschlüssel zu meiner Wohnung gegeben.

»Bist du sicher? Es ist …«

»Ich bin ganz sicher«, unterbricht sie mich. »Fahr vorsichtig.«

Vierundzwanzig

Kea

Der Laborbetrieb von Dr. Simon Hoffer, angesiedelt in einem Auricher Industriegebiet, ist deutlich größer, als ich ihn mir vorgestellt habe. Bei Chemielaboren denke ich gemeinhin an dunkle Kellerräume, in denen es dampft, raucht, blitzt und zischt. Eine Vorstellung, die durch Filme und Bücher meiner Kindheit geprägt sein mag. Dieses dreigeschossige Flachdachgebäude aber beraubt mich dieser Illusion. Mit seiner kompakten Bauweise, den großen Fensterflächen sowie der auffälligen Dach- und Fassadenbegrünung präsentiert es sich uns hochmodern.

»Cool«, sagt Hauke, nachdem er seinen Blick über die Fassade hat schweifen lassen. »Da hat jemand ökologisch gedacht und richtig was investiert. Laboranalysen scheinen ein lukratives Geschäft zu sein.«

Wir betreten das lichtdurchflutete Foyer, in dem sich mein erster Eindruck bestätigt. Moderner Stil, viel Glas, luxuriös. Ich ertappe mich bei dem Gedanken, dass ich unsere Wirtschaftskriminalität gern mal einen Blick in die Bücher des Unternehmens werfen lassen würde, rufe mich jedoch sofort selbst zur Ordnung. Derzeit gibt es schließlich nicht die Spur eines Beweises, dass Simon Hoffer in irgendwelche krummen Geschäfte verwickelt ist. Womöglich ist er mit dem, was er tut, ja einfach nur immens erfolgreich.

Am Empfangstresen zeigen wir unsere Dienstausweise und stellen uns vor. »Wir würden gern mit Doktor Simon Hoffer sprechen.«

Die junge Rezeptionistin lässt sich nicht anmerken, ob sie von unserem Erscheinen überrascht ist. Vielmehr scheint ihr Lächeln wie festgetackert. »Herr Doktor Hoffer ist noch in einem Meeting. Wenn Sie vielleicht später noch mal …«

»Wir möchten ihn sprechen. Jetzt«, insistiere ich.

»Aber …«

»Wir können Ihren Chef auch ins Kommissariat vorladen«, lasse ich die immer noch lächelnde Frau gar nicht erst zu Wort kommen. »Ich weiß nicht, ob ihm das besser gefällt.«

Für einen kurzen Moment zeigt sich Irritation auf ihrem Gesicht, doch kehrt das Lächeln schnell zurück. »Ganz, wie Sie wünschen. Einen kleinen Augenblick, bitte.« Sie greift zum Telefon, spricht kurz mit einer gewissen Sylvia, legt auf und deutet auf den Aufzug. »Bitte schön, die Herrschaften. Wenn Sie in die dritte Etage fahren, nimmt Sie Frau Harting, die Assistentin von Herrn Doktor Hoffer, gern in Empfang.«

Nur wenig später sitzen wir bei einer Tasse Kaffee in einem weitläufigen Büro aus Chrom, Glas, schwarzem Leder und Eichenparkett. »Herr Doktor Hoffer wird sofort bei Ihnen sein«, flötet Sylvia Harting, bevor sie auf ihren hohen Absätzen wieder hinausstolziert.

Tatsächlich dauert es nicht lange, und ein Mann um die vierzig kommt zur Tür herein. Hatte ich einen Unternehmertypen in Anzug und Krawatte erwartet, so sehe ich mich jetzt getäuscht. Vielmehr scheint Simon Hoffer zu jenen zu gehören, die ihrem Understatement als erfolgreicher Lebemann gern mittels eines lässigen, wenn auch unverkennbar edlen Casual Looks Ausdruck verleihen. Zur Designerjeans trägt er ein weißes T-Shirt und weiße Sneakers. Sein dunkles Haar ist zu einem modernen Kurzhaarschnitt getrimmt, wobei ihm eine Locke wie zufällig in die Stirn fällt. Alles in allem ist Hoffer ein gut aussehender, athletischer Mann, der absolut nicht meiner Vorstellung eines Chemikers entspricht.

Hoffer reicht uns die Hand mit festem Druck. An Selbstbewusstsein scheint es ihm also nicht zu mangeln. »Sie sind von der Kriminalpolizei«, sagt er, als er, seine Beine lässig übereinandergeschlagen, uns gegenüber an dem niedrigen schwarzen Couchtisch Platz genommen hat. »Ich nehme an, Sie sind wegen Keno de Vries hier.« Es ist eine Feststellung, keine Frage.

Ich versuche, mein Erstaunen zu verbergen. »Sie haben davon gehört?«

Er zuckt mit den Schultern. »Wer nicht? Tragische Geschichte.«

»Sie scheinen damit gerechnet zu haben, dass wir hier auftauchen«, stellt Hauke fest.

Hoffer lächelt. »Es beruhigt mich zu wissen, dass ich mit meiner Vermutung richtiglag. Das bedeutet nämlich, dass unsere Polizei einen guten Job macht. Ich nehme an, Sie sind über die Telefonkontakte auf mich gestoßen.«

»Da Sie Ihre Telefonate ansprechen«, gehe ich direkt auf ihn ein, »Sie haben in den letzten Wochen recht häufig mit Keno de Vries telefoniert. Bevorzugt am späten Abend oder früh am Morgen, also außerhalb der regulären Geschäftszeiten. Hat das einen Grund?«

Erneutes Schulterzucken. »Ich bin ein viel beschäftigter Mann, genauso wie Herr de Vries.«

»Worum ging es in Ihren Telefonaten?«

Hoffer beugt sich vor, legt seine Unterarme auf den Oberschenkeln ab und faltet die Hände. Dann schaut er mit einer gewissen Verzweiflung im Blick von mir zu Hauke und wieder zurück, aber ich bin mir sicher, dass diese Verzweiflung nur gespielt ist. Es folgt ein ebenso theatralischer Seufzer. »Tja, ich weiß gar nicht so recht, wie ich es ausdrücken soll. Es ist … delikat.«

Ich bin mir sicher, dass er keineswegs so unvorbereitet ist, wie er tut, denn schließlich ist es offensichtlich, dass er unseren Besuch erwartet hat. Vielmehr ist anzunehmen, dass dieses gekonnt gesetzte Schauspiel zu einer zurechtgelegten Strategie gehört.

»Mit delikat kennen wir uns aus«, sagt Hauke. »Schießen Sie los! Was wollte Herr de Vries von Ihnen? Oder Sie von ihm?« In seinem Tonfall schwingt eine gewisse Ungeduld mit, was darauf hindeutet, dass er den Kerl und dessen affiges Getue genauso wenig leiden kann wie ich.

Hoffer richtet sich wieder auf und hebt abwehrend die Hände. »Um eines von vornherein klarzustellen: Ich wollte gar nichts von ihm. Er ist auf mich zugekommen.«

»Und?«

»Er schien die Idee zu verfolgen, dass wir zusammenarbeiten könnten. Natürlich habe ich sofort abgelehnt, als ich verstanden habe, worum es geht.«

»Worum ging es?«, hake ich nach.

»Na ja«, rudert er nun zurück. »Ich kann es nicht mit Bestimmtheit sagen. Aber als Chemiker habe ich natürlich eins und eins zusammengezählt.«

»Und was ist dabei herausgekommen?«, fragt Hauke ungeduldig. »Bringen Sie es doch bitte mal auf den Punkt.«

»Herr de Vries hat anscheinend jemanden gesucht, der sich mit bestimmten Chemikalien auskennt und diese, nun ja, aufbereiten kann.«

»Um welche Chemikalien handelte es sich?«

»Phenylaceton unter anderem.«

Also das gleiche Zeug, von dem auch Lars gesprochen hat. »Sie sagten *unter anderem*«, hake ich ein. »Herr de Vries sprach also noch von anderen Chemikalien?«

»Ja.« Hoffer nennt ein paar Begriffe, bei denen ich schon Schwierigkeiten hätte, sie auszusprechen, geschweige denn zu buchstabieren.

»Könnten Sie uns diese Liste bitte schriftlich geben?«

Ein herablassendes Lächeln umspielt seine Mundwinkel. »Natürlich.« Er greift nach Block und Kugelschreiber, die auf dem Tisch liegen, und kritzelt ein paar Begriffe auf einen Zettel.

»Leserlich, bitte«, fordere ich ihn auf.

»Selbstverständlich. Ist ja für Laien. Aber ohne Garantie auf Vollständigkeit.« Er tippt sich an die Schläfe. »Nur das, woran ich mich wirklich noch erinnere.«

Hauke und ich schauen uns an, und ich bin sicher, dass wir das Gleiche denken. Ganz egal, was auf diesem Zettel steht, wir werden nicht beweisen können, dass es stimmt. Zumindest nicht, wenn Keno de Vries nicht irgendetwas dazu schriftlich festgehalten hat. Danach jedoch sieht es derzeit nicht aus. Aber vielleicht wird es zu einem späteren Zeitpunkt trotzdem noch zu irgendetwas nütze sein.

Hoffer reißt den Zettel vom Block und reicht ihn mir. Ich stecke ihn ein, ohne einen Blick darauf geworfen zu haben. Ich werde ihn an Lars Snietjer weiterreichen.

»Sind diese Stoffe frei am Markt erhältlich?«, erkundige ich mich.

»In kleineren Mengen zum Teil. Bei größeren Mengen aber dürfte es ohne einen Verwendungsnachweis schwierig werden.«

»Und bei Herrn de Vries ging es um welche Mengen?«

»Größere«, lautet die ebenso knappe wie erwartete Antwort.

»Hat er Sie gebeten, die Chemikalien über Ihre Firma zu beziehen?«, fragt Hauke.

»Nein. Das würde auch wenig Sinn ergeben. Meine Firma führt lediglich Analysen durch, wir können also keine größeren Mengen irgendwelcher Chemikalien besorgen.«

»Hat Herr de Vries Ihnen seine Bezugsquelle genannt?«

»Bulgarien«, sagt Hoffer, ohne zu zögern. »Angeblich hat er dort eine Quelle aufgetan, die, nun ja, womöglich nicht ganz legal ist. Aber Letzteres ist nur eine Vermutung. Genaueres weiß ich nicht.«

Ich erinnere mich, dass die Fahrer von de Vries gerade aus Bulgarien zurückkamen, als ihr Chef vom Auto erfasst wurde.

»Und was genau wollte Herr de Vries dann von Ihnen?«, erkundige ich mich.

»Wie ich gerade bereits sagte: Er suchte jemanden für die Aufbereitung der Chemikalien.«

»Aufbereitung?«

Hoffer wirft einen Blick auf seine Uhr. »Vielleicht könnten wir die Sache abkürzen, ich habe jede Menge zu tun. Und ich denke, dass Sie schon wissen, oder zumindest ahnen, was de Vries vorhatte.« Er schaut mich herausfordernd an.

»Sagen Sie's uns«, spiele ich den Ball zurück.

»Methamphetamin«, bestätigt er das, was wir längst vermuten. »Er hatte vor, in die Produktion und den Handel vom Methamphetamin einzusteigen. Und er wollte, dass ich das Zeug für ihn zusammenbraue.« Hoffer schnaubt. »Eine völlig aberwitzige Idee, wenn Sie mich fragen.«

»Haben Sie ihm das so gesagt?«, will Hauke wissen.

»Natürlich.« Er macht eine raumgreifende Bewegung mit den Armen. »Glauben Sie vielleicht, ich würde all das hier für ein paar Euro mehr aufs Spiel setzen?!«

Es ist clever von ihm, die Strategie der Offenheit zu fahren, das muss ich ihm lassen. Allerdings bin ich mir keineswegs sicher, ob ich ihm sein Unschuldsgetue abnehmen soll. Doch leider können wir ihm nicht das Gegenteil beweisen.

»Gut«, sage ich und stehe auf. »Das war's dann fürs Erste. Danke, dass Sie sich die Zeit genommen haben.«

»Immer gern, Frau Kommissarin«, erwidert Hoffer und reicht mir die Hand. »Es war mir eine Freude.«

»Ich traue diesem Kerl keinen Meter über den Weg«, knurrt Hauke, als wir wieder in unserem Wagen sitzen. »Kaum vorstellbar, dass Keno de Vries in den Gelben Seiten nachgeschlagen hat, um an einen Chemiker zu kommen, der ihm das Teufelszeug zusammenbraut. Irgendjemand wird ihm gesteckt haben, dass Hoffer sein Mann ist.«

»Davon gehe ich auch aus«, stimme ich ihm zu. »Um abzusagen, hätte ein Anruf genügt, das muss man nicht wochenlang immer wieder tun. Nur nützt uns diese Ahnung rein gar nichts. Selbst wenn Hoffer womöglich schon konkrete Pläne für ein Labor gezeichnet hatte, wird er diese inzwischen vernichtet haben. Also konzentrieren wir uns am besten auf das, was uns weiterbringt, anstatt auf das, was uns durch die Lappen gegangen ist.«

»Will heißen?«

»Wir fahren jetzt ins Kommissariat und wühlen uns weiter durch die Akten.«

Fünfundzwanzig

Lina

Ich laufe, renne um mein Leben. Die gleiche Strecke, Wald, ein See, ein enger Weg am Ufer entlang. Ich höre meine Verfolger hinter mir keuchen, sie schreien und fluchen. Ein Schuss. Ich werfe mich hin, rappele mich wieder auf und stolpere.

Schweißgebadet richte ich mich im Bett auf. Mein Herz dröhnt im ganzen Körper wider. Mein Blick wandert ängstlich durchs Zimmer. Ich atme auf. Jana ist schon aufgestanden. Ich höre die Dusche leise rauschen.

Wie lange habe ich geschlafen? Zwei oder drei Stunden? Erst als ich in der Nacht fest in Janas Armen lag, ihr flüsternd vom Tag berichtete, konnte ich durchatmen und mich wieder fühlen.

»Warum schläfst du nicht weiter? Heute ist Samstag.« Jana steht vor meinem Bett. »Du hast doch höchstens …«

»Und du?«, unterbreche ich sie.

Sie lächelt. »Ich bin jung. Schon vergessen?« Sie lässt das Handtuch fallen und schlüpft zu mir unter die Decke.

Ich spüre ihre Wärme, ihr Kraft und Energie und vergesse den Traum, der mich seit Jahren in unregelmäßigen Abständen aus dem Schlaf holt.

Erst als ich aus der Dusche komme, sehe ich, dass Kea mich schon dreimal angerufen hat. Nachdem Jana meine Wohnung verlassen hat, bin ich wieder eingeschlafen und erst gegen halb neun aufgewacht.

Ich starre aufs Display. Ist was passiert? Ich atme tief durch, rufe Kea zurück, aber sie ist nicht zu erreichen. Unter der Zentralnummer nimmt Birte den Anruf entgegen. Sie sagt mir, dass alle anderen bereits im Kommissariat seien und ich ebenfalls kommen solle. Es gäbe einen Hinweis, dem sofort nachgegangen werden müsse.

Eine halbe Stunde später kommt Hauke mir auf dem Gang im Kommissariat entgegen.

»Da bist du ja endlich! Krisensitzung. Kommst du?«

Ich eile neben ihm her. »Was genau ist los?«

»Frank hat einen Hinweis bekommen. Eine Quelle, die er schon Jahre nicht mehr angezapft hat. Es geht um ein Drogenlabor. Mehr weiß ich auch noch nicht.«

Im Besprechungsraum herrscht eine angespannte Stimmung. Kea steht im Licht des Beamers, der hinter ihr eine topografische Karte an die Wand wirft. Sie hält kurz inne, als wir eintreten, wartet, bis wir sitzen.

»Das SEK kann frühestens in zwei bis drei Stunden hier sein«, sagt Kea. »Banküberfall mit Geiselnahme in Oldenburg. Da ist Land unter.«

Lothar meldet sich zu Wort. »Wie sicher ist die Information über das Drogenlabor?«

Frank zuckt mit den Schultern. »Ich kann das nicht wirklich sagen. Dennis hat mir früher das eine oder andere aus der

Drogenszene gesteckt. Selbst hat er auch gedealt, aber nur in ganz kleinem Rahmen.«

»Ist er zuverlässig?«, hakt Lothar nach.

»Ich weiß es nicht«, antwortet Frank leicht genervt. »Es ist mindestens drei Jahre her, dass ich mit ihm Kontakt hatte. Er wollte mir nicht verraten, woher er die Infos hat. Bisher hatte Dennis auch nie mit synthetischen Drogen zu tun. Aber ihr wisst ja selbst, wie schnell sich das ändern kann, wenn die Spirale einen erst mal zu fassen bekommen hat.«

»Wir können das hier jetzt nicht klären«, fährt Kea dazwischen und dreht sich zur Wand. Der rote Punkt ihres Laserpointers umfährt einen Bereich nordwestlich von Wiesmoor. »Die Gegend war einst ein ausgedehntes Hochmoorgebiet. Jetzt finden sich hier viele Baumschulen.« Sie grenzt mit dem Stift einen Bereich ein. »Hier haben wir überwiegend Wiesen, nur unterbrochen von den immer noch zahlreichen Entwässerungsgräben.« Kea gibt etwas auf ihrem Laptop ein, die Karte weicht einem Satellitenfoto. Sie kreist einen quadratischen dunklen Bereich ein. »Franks Informant hat uns genaue Koordinaten durchgegeben. Das hier sollte der Schuppen oder die Lagerhalle sein.«

»Wissen wir, wem sie gehört?«, fragt Hauke.

»Viel haben wir in der Kürze der Zeit nicht in Erfahrung gebracht, aber der Schuppen soll zu einem ehemaligen Bauernhof gehören, der etwa zwei Kilometer entfernt liegt. Der Bauer ist vor vier Jahren gestorben, seine Frau ist zu ihrer Schwester nach Emden gezogen. Wir wissen noch nicht, ob das Land verpachtet ist oder einfach brachliegt.«

»Sollten wir da nicht erst mal gründlich recherchieren?«, wirft Lothar ein. »Die Aktion ist doch …«

»Beim letzten Mal sind wir auch zu spät gekommen«, fällt Jörn ihm ins Wort. »Franks Informant meint, dass das

Drogenlabor gerade aufgegeben wird. Wollen wir wieder mit leeren Händen dastehen?«

»Das letzte Mal?«, fragt Lothar.

Jörn rollt mit den Augen. »Da warst du auf deiner tollen Reise.«

»Wir warten nicht aufs SEK«, unterbricht Kea den kleinen Zwist. »Die Scheune ist keine zwanzig Minuten von uns entfernt. Wir schauen uns das vorsichtig an, und dann können wir immer noch das SEK rufen.«

Keas Laserpointer huscht über die Karte. »Hier, hier und hier gibt es eine Zuwegung. Wie ihr seht, führt dieser Weg zur L12. Die zwei anderen Feldwege sind kleiner und führen nach Süden und Westen. Bevor man auf eine vernünftige Straße kommt, braucht man mindestens zehn Minuten. Vermutlich sogar länger. Ihr wisst ja selbst, in welchem Zustand die Wege da oft sind.« Sie hält kurz inne. »Wir werden mit drei Wagen über den Hauptweg anfahren und hier«, Kea zeigt auf einen Bereich, der etwa dreihundert Meter von dem Schuppen entfernt liegt, »unsere Fahrzeuge abstellen. Diese kleine Baumgruppe ist der einzige größere Sichtschutz weit und breit. Von dort gehen wir dann von drei Seiten auf den Schuppen zu. Denkt an die Schutzwesten und die Funkgeräte.« Kea teilt die Gruppen ein und setzt die Abfahrtszeit fest.

Ich fahre hinter Keas Dienstwagen her, Frank und Lothar folgen mir.

»Was haltet ihr davon?«, fragt Jörn vom Rücksitz aus.

»Die sind entweder schon über alle Berge«, sagt Hauke, »oder der Informant hat Frank verarscht.«

»Warum sollte er das nach so vielen Jahren machen?«

»Keine Ahnung, was in diesen Drogenköpfen so vor sich geht.«

»Was ist das denn für ein blöder Spruch?«, entgegnet Jörn kopfschüttelnd. »Die meisten Drogenabhängigen sind mehr oder weniger unverschuldet in diese Situation gekommen. Probleme im Elternhaus, Depressionen, Arbeitslosigkeit oder etwas Ähnliches.«

Hauke schweigt. Denkt er über seine eigene Sucht nach? Was hat ihn dazu gebracht, um Geld zu spielen?

»So sehe ich das zumindest«, legt Jörn nach.

»Jetzt lasst doch«, schreite ich ein. »Wir sollten uns lieber auf die Durchsuchungsaktion konzentrieren. Ich schlage vor, dass ich als Erste gehe. Hauke folgt und Jörn gibt uns Deckung.« Ich werfe einen kurzen Blick in den Rückspiegel und stelle eine Frage, deren Antwort ich schon aus Jörns Personalakte kenne. »Wie sieht es mit deiner Treffsicherheit aus?«

Jörn grinst. »Bestnoten. Ihr seid bei mir in sicheren Händen.«

»Na wunderbar«, murmelt Hauke so leise, dass Jörn es auf dem Rücksitz nicht hören kann.

Kea hat auf der Motorhaube eine Karte ausgebreitet und weist uns noch ein letztes Mal ein. »Wir gehen davon aus, dass dort gerade produziert wird, oder sie bauen ab, wie Franks Informant gemeint hat. Ich gehe mit Kirsten als Erste los, da wir den weitesten Weg haben. Wenn ich das Okay gebe, setzt ihr euch«, Kea schaut zu Frank und Lothar und anschließend zu meiner Gruppe, »gleichzeitig in Bewegung. Ihr habt euch den Punkt gemerkt, an dem ihr erstmals stoppt? Die Ferngläser habt ihr dabei?«

Frank und ich nicken.

»Ab da wartet ihr auf mein Okay, bevor wir weiter vorrücken.« Kea faltet den Plan zusammen und legt ihn in ihr Fahrzeug. »Dann geht es jetzt los!«

Die beiden Frauen gehen gebückt an einer Buschreihe entlang. Aus Kirstens Akte weiß ich, dass sie ähnlich gute Bewertungen beim Schusstraining hat wie Jörn. Frank und Lothar sind nur mäßige Schützen. Ich vermute, dass ihr erster Stopp deshalb von Kea gewählt wurde. Er liegt am Weitesten von der Lagerhalle entfernt.

Genau neunzig Sekunden nachdem Kea und Kirsten losgegangen sind, kommt das *Go* für uns. Wir trennen uns und schleichen uns gebückt an die Lagerhalle heran.

»Hier ist es«, raunt Jörn uns zu, als wir an drei Birken ankommen. Wir hocken uns hinter die Bäume und warten. Ich beobachte den Schuppen, der jetzt ungefähr hundert Meter von uns entfernt ist.

»Siehst du was?«, fragt Hauke.

»Schwer zu sagen … warte.« Eine Tür am Schuppen wird geöffnet. Oder ist sie schon offen und wird nur vom Wind hin- und hergeschwenkt? Ich konzentriere mich auf den Punkt, während Hauke leise mit Kea über Funk spricht. »Es kann sein, dass Lina etwas gesehen hat.«

Ich taste nach dem Funkgerät, Hauke legt es in meine Hand.

»Könnt ihr die kleine Tür sehen?«, frage ich Kea. »Sie ist von uns aus gesehen an der rechten Seite.«

»Nein, keine Chance«, antwortet Kea. »Ist da was?«

»Ich meine, sie hätte sich bewegt. Aber beschwören …« In diesem Augenblick sehe ich einen Mann, der aus der Tür tritt und sich eine Zigarette ansteckt. »Jetzt! Ein Mann! Er ist rausgekommen und raucht eine.«

»Kannst du sehen, ob er bewaffnet ist?«

»Augenblick … Er dreht sich gerade um. Ich kann keine Waffe sehen. Vielleicht ist sie unter der Jacke. Schwierig …«

»Okay«, sagt Kea. »Sobald der Mann wieder im Schuppen ist, rücken wir vor. Lina gibt das Kommando dafür.«

Die Sekunden verstreichen, der Mann lässt sich Zeit und raucht die Zigarette bis zum Filter, bevor er sie auf den Boden wirft, ausdrückt und anschließend wieder einsammelt und in seine Tasche steckt. Ich warte noch einige Sekunden, nachdem er wieder im Schuppen verschwunden ist, und gebe dann das Zeichen zum Vorrücken.

Langsam und gebückt arbeiten wir uns zu dem Schuppen vor, alle paar Meter werfe ich einen Blick durchs Fernglas und gehe weiter. Etwa fünfzig Meter vor unserem Ziel zerreißt plötzlich ein lauter Schuss die Stille, ein weiterer folgt. Ich schaue hektisch nach einer Deckung und finde wenige Meter vor uns eine Bodenvertiefung. Ich zeige mit der Hand darauf und laufe los. Ich nächsten Moment schlägt eine Kugel ungefähr einen Meter von mir entfernt in den Boden ein. Ich werfe mich nach vorn in die Vertiefung und mache Platz für Hauke, der hinter mir läuft. Erst jetzt sehe ich, dass Jörn in Schussposition steht und in schneller Folge vier Schüsse abgibt, bevor er hinter uns her sprintet und gleich darauf neben uns liegt.

»Hast du jemanden getroffen?«, frage ich leise.

»Da war jemand mit einer Waffe. Ich musste schießen. Er hat auf euch angelegt.«

»Hast du getroffen?«

»Ich glaube schon. Er ist zurückgeworfen worden.«

Keas Stimme schallt aus dem Funkgerät. »Wie ist die Lage?«

»Bei uns ist alles gut. Wir liegen in Deckung«, antworte ich, als Frank mich mit hysterischer Stimme unterbricht. »Lothar ist getroffen! Ich brauche Hilfe! Sofort!«

»Wir sind am nächsten dran«, rufe ich ins Funkgerät und springe aus dem flachen Erdloch. »Gebt mir Deckung!«

Aus dem Augenwinkel sehe ich, dass Jörn sich aufrichtet und seine Waffe auf den Schuppen richtet. Ich laufe in die Richtung, in der ich Frank und Lothar vermute, und sehe in einiger Entfernung bereits Kea auf einen Busch zulaufen. Wir erreichen gleichzeitig die beiden Kollegen. Frank ist über Lothar gebeugt und drückt ihm seine dünne Jacke gegen den Kopf.

»Ein Treffer!«, schreit Frank. »Gleich der erste Schuss!« Ich ziehe Frank von Lothar weg, während Kea sich nach vorn beugt, kurz so verharrt und schließlich zwei Finger an Lothars Halsschlagader legt. Sie wirft mir einen entsetzten Blick zu und schüttelt den Kopf.

Sechsundzwanzig

Kea

Nein! Nein, nein, nein!, schreit es in meinem Kopf, immer und immer wieder.

Wie betäubt haben wir alle den Rückweg ins Kommissariat angetreten, noch viel zu schockiert, um zu begreifen, was gerade passiert ist.

Nun sitzen wir im Besprechungsraum, jeder einen nicht angerührten Kaffee vor sich und kaum in der Lage, auch nur ein Wort hervorzubringen. Sosehr ich mich bemühe, mich auf das zu konzentrieren, was nun gesagt und gemacht werden muss, es gelingt mir einfach nicht, die Bilder zu verscheuchen, die wie in einer Endlosschleife in meinem Kopf rotieren. Nach dem kurzen Schusswechsel Blut. So viel Blut. Lothars leere Augen. Ein sich in der flimmernden Hitze rasch entfernender SUV, dem wir wie betäubt hinterherstarren, von dem wir aber nicht wissen, wie viele Personen sich in ihm befinden. Flackerndes Blaulicht um uns herum. Ein davonbrausender Rettungswagen. Fassungslosigkeit, als sich die Türen des Leichenwagens hinter dem Zinksarg schließen. Diese entsetzlich laute Stille.

Nein, nein, nein!

»Ich bin schuld«, presse ich schließlich das hervor, was all meine anderen Gedanken wie ein tiefschwarzer Schatten überlagert. Als mich alle nur ausdruckslos anstarren, als hätten sie mich nicht verstanden, füge ich hinzu: »Ich hätte aufs SEK warten müssen. Es war unverantwortlich, euch in diese Situation zu bringen.«

»Es konnte niemand ahnen«, erwidert Lina mit dünner Stimme. »Es war nicht klar, dass sie bewaffnet sind. Ich hätte genauso entschieden.«

»Ich hätte aufs SEK warten müssen«, insistiere ich. »Dass ich euch dieser Gefahr ausgesetzt habe …« Ich schließe für einen Moment die Augen. »Es war mein verdammter Ehrgeiz, endlich einen Treffer zu landen, endlich mal …« Ich verstumme, als mir aufgeht, dass dies angesichts der Umstände wohl kaum die passende Wortwahl war.

Fakt ist, dies alles wird ein Nachspiel haben. Mir werden Fragen gestellt werden, auf die ich keine Antwort habe. »Ich … werde eure Unterstützung brauchen«, sage ich mit leiser Stimme.

Lina legt mir ihre Hand auf den Arm und drückt ihn sanft. »Du weißt, dass du dich auf uns verlassen kannst. Noch mal: Es hat niemand ahnen können. Jeder hier in der Runde weiß, was es heißt, eine Situation in Sekundenschnelle einschätzen und handeln zu müssen. Niemand macht dir einen Vorwurf, Kea. Niemand.«

Ich schaue in die Runde. Lediglich Hauke signalisiert Zustimmung. Alle anderen starren weiter ins Leere, als hätten sie von dem Gesagten nichts mitbekommen.

»Jörn, wie geht es dir?«, spreche ich meinen jungen Kollegen an, der geistesabwesend wirkt, während er geräuschlos und monoton mit den Fingern seiner linken Hand auf den Tisch trommelt. Er scheint es nicht einmal zu bemerken. »Jörn?«

Er schaut auf, sein Blick findet den meinen, aber dennoch ist es, als würde er durch mich hindurchsehen. »Ich habe einen

Menschen angeschossen, ihn lebensgefährlich verletzt. Wie also soll es mir gehen?«

»Du hattest keine Wahl«, sage ich. »Sie haben zuerst geschossen. Du hast lediglich versucht, uns …«

»Verdammt, das weiß ich alles!«, brüllt Jörn so plötzlich los, dass alle im Raum aus ihrer Lethargie erwachen und erschrocken zusammenzucken. »Es macht aber keinen Unterschied, verstehst du? Es macht nicht den geringsten Unterschied, Kea!«

»Ja, ich weiß«, murmele ich. Auch ich habe schließlich nur meinen Job gemacht, und trotzdem fühlt es sich fürchterlich an, die immer gleichen Fragen wie sich wiederholende Hammerschläge in meinem Kopf zu hören. *Habe ich wirklich alles richtig gemacht? Gab es wirklich keine andere Möglichkeit? Was wäre gewesen, wenn …?*

Es klopft an der Tür, und Birte kommt herein. Man sieht ihr an, dass sie geweint hat. Augen und Nase sind gerötet, ihr Gesicht verquollen, ihre Hand umklammert ein Papiertaschentuch.

»Was gibt's?«, spreche ich sie an, als sie in der Tür stehen bleibt und zögerlich von einem zum anderen sieht.

»Ich weiß nicht, ob dies wirklich der richtige Moment ist, Kea, aber …«

»Nur zu«, sage ich, als sie stockt.

»Nun ja, ich habe mit unserer Psychologin gesprochen.« Ihr Blick wandert zu Jörn, der aber schaut weg. »Ich dachte, falls jemand Bedarf hat. Sie würde sich kurzfristig Zeit für euch nehmen, sagt sie. Für jeden von euch.«

Ich nicke ihr zu. »Danke, dass du dich gekümmert hast.« Natürlich war auch mir dieser Gedanke längst gekommen, aber ich hatte das Gefühl gehabt, dass es zunächst wichtig sei, einfach nur zusammenzusitzen und die Sache sacken zu lassen. »Jörn«, wende ich mich an meinen Kollegen, »möchtest du jetzt vielleicht …?«

Der aber schüttelt den Kopf, noch bevor ich meine Frage zu Ende formuliert habe. »Später«, wispert er. »Morgen vielleicht. Oder so.«

Hinter Birte erscheint Lars Snietjer. Er drängt sich an ihr vorbei in den Raum, woraufhin sie den Rückzug antritt.

»Ich … äh … störe ja nur ungern, aber …« Lars starrt auf den leeren Stuhl neben Hauke, der uns den Verlust unseres Kollegen nur allzu deutlich vor Augen führt, dann fährt er sich müde mit den Händen übers Gesicht. Vielleicht aber versucht er auch nur, seine Tränen zurückzuhalten. »Scheiße, Mann, ich kann es immer noch nicht glauben, dass Lothar …« Er seufzt. »Was für eine verfluchte Scheiße, Mann.«

»Ja, das ist es«, stimme ich ihm leise zu, und alle anderen nicken.

»Ich weiß, es ist nicht der richtige Moment, aber …«

»Es gibt Neuigkeiten?«, frage ich, als er zögert. Auch mir ist ganz bestimmt nicht nach Arbeit zumute, doch gibt es in unserem Job immer Angelegenheiten, die keinen Aufschub dulden.

»Ja, es geht um die beiden Lkw von de Vries«, erklärt er.

Ach herrje, die hatte ich ja ganz vergessen!

»Was ist mit ihnen?«, meldet sich erstmals Hauke zu Wort.

»Wenn ich mich recht erinnere, dann hieß es, sie würden heute nach Süddeutschland fahren.«

»Tun sie nicht?«, frage ich.

»Nein. Wir beobachten sie schon den ganzen Morgen, und uns war ziemlich schnell klar, dass etwas nicht stimmt. Nun ja, umständehalber habe ich euch nicht stören wollen. Außerdem haben wir gedacht, sie fahren vielleicht aus irgendeinem Grund einen Umweg. Aber vor wenigen Minuten haben sie die Grenze überquert, und da dachte ich, ich sage besser mal Bescheid.«

Ich schaue alarmiert auf. »Welche Grenze?«

»Die der Niederlande.«

»Sie sind nach Holland unterwegs?«

»Eindeutig, ja. Und wie gesagt, inzwischen sind sie *in* Holland unterwegs.«

»Was um alles in der Welt …?!« In meinem Kopf rattert es. Was könnte es für einen Grund geben, dass Stefanie de Vries uns einen falschen Zielort genannt hat? Oder ist es gar keine bewusste Täuschung? Vielleicht weiß sie ja selbst nicht, dass ihre Fahrer gerade auf Abwege geraten, weil sie womöglich ihr eigenes Ding durchziehen.

»Darum sollten wir uns kümmern«, höre ich Hauke sagen. »Kaum vorstellbar, dass sie ausgerechnet im Heimatland der de Jongs in harmloser Mission unterwegs sind.«

»Ich wüsste nicht, was wir in den Niederlanden ausrichten können«, näselt Kirsten, die seit unserem Einsatz nicht aufgehört hat zu weinen.

»Wir können nichts ausrichten«, überlege ich laut. »Aber wozu pflegen wir gute Kontakte zu unserem dortigen Kollegen?«

»Der noch dazu im Groben eingeweiht ist, worum es geht«, ergänzt Lina. »Ich weiß, Kea, es ist ein Scheißzeitpunkt, aber …«

»Ich rufe ihn sofort an«, lasse ich sie gar nicht erst ausreden und stehe auf. »Lars, hältst du mich bitte über die Koordinaten auf dem Laufenden, an denen sich die Lkw gerade befinden?«

»Natürlich, kein Problem. Wir halten Kontakt. Ich gehe dann mal an meinen Arbeitsplatz zurück.« Lars wirkt erleichtert, dass er der gedrückten Stimmung im Raum entfliehen kann.

»Birte, verbindest du mich bitte umgehend mit Arie van Dijk?«, rufe ich unserer Sekretärin zu, sobald ich das Vorzimmer betrete. »Es ist dringend, also lass dich auf gar keinen Fall abwimmeln!«

Natürlich hätte ich auch ohne diesen Umweg zum Telefonhörer greifen können, aber ich brauche einen Moment, um mich zu sammeln. Viel zu sehr liegt mein gedanklicher Fokus noch auf den schrecklichen Ereignissen des Vormittags.

Als wenig später das Telefon auf meinem Schreibtisch läutet, nehme ich einen tiefen Atemzug, dann hebe ich ab. »Arie?«

»Kea, was für eine Freude!«, kommt es gut gelaunt vom anderen Ende. »Ich dachte schon, du hättest deinen Dienst quittiert, nachdem sich immer nur deine Kollegin Lübbers bei mir gemeldet hat. Geht's dir gut?«

»Nein, ganz und gar nicht«, sage ich dumpf. »Hat Birte denn nichts gesagt?«

»Deine Sekretärin? Nein. Ich habe gar nicht mit ihr gesprochen. Meine Sekretärin hat mich verbunden. Aber was ist denn los?«

»Ein ... Todesfall.« Es fühlt sich unwirklich an, dieses Wort auszusprechen.

»Nun ja, du arbeitest für die Mordkommission, das ist nun mal ...«

»Es ist ... mein Kollege. Lothar Hempen. Heute Morgen. Bei einem Schusswechsel.«

»*Oei, verdomme*«, entfährt es Arie, und er klingt ehrlich erschüttert. »Kea, das ... das tut mir leid. Kann ich was für dich tun?«

»Wir müssen diese Schweine festsetzen, Arie«, sage ich lahm. »Ein für alle Mal.«

»Du sprichst von den de Jongs, nehme ich an.«

Ich nicke, wohlwissend, dass er es nicht sehen kann. Aber er versteht trotzdem.

»*Goed.*« Ich höre ihn einmal tief ein- und wieder ausatmen. »Erzähl mir genau, was heute Vormittag passiert ist, Kea. Und dann sagst du mir, wie ich dir helfen kann.«

Ich berichte Arie zunächst stockend, dann immer flüssiger, was sich an dem Schuppen zugetragen hat. Als ich Lothars

Namen nenne, versagt mir einmal mehr die Stimme. »Es ist furchtbar, Arie, einfach furchtbar.«

»Ich verstehe. Ja, das ist … *vreselijk.* Schrecklich.«

Ich warte darauf, dass er mir Vorwürfe macht. Die gleichen Vorwürfe, mit denen ich mich selbst seit Stunden martere. Aber er schweigt.

»Es geht um zwei deutsche Lkw, die gerade die Grenze zu den Niederlanden passiert haben. Wir nehmen an, dass sie nicht nur im eigenen Auftrag, sondern auch im Auftrag des De-Jong-Clans unterwegs sind.«

»Wie das? Kannst du das näher erläutern?«

»Natürlich.«

»Okay«, sagt er, nachdem ich grob umrissen habe, worum es geht. »Wenn ich es richtig verstehe, dann handelt es sich also um einen anderen Fall als den, in dem deine Kollegin Lübbers ermittelt. Aber in beiden Fällen führen die Spuren zum De-Jong-Clan.«

»Das ist richtig, ja. Habt ihr eine Möglichkeit, die Lkw festzusetzen, sobald sie ihren Zielort erreicht haben? Oder sie zumindest zu beobachten, sobald sie ihre Ladung löschen?«

»Wohin fahren sie denn?«

»Das wissen wir nicht. Uns wurde gesagt, dass sie nach Süddeutschland unterwegs sind, was aber ganz offensichtlich nicht der Fall ist. Wir wissen aber immer, wo sie sind.«

»Ihr verfolgt sie via Tracking?«

»Ja. Wir könnten euch regelmäßig auf dem Laufenden halten, wo sich die Lkw gerade befinden.«

Am anderen Ende herrscht für mehrere Augenblicke Schweigen. Gerade, als ich checken will, ob er noch da ist, sagt Arie: »Es wäre uns ein Vergnügen, den de Jongs einen, wie sagt man bei euch, herben Schlag zu versetzen. Natürlich muss ich zunächst die Beschlüsse einholen, aber das dürfte schnell gehen. In den niederländischen Ermittlungsbehörden gibt es niemanden, der diesem Clan nicht endlich das Handwerk legen will.«

»Danke, Arie, du hast was gut bei mir. Ich verbinde dich jetzt mit meinem Kollegen Lars Snietjer in der Kriminaltechnik. Er überwacht die Lkw und verfügt auch über alle relevanten Daten.«

Wir verabschieden uns. Ich lasse den Hörer auf die Gabel sinken und vergrabe den Kopf in meinen Händen. Am liebsten würde ich nach Hause fahren und mich unter meiner Decke vergraben. Doch leider gibt es hier viel zu viel zu tun. Und ganz bestimmt werde ich keine Ruhe geben, bevor diejenigen, die für Tod und Leid so vieler Menschen und nun auch noch für Lothars Tod verantwortlich sind, endlich hinter Schloss und Riegel sitzen.

Ich gehe in den Besprechungsraum zurück, in dem meine Kollegen immer noch in stummer Eintracht zusammensitzen. Kaum, dass ich mich auf meinen Stuhl habe sinken lassen, geht die Tür auch schon wieder auf. Es ist Birte.

»Es geht um …« Sie kneift die Lippen zusammen und schaut betreten zu Jörn. »Die interne Ermittlung hat sich gemeldet. Sie kommen morgen her, um mit Jörn zu sprechen.«

Alle schauen den jungen Kollegen bedauernd an, der aber nickt bloß stumm.

»Wir kriegen das gemeinsam hin, Jörn«, sage ich. »Es wird sich schnell zeigen, dass du dir nichts vorzuwerfen hast.« Nicht zuletzt spreche ich diese Worte zu mir selbst, denn schließlich ist klar, dass auch ich Rede und Antwort werde stehen müssen.

»Leider ist da noch was«, meldet sich Birte erneut zu Wort.

»Ja?«

»Es kam gerade ein Anruf aus dem Krankenhaus. Der Mann, der von Jörns Kugel getroffen wurde, ist vor rund einer halben Stunde verstorben.«

Siebenundzwanzig

Lina

Ich sitze seit einer gefühlten Ewigkeit in meinem Büro und starre die Wand an. Auch wenn mir Lothar nicht nahestand, ist er mein Kollege gewesen. Nur mit Mühe kann ich meine Wut im Zaun halten. Ich muss mich zwingen, nicht das Fenster zu öffnen, um meinen Frust laut in die Welt hinauszuschreien. Jetzt gibt es Wichtigeres zu tun. Die Schuldigen müssen ermittelt und dem De-Jong-Clan muss das Handwerk gelegt werden. Meine und unsere Gefühle müssen dabei zurückstehen. Wir brauchen gerichtsfeste Beweise, ansonsten stehen wir am Schluss wieder mit leeren Händen da. Ich werde mich jetzt auf meine Arbeit konzentrieren, das ist alles, was die Kollegen und ich noch für Lothar tun können.

Jemand klopft an die Tür, Lars Snietjer schaut herein. »Kann ich dich stören?«

Ich nicke und zeige auf den Besucherstuhl vor meinem Schreibtisch.

»Du hast mir gestern eine Nachricht geschickt«, sagt er. »Ziemlich spät. Erinnerst du dich?«

»Ja, klar. Sorry, das ist untergegangen. Der …« Ich breche ab.

»Schon klar. Soll ich später wiederkommen?«

»Nein. Bleib. Es muss weitergehen, wenn wir diese Verbrecher hinter Gitter bringen wollen.« Ich atme tief durch und ordne meine Gedanken. »Leider muss ich dich noch einmal bitten, das, was ich dir gleich erzähle, sehr diskret zu behandeln.«

Lars zieht eine Augenbraue hoch, schweigt aber.

»Sybille Krutisch.«

»Die Escort-Dame?«

Ich nicke. »Sie hat mich um Hilfe gebeten. Ich konnte sie gestern gerade noch vor zwei Typen beschützen, die es auf sie abgesehen hatten. Sie ist jetzt außerhalb von Ostfriesland in einem Safe House.«

»Okay.«

»Frau Krutisch hat gestanden, im Auftrag des De-Jong-Clans Kontakt zu Klaas Stoever gesucht und ihn in eine Falle gelockt zu haben.«

Lars starrt mich fassungslos an. »De Jong? Auch in dem Fall? Das ist nicht wahr, oder?«

»Es sieht leider ganz danach aus.«

»Und die Frau hat das alles zugegeben?«

»Sie wurde benutzt. Sie hat erst im Nachhinein verstanden, worum es geht. Und ihr blieb auch keine andere Wahl mehr. Wie gesagt, sie stand wohl schon auf der Abschussliste.«

»Was kann ich tun?«

»Du müsstest dich mit Arie van Dijk kurzschließen und ihm die Fingerabdrücke und DNA-Funde aus der Stoever-Kanzlei schicken. Ich gehe davon aus, dass die Täter aus den Niederlanden kommen.«

»Klar, mache ich. Ich stehe gerade ja sowieso ständig mit ihm in Kontakt. Es hat mich übrigens schon gewundert, dass es hier keinen Treffer in unserer Datenbank gab. Die Ergebnisse sind heute früh eingetrudelt.«

»Kea weiß Bescheid, aber ansonsten bleiben die Ermittlungen unter uns.«

»Weil?«

Die Frage hatte ich befürchtet und mir bei der nächtlichen Rückfahrt aus Osnabrück verschiedene Antworten zurechtgelegt. Aber mir wird gerade klar, dass ich Lars mit keiner der Varianten überzeugen werde. Deshalb hilft nur die Wahrheit. »Es muss etwas durchgesickert sein, ansonsten wären die De-Jong-Schergen nicht schon gestern hinter Sybille Krutisch her gewesen.«

Lars schluckt schwer. »Starker Tobak, aber das weißt du selbst.«

»Ich kann die Frau nicht noch einmal in Gefahr bringen. Sie ist unsere einzige Zeugin. Ohne sie wird es schwer, den de Jongs etwas nachzuweisen.«

»Okay. Ich spiele mit. Du wirst wissen, was du da machst.«

»Du kannst dich auf mich verlassen. Ich spreche gleich mit van Dijk und stelle ihn zu dir durch.«

Lars nickt und steht auf. An der Tür dreht er sich zu mir um. »Ich habe vorhin mit Frank gesprochen. Wir sind befreundet, und ich wollte ihm beistehen. Er hat mir dann von dem … Vorfall erzählt.«

»Frank hat alles hautnah mitbekommen. Das muss richtig schwer für ihn sein.«

»Frank ist hart im Nehmen, aber darauf wollte ich nicht hinaus. Er hat mir erzählt, dass er und Lothar noch sehr weit von dem Schuppen entfernt gewesen sind. Vierzig Meter schätzt er. Mindestens.«

»Das kann sein. Kea und ich waren ein ganzes Stückchen weiter vorn.«

»Dann verstehe ich noch weniger, warum der Schütze nicht auf euch geschossen hat.«

Ich nicke schweigend. Die gleiche Frage habe ich mir auch schon gestellt.

»Triffst du auf vierzig Meter jemanden in den Kopf?«, fährt Lars fort.

»Wohl kaum. Es kann ein Zufallstreffer gewesen sein.«

»Möglich, aber ich tippe auf ein Gewehr. Die Kugel wird sicher Klarheit bringen. Wisst ihr schon, welche Kollegen ermitteln?«

»Die Osnabrücker, vermute ich mal.«

»Ich kenne da einen Kriminaltechniker. Soll ich mich mal umhören?«

»Wenn du möchtest, warum nicht?«

»Kein Thema. Mache ich. Aber zurück zum Gewehr. Seit wann laufen die de Jongs damit durch die Gegend? Eine handliche MP, okay, kommt vor, aber ein Jagdgewehr mit Zielfernrohr? Das ist absurd. Für mich ergibt das keinen Sinn.«

»Ein Zufallsschuss. Jörn hat auch getroffen.« Ich verstehe nicht, warum Lars aus einer Mücke einen Elefanten machen muss. Lothar ist tot, es ist mir nicht wichtig, mit welcher Waffe er erschossen wurde.

»Du hast doch gerade selbst gesagt, dass ihr dem Schuppen sehr nahe gekommen seid. Jörn hat auf die Beine gezielt und beim Schuss dann leicht nach oben gezogen. Dadurch hat er den Körper des Mannes getroffen.«

»Ja, ich weiß. Aber lass uns doch einfach die Ermittlungen der Kollegen abwarten. Du weißt doch, dass alles gründlich untersucht wird.«

Lars nickt. »Ja, natürlich.« Er scheint endlich gemerkt zu haben, dass ich weder die Kraft noch das Interesse habe, um über die Angelegenheit zu sprechen. Er nickt mir zu und verlässt mein Büro. Ich atme auf. Endlich Ruhe. Ich öffne das

Fenster und lasse es auf. Ein warmer Luftstrom umhüllt mich, und ich sehne mich weit weg von diesem Ort, denke an ein Kloster in den Bergen, das nur über einen langen, steilen Weg zu erreichen ist. Ein weiter Blick ins Tal, die absolute Ruhe, nur unterbrochen durch drei Mahlzeiten am Tag.

Ich schrecke auf. Bin ich eingeschlafen? Jemand klopft ein zweites Mal an. Ich rufe »Herein!«, Frank öffnet die Tür, schließt sie wieder und kommt auf mich zu. Er sieht aus, als habe er Tage ohne Schlaf durchgearbeitet.

»Setz dich doch«, sage ich.

Er nickt und lässt sich auf den Stuhl vor meinem Schreibtisch fallen.

»Willst du nicht nach Hause gehen?«, frage ich. »Kea hat bestimmt nichts dagegen. Ich könnte ihr Bescheid geben.«

»Schon gut. Sie hat es mir auch schon angeboten.«

Ich nicke und schweige. Vielleicht wäre das jetzt für uns alle die beste Therapie. Ruhe, Einkehr und Zurückblicken. Aber das ist unter diesen Umständen noch nicht möglich.

Frank sitzt eine gefühlte Ewigkeit vor mir, starrt aus dem Fenster oder an mir vorbei an die Wand, seufzt leise und richtet sich irgendwann im Stuhl auf. »Du warst gestern ja verschwunden. Lothar und …« Er bricht ab und atmet tief durch. »Also wir waren bei dem zweiten Steuerhinterzieher. Er hat die gleiche Geschichte erzählt wie der erste und ist sich sogar sicher, dass Geld an Stoever geflossen ist. Wir haben seine Aussage gleich gestern protokolliert und unterschreiben lassen. Kandidat eins war auch noch da.«

»Danke! Ich schaue es mir später an. Wirklich gute Arbeit.«

Frank nickt und verfällt wieder ins Schweigen.

»Hatte Lothar eigentlich Familie? Verheiratet war er doch nicht, oder?«

Frank schüttelt den Kopf. »Hin und wieder hatte er eine Freundin, aber ich glaube, die wechselten ziemlich schnell. Aktuell war da nichts, sonst hätte er mir wohl davon erzählt.«

»Eltern oder Geschwister?«

»Nur seine Mutter lebt noch. Geschwister hat er nicht.«

»Dann wird Kea sie wohl schon benachrichtigt haben.«

»Wohl eher nicht«, sagt Frank so leise, dass ich ihn nur mit Mühe verstehen kann.

»Warum nicht?«

»Lothars Mutter ist dement. Schon eine ganze Weile. Wenn ich mich richtig entsinne, ist sie auf einer der ostfriesischen Inseln in einem Altersheim. Norderney, glaube ich. Die sind wohl spezialisiert auf diese Krankheit.«

»Das wusste ich gar nicht«, murmele ich.

»Lothar hat das nicht an die große Glocke gehängt. Aber ich weiß, dass ihn das schwer getroffen hat. Als die Diagnose kam und es seiner Mutter von Woche zu Woche schlechter ging, war Lothar fix und fertig.«

»Sein Vater …«

»Den gibt es nicht, hat Lothar immer gesagt. Wenn ich das richtig weiß, ist der verschwunden, als Lothar noch ein Baby war.« Frank hält inne. »Und jetzt ist Lothar tot.« Seine Augen sind feucht, er steht auf, nickt mir zu und eilt aus dem Zimmer.

Als er die Tür öffnet, weht ein Luftzug einen Stapel Papier auf meinem Schreibtisch auf. Ich sammele die Blätter ein und lege sie ungeordnet zurück, bevor ich das Fenster schließe und mich auf den Weg zu Hauke mache.

»Hallo«, sagt er mit müder Stimme, als ich sein Büro betrete.

»Darf ich?«

Er nickt, ich setze mich zu ihm.

»Was für ein Scheißtag«, sagt Hauke.

»Ja, absolut. Aber das konnte wirklich niemand ahnen. Ich habe keine Waffe bei dem Typen gesehen. Schon gar kein Gewehr.«

»Gewehr?«, fragt Hauke.

»Lars meint, dass es nur ein Gewehr gewesen sein kann. Wegen der Entfernung und … Ich weiß auch nicht.«

»Aber wir haben kein Gewehr gefunden. Der angeschossene Typ hatte doch nur eine Pistole neben sich liegen.«

»Dann war es der, der geflohen ist. Ich weiß sowieso nicht, was die da gemacht haben. Okay, wir haben da alte Chemikalienfässer gefunden, und die Entlüftungsanlage des Schuppens ist sicher auch vollkommen überdimensioniert und deutet auf ein Labor hin. Aber der Rest war doch komplett ausgeräumt. Und es sah nicht so aus, als wenn das erst gestern passiert wäre.«

Hauke zuckt mit den Schultern. »Keine Ahnung. Vielleicht haben sie was vergessen. Ist das jetzt noch wichtig?«

»Nein, wohl nicht. Da werden sich die Kollegen aus Osnabrück drum kümmern müssen.«

»Sind die schon da?«

Ich nicke. »Ich bin ihnen gerade auf dem Flur begegnet. Sie sind auf dem Weg zu Kea.«

»Was für ein Scheißtag. Das hat Lothar nun wirklich nicht verdient.«

»Du warst mit ihm befreundet?«, frage ich.

»Nein, nicht wirklich. Frank konnte gut mit ihm, ich fand ihn … ach, egal. Er war ein Kollege, nur das zählt jetzt. Und ein guter Polizist.« Hauke sucht meinen Blick. »Hätten wir auf das SEK warten sollen?«

Ich schüttele den Kopf. »Nein, ich hätte nicht anders entschieden. Du doch auch nicht, oder?«

»Nein.«

»Kommst du mit? Einen Kaffee trinken? Ich muss hier raus. Zumindest eine Stunde oder so.«

Wir sitzen auf einer Holzbank in einem kleinen Park, der in der Nähe des Kommissariats liegt. Hauke hat vorgeschlagen, einen Kaffee zum Mitnehmen zu kaufen. Und mir war auch nicht danach, in einem überfüllten Café zu sitzen.

Ich erzähle Hauke von meinem gestrigen Tag. Er hört zu, nickt hin und wieder und schweigt.

»Die Fahndung nach den Männern, die Sybille Krutisch genannt hat, läuft.«

»Also hatte der Notar auch Dreck am Stecken?«, fragt Hauke. »Klasse! Gibt es überhaupt noch ehrliche Menschen auf dieser Welt?«

»Das ist unser Job. Wir treffen nun mal auf die Bösen und müssen sie überführen.«

»Wenn es wenigstens gelingen würde. Wir stehen bei dem Speditionsfall mit leeren Händen da, und du hast deine Täter auch noch nicht. Die sind doch über alle Berge, Lina. Das war nie geplant, dass Stoever dabei draufgeht. Mir ist immer noch schleierhaft, was die gesucht haben. Wenn wirklich der De-Jong-Clan hinter der Sache steckt, ging es ihnen doch wohl kaum um das Schwarzgeld im Tresor. Das haben sie vielleicht dankend mitgenommen, aber deshalb doch nicht den ganzen Aufwand betrieben.«

Hauke spricht das aus, was mir schon die ganzen Tage durch den Kopf geht. Auch Sybille Krutisch hat davon gesprochen, dass es für den Clan um wichtige Papiere ging. Ob sie das allerdings richtig verstanden hat oder ob von einer anderen Sache die Rede war, konnte sie nicht beschwören. »Was meinst du, worüber ich mir seit Tagen den Kopf zerbreche?«

»Stoever wird irgendeinen kriminellen Mist in seinem Tresor aufbewahrt haben«, sagt Hauke. »Es muss auf jeden Fall verdammt wichtig gewesen sein.«

Zurück im Büro sitze ich wieder am Schreibtisch, unfähig, etwas Sinnvolles zu tun. Hauke hat sich nach unserem Spaziergang verabschiedet, und ich sollte auch nach Hause gehen. Aber ich will Kea nicht allein lassen. Nicht jetzt, in dieser schweren Stunde. Von Birte weiß ich, dass die Kollegen der Internen im Moment mit Kea sprechen.

Ich beuge mich vor und will das oberste Blatt des Papierstapels gerade rücken, als ich stutze. Ich drehe die Liste mit den Namen um und erkenne, worum es sich handelt. Meine Kopie der Stoever-Mandanten. Auf der Mitte der Seite springt mir ein Name ins Auge: Lothar Hempen.

Achtundzwanzig

Kea

Ich trete auf den Gang hinaus, schließe die Tür hinter mir und hoffe, dass es damit erledigt ist. Ich habe jetzt weiß Gott Besseres zu tun, als irgendwem Rechenschaft dafür abzulegen, wie ich meinen Job mache.

Zwei Personen der internen Ermittlung hat Osnabrück geschickt, einen Mann und eine Frau. Nachdem sie mit Jörn gesprochen haben, sind sie zu mir gekommen. Unangenehme Menschen, Anzug- und Kostümträger, bieder und steif. Aber ich denke, ich habe sie überzeugen können, dass wir aufgrund der von Franks Informanten übermittelten Verdachtsmomente keine andere Möglichkeit hatten, als umgehend zu der Lagerhalle zu fahren. Ich musste dafür ein wenig ausholen und ihnen erklären, was es mit den de Jongs auf sich hat und warum es so wichtig ist, ihnen lieber heute als morgen das Handwerk zu legen. Zu diesem Zweck habe ich noch einmal den Loverboy-Fall von vor wenigen Wochen bemüht. Zwar hatte der letztlich nur indirekt etwas mit dem Clan zu tun, aber die Kollegen von der Internen haben diese Argumentation geschluckt. Wenn es um den potenziellen Tod junger Menschen geht, möchte sich kein Polizeibeamter nachsagen lassen, gegen die dafür Verantwortlichen nicht beherzt genug ermittelt zu haben. Auch konnte ich ihnen hoffentlich plausibel darlegen, warum Jörn keine andere Möglichkeit hatte, als zu schießen, nachdem man plötzlich das Feuer auf uns eröffnet hatte.

Mein erster Weg führt mich zu Jörn. Er sitzt an seinem Schreibtisch und starrt die Wand an. Ich setze mich ihm gegenüber.

»Ich habe ihnen gesagt, dass du nicht anders handeln konntest«, teile ich ihm mit. »Sie wollen noch die Analyse der Kriminaltechnik abwarten, aber ich bin mir ziemlich sicher, dass die Kuh vom Eis ist.« Als Jörn nicht reagiert, füge ich hinzu: »Hast du mich verstanden?«

Er nickt. »Danke.«

»Was haben sie zu dir gesagt?«

»Dass ich nach Hause gehen und mich von dem Schrecken erholen soll. Nachdem ich mit unserer Psychologin gesprochen habe.«

»Das klingt nach einem guten Plan. Wann gehst du zur Psychologin?«

»Ich war schon bei ihr.«

»Und? Konnte sie dir helfen?«

Jörn zuckt mit den Schultern, dann lächelt er gequält. »Ich dachte immer, Psychologen sind was für Memmen. Aber jetzt habe ich gemerkt, dass es verdammt guttut, wenn einem in einer so beknackten Situation jemand zuhört.«

»Fein. Du weißt, dass auch wir alle für dich da sind, oder?«

»Ja, aber ihr habt zu tun, und das nicht zu knapp. Da werde ich euch ganz bestimmt nicht mit meinem emotionalen Shit behelligen.«

»Jörn, ich ...«

Er hebt abwehrend die Hand. »Ich weiß das zu schätzen, Kea. Aber es ist, wie ich es sage: Ihr habt Kriminalfälle aufzuklären und braucht dafür all eure Energie. Ich …«, sein Blick geht zurück an die Wand, »ich wollte dich um die Erlaubnis bitten, mich für ein paar Tage von den Ermittlungen zurückzuziehen. Wenigstens so lange, bis ich wieder einen klaren Gedanken fassen kann. In meiner jetzigen Verfassung wäre ich euch keine Hilfe.«

»Ich bin froh, dass du das sagst«, erwidere ich. »Dann … äh … wird es dir wenigstens nicht so schwerfallen.«

Jörn runzelt die Stirn. »Was meinst du denn nun damit?«

Ich räuspere mich. »Die von der Internen haben mir mitgeteilt, dass du für die Dauer der Untersuchungen freigestellt wirst.«

»Na, dann passt das ja«, erwidert Jörn säuerlich. »Das also haben sie gemeint, als sie sagten, ich solle nach Hause gehen.«

»Sieh es positiv«, versuche ich, ihn aufzumuntern. »Auf diese Weise hast du Zeit, dich wieder zu sammeln. Am besten machst du dich jetzt gleich auf den Weg.« Ich nicke ihm aufmunternd zu, dann gehe ich zur Kriminaltechnik. Womöglich gibt es schon Neuigkeiten aus den Niederlanden.

»Gut, dass du vorbeischaust«, empfängt mich Lars. »Ich wollte dich gerade anrufen.« Er sitzt vor einem seiner Monitore und deutet auf zwei unmittelbar nebeneinanderliegende, blau blinkende Punkte. »Vor rund zwanzig Minuten scheinen die beiden Lkw von de Vries ihren Zielort erreicht zu haben. Zumindest bewegen sie sich seither nicht mehr.«

»Vielleicht sind sie auf einer Raststätte«, spekuliere ich.

»Nein, das haben wir bereits überprüft. Sie stehen in Dokkum, rund fünfzig Kilometer westlich von Groningen, auf dem Hof eines nicht eben kleinen Großhandelsbetriebs.«

»Was ist das für ein Großhandel?«

»Landwirtschaftlicher Bedarf. Von Weidezaundraht über Futtermittel bis hin zu Overalls und Gummistiefeln.«

»So was wie bei uns die Raiffeisen-Märkte?«

»Ja, ich denke, das haut hin.«

»Okay. Das würde mit der Aussage von Stefanie de Vries und den Fahrern übereinstimmen, dass sie hauptsächlich Produkte für die Landwirtschaft transportieren. Es könnte sich also durchaus um eine offizielle Fuhre handeln.«

»Oder um eine als solche getarnte.«

»Hast du Arie van Dijk schon in Kenntnis gesetzt?«, erkundige ich mich.

»Ja, natürlich, wir waren laufend in Kontakt. Er hat seine Kollegen in Dokkum informiert. Sie sind auf dem Weg zu dem Großmarkt mit dem Auftrag, eine Kontrolle der Ladung vorzunehmen. Die entsprechenden Beschlüsse hat sich van Dijk schon im Vorfeld besorgt. Er ist auf Zack, das muss man sagen.«

»Wie bist du mit ihm verblieben?«

»Er befindet sich jetzt auf dem Weg nach Dokkum, um die beiden Fahrer festzusetzen, sollte sich herausstellen, dass die Ladung nicht nur aus den Produkten besteht, die offiziell auf dem Lieferschein vermerkt sind.«

»Na, dann hoffen wir doch mal das Beste«, murmele ich.

»Van Dijk sagt, dass er, sollte etwas Irreguläres gefunden werden, die Fahrer mit nach Groningen aufs Kommissariat nimmt. Da solltest du dann hinzustoßen und die beiden gemeinsam mit ihm einem ersten Verhör unterziehen.«

»Das klingt nach einem guten Plan.« Einmal mehr freue ich mich über meinen kurzen Draht zu Arie. Ganz sicher hätte es einiges mehr an Aufwand bedeutet, länderübergreifend zu kooperieren, wenn wir uns erst einen Weg durch den Dschungel der deutschen und der niederländischen Bürokratie hätten freischlagen müssen.

Ich will mich auf den Weg machen, um Hauke Bescheid zu geben, aber Lars hält mich zurück. »Da ist noch was.« Er spielt das Bild eines Projektils auf den Bildschirm.

Ich schlucke schwer. »Ist es die Patrone, die …?«

»Ja. Sie hat Lothar niedergestreckt. Eine *.308 Winchester*. Die typische Munition für ein …«

»Scharfschützengewehr«, vollende ich mit belegter Stimme seinen Satz. Ich fühle mich plötzlich ganz benommen. »Das heißt, es wurde gezielt auf Lothar angelegt?«

»Das können wir zumindest nicht ausschließen.«

»Aber warum sollte das jemand tun?«

»Das wäre dann euer Job, das herauszufinden.«

»Haben wir eine Hülse dazu gefunden?«

Ein weiteres Foto erscheint auf dem Bildschirm. »Ja, sie lag in der Lagerhalle«, erklärt Lars.

Wenigstens etwas. Anscheinend hatte es der Schütze viel zu eilig zu verschwinden, um noch nach der Hülse suchen zu können. »Fingerabdrücke?«, frage ich.

»Analyse läuft.«

»Okay, dann gib mir bitte Bescheid, sobald ihr was wisst.«

»Apropos Fingerabdrücke«, sagt Lars. »Wir haben welche auf dem Laborzubehör aus dem Keller sicherstellen können. Leider können wir sie niemandem zuordnen.«

»Was sich hoffentlich bald ändern wird«, murmele ich. Sollte einer von de Vries' Fahrern die Finger im Spiel haben, könnten wir in absehbarer Zeit womöglich einen Treffer landen.

Ich gehe in mein Büro und bitte Hauke, zu mir zu kommen. Sobald er da ist, informiere ich ihn über die Situation in den Niederlanden.

»Na, da drücken wir doch mal alle Daumen, dass die niederländischen Kollegen fündig werden«, knurrt er. »Gut möglich, dass dann zumindest einem der Fahrer die Sache zu heiß wird und er zu plaudern beginnt.«

Daran habe ich zwar so meine Zweifel, denn gemeinhin müssen derartige Kriminelle schon ordentlich unter Druck geraten, bis sie freiwillig ihren Mund aufmachen. Und das umso mehr, wenn sie sich tatsächlich auf eine Zusammenarbeit mit dem De-Jong-Clan eingelassen haben. Dass dessen Mitglieder keinerlei Spaß verstehen, dürfte ihnen spätestens nach dem Tod ihres Chefs klar geworden sein. Zwar steht nach wie vor nicht fest, ob es sich um einen Unfall oder ein Tötungsdelikt handelt; ich aber halte de Vries' Tod angesichts dessen, was wir jetzt wissen, nicht mehr für eine Laune des Schicksals.

Es klopft an der Tür und Lina kommt herein. Auch sie wirkt mitgenommen, vor allem aber nervös. Sobald wir uns auf den neuesten Stand gebracht haben, ist sie nach einem »Viel Glück in Holland« auch schon wieder verschwunden.

»Dann fahren wir jetzt also in die Niederlande?«, fragt Hauke.

»Wir warten erst mal ab, ob bei der Untersuchung der Lkw irgendetwas herauskommt«, antworte ich. »Sollte das nämlich nicht der Fall sein, hat sich die Sache sowieso erübrigt. Vorerst zumindest.«

»Kaum vorstellbar, dass die Fahrer das Durchwühlen ihrer Trucks für einen Zufall halten«, meint Hauke. »Sollten sie wirklich mit den de Jongs Geschäfte machen, werden sie die über die Durchsuchung informieren. Und du glaubst doch wohl selbst nicht, dass sie dann in absehbarer Zeit auch nur noch einen illegalen Transport machen werden.«

Den Gedanken hatte ich natürlich auch schon, denn er war alles andere als weit hergeholt. »Dann hoffen wir einfach mal, dass niemand Wind davon bekommen hat, dass wir die Lkw verwanzt haben.«

Es dauert noch fast zwei Stunden, bis endlich der Anruf aus den Niederlanden eingeht.

»Ich hoffe, du hast gute Nachrichten!«, rufe ich ein wenig zu überschwänglich in den Hörer, als ich Aries Nummer erkenne. *Bitte, bitte, bitte, lass es wahr werden*, schicke ich ein schnelles

Stoßgebet gen Himmel. »Ich stelle dich mal laut, dann kann Hauke mithören.«

»Das mit den guten Nachrichten muss sich erst noch herausstellen«, lautet die Antwort. »Aber ein Anfang ist sicherlich gemacht.«

»Und das heißt?« Mein Körper ist so angespannt, dass ich jeden einzelnen Muskel zu spüren glaube.

»Einer der Lkw hatte Fässer mit Chemikalien an Bord. Gut getarnt in eisernen Kisten, die die Aufschrift *Stalldesinfektion* trugen.«

»Und ihr seid euch sicher, dass es sich um keine Stalldesinfektion handelt?«

»Natürlich müssen noch Proben genommen und im Labor untersucht werden. Da die besagten Fässer allerdings mit der Aufschrift *Phenylaceton* gekennzeichnet waren, gehe ich mal davon aus, dass der auf den Frachtpapieren angegebene Inhalt nicht mit dem tatsächlichen übereinstimmt.«

»Phenylaceton! Yes!« Ich recke meine Faust in die Luft. Sollten wir wirklich einen so bedeutsamen Schritt weitergekommen sein? »Du sagtest, ihr hättet das Zeug auf einem der Lkw gefunden. Der andere war also sauber?«

»Soweit wir es bis hierhin überblicken können, ja.«

»Weißt du, wer den Lkw mit den falsch etikettierten Chemikalien gefahren hat?«

»*Een ogenblik, alstublieft.*« Im Hintergrund höre ich das Rascheln von Papier. »Timo Kluge«, sagt Arie dann.

Hauke und ich strecken gleichzeitig unsere Daumen hoch. Genau das hatte ich gehofft. »Gibt es schon irgendeine Aussage von ihm?«

»Nein. Kluge schweigt. Genau wie sein Kollege.« Erneutes Papierrascheln. »Bernhard Harms.«

»Ich hoffe, ihr habt die beiden festgesetzt.« Ich lasse es absichtlich nicht wie eine Frage klingen.

»*Natuurlijk*. Du hast mir doch, wie sagt man, den Befehl dazu gegeben.« Ich glaube, sein Zwinkern durchs Telefon sehen zu können. »Wann könnt ihr hier sein, um sie zu vernehmen?«

»Wir machen uns sofort auf den Weg. Rechne in rund neunzig Minuten mit uns.«

Neunundzwanzig

Lina

Ich starre auf den Namen meines Kollegen. Warum steht Lothar auf der Liste des Notariats? Gibt es eine weitere Person mit gleichem Namen? Ich öffne meinen Laptop und suche in der Datenbank nach einem weiteren Lothar Hempen. Kein Treffer. Es muss also mein toter Kollege sein. Warum hat er mir verschwiegen, dass er Mandant von Klaas Stoever war? Über kurz oder lang hätte das doch jemand bemerkt.

Ich rufe Birte an und frage, ob die Mandantenliste von Lothar schon in den Ermittlungsakten hinterlegt wurde.

»Nein, ich habe sie noch nicht gesehen und somit auch noch nicht für die Akten digitalisiert.«

»Dann ist sie wohl noch in Lothars Büro.«

»Die Kollegen aus Osnabrück haben von mir den Schlüssel bekommen. Am Nachmittag wird wohl jemand Lothars Büro durchsuchen.«

»Ja, der übliche Vorgang. Danke, Birte.«

Ich hole mein Dietrich-Set aus der Schublade und eile den Flur entlang bis zu Lothars Büro. Innerhalb weniger Sekunden habe ich das Türschloss überwunden und schlüpfe in den Raum.

Lothar scheint erheblich ordentlicher gewesen zu sein, als ich es bin. Ich brauche nicht lange, um auf seinem Schreibtisch die Liste zu finden. Sein Name ist hier aber nicht aufgeführt. Ich schaue mir den Ausdruck genau an, vergleiche ihn mit meinem. Es gibt geringe Abweichungen. Lothar muss die gesamte Liste neu geschrieben haben, um seinen Namen zu tilgen. Wusste er nicht, dass ich eine weitere Kopie habe? Ich versuche mich zu erinnern. Wir saßen zusammen in der Kanzlei. Ich fing mit der letzten Seite an und fand den Namen von Keno de Vries. Anschließend habe ich die Liste eingesteckt und alles Weitere an Lothar übergeben.

Jetzt fällt mir ein, dass Lothar vorgestern vor meiner Tür stand, als ich den Flur entlangkam. Wollte er in mein Büro, um die Liste auszutauschen? Er fragte mich dann etwas Belangloses und verschwand wieder. Ich habe mir nichts dabei gedacht.

Warum hat Lothar nicht gesagt, dass er Stoevers Mandant ist oder war? Er wäre von dem Fall abgezogen worden, hätte aber ansonsten keine Nachteile befürchten müssen. In so einer kleinen Stadt kommt es immer wieder vor, dass Verdächtige oder Opfer einer Straftat den Ermittlern persönlich bekannt sind.

Ich ziehe die oberste Schublade auf und durchsuche sie. Anschließend die zweite. In der untersten finde ich ein Schreiben einer Seniorenresidenz auf Norderney. Sie kündigen an, dass der Eigenanteil an der Pflege im kommenden Jahr leider erhöht werden muss und sich dann auf monatlich achttausenddreihundert Euro beläuft. Ich fotografiere das Schreiben und verlasse Lothars Büro.

Im Internet finde ich schnell die Seite der Seniorenresidenz. Sie haben sich auf Demenzkranke spezialisiert und garantieren eine intensive Betreuung, die weit über das übliche Maß hinausgeht.

Wie konnte Lothar sich das leisten? Hatte er eventuell das Haus der Mutter verkauft, um damit den Aufenthalt zu finanzieren? Ich suche in der Datenbank nach Sofia Hempen und finde ihren letzten Wohnsitz. Hier hat sie über fünfzehn Jahre gelebt. Mit einem Anruf finde ich heraus, dass es sich um eine einfache Zweizimmerwohnung zur Miete handelt. In Lothars Osnabrücker Akte ist der Beruf seiner Mutter hinterlegt. Sie hat bis zu ihrem sechzigsten Lebensjahr als Verkäuferin gearbeitet. Ich kann mir nicht vorstellen, dass Frau Hempen den notwendigen Geldbetrag zurückgelegt hat.

Mir fällt wieder ein, dass Lothar sich gleich zur Verfügung gestellt hat, als ich mit dem Beschluss in die Kanzlei gehen wollte. Er war derjenige, der bei Anke Hinrichs, Stoevers Sekretärin, geblieben ist, als sie den Tresor und die Kanzlei nach fehlenden Akten oder Gegenständen durchsucht hat.

Ich weigere mich noch, meinen Gedanken freien Lauf zu lassen. Kann ich einen Kollegen verdächtigen, der vor wenigen Stunden ermordet wurde? Ist er der Maulwurf? Was ich gefunden habe, muss nichts bedeuten. Wahrscheinlich lassen sich die geänderte Liste und die hohen Zahlungen an das Seniorenheim seiner Mutter auch anders erklären. So muss es sein, rede ich mir ein. Vergessen kann ich die Fundstücke aber nicht. Ich muss beweisen, dass sie nichts mit dem Fall zu tun haben und auf Zufällen beruhen.

Anke Hinrichs öffnet mir die Tür, zögert einen Moment, bevor sie zur Seite tritt. Sie führt mich wieder in den Wohn- und Essbereich und bietet mir einen Platz am Tisch an. Ich habe erwartet, dass sie die ersten schweren Tage hinter sich gelassen hat, aber dem scheint nicht so zu sein. Sie sieht vollkommen übermüdet aus, ihre Haare brauchen dringend eine Wäsche, und wenn mich nicht alles täuscht, trägt sie die gleiche Kleidung wie bei meinem ersten Besuch.

»Möchten Sie etwas trinken?«, sind die ersten Worte, die sie an mich richtet.

»Wenn Sie ein Wasser haben …«

Sie steht auf, holt eine Flasche und zwei Gläser und schenkt ein. »Bitte.«

Ich bedanke mich und trinke einen Schluck. »Wir sind in unseren Ermittlungen erheblich weitergekommen und stehen kurz davor, den oder die Täter zu finden.«

»Gut«, sagt sie.

»Die Ermittlungen haben allerdings auch gezeigt, dass Herr Stoever nicht alle Beglaubigungen korrekt abgeschlossen hat. Wir haben Zeugenaussagen, die belegen, dass bei Immobilienverkäufen ein großer Betrag an der Steuer vorbeigeschleust und Herr Stoever für seine Dienste bezahlt wurde.«

Anke Hinrichs schweigt. Ich gehe davon aus, dass sie, wenn nicht gewusst, aber zumindest geahnt hat, was ihr Chef für Geschäfte machte. Indirekt hat sie zumindest auch finanziell davon profitiert. Ich bezweifele aber, dass wir ihr eine Mittäterschaft nachweisen können.

»Sie werden ganz sicher noch von unseren Kollegen aus dem Referat Wirtschaftskriminalität vernommen werden. Ich kann Ihnen nur dringend dazu raten, rechtzeitig einen Anwalt hinzuzuziehen.«

Sie nickt. »Danke. Das werde ich tun.«

»Ich brauche in einer anderen Sache Ihre Hilfe.« Ich lege eine Pause ein. Anke Hinrichs schaut auf und nickt jetzt zum zweiten Mal.

»Sie haben uns freundlicherweise eine Mandantenliste ausgedruckt. Ich habe dort einen Namen gefunden, den ich nicht zuordnen kann.«

»Welchen Namen?«

»Lothar Hempen aus Aurich.«

Anke Hinrichs scheint meinen Kollegen, den sie am Tag nach dem Überfall kennengelernt hat, nicht mit einem Mandat der Kanzlei in Verbindung zu bringen. Sie hat nicht auf den Namen reagiert und scheint jetzt zu überlegen.

»Das war aber kein Immobilienkauf, oder?«

»Nein, das glaube ich nicht.«

»Wie war noch der Nachname?«

»Hempen.«

»Ich denke, ich weiß, wen Sie meinen. Ich habe den Herrn nicht selbst in der Kanzlei gesehen. Das war einer dieser Abendtermine. Herr Hempen hatte ein ungewöhnliches Anliegen.«

Ich warte und gebe mir Mühe, ruhig zu bleiben.

»So eine Art Erbschaftsangelegenheit. Wir sollten im Falle seines Todes Daten übermitteln.«

»Daten? Was muss ich mir darunter vorstellen?«

»Texte und eingescannte Dokumente, eine Menge Fotos und Audiodateien.«

»Sie haben die Daten gesehen?«

»Ja und nein. Ich habe die Dokumente für Herrn Stoever ausgedruckt. Da schaut man schon mal auf das eine oder andere. Es war wohl so eine Art Dossier. Ehrlich gesagt, ging es mir an dem Tag nicht so gut. Eigentlich wollte ich gar nicht zur Arbeit gehen.«

»Warum nicht?«

»Das ist eine lange Geschichte. Haben Sie so viel Zeit?«

Ich nicke und höre zu. Die Ereignisse, die Anke Hinrichs mir schildert, liegen über eineinhalb Jahre zurück. Ihre Beziehung mit dem Notar war auf seine Initiative hin wieder aufgeflammt. Sie hatten sich mehrfach getroffen, Stoever hatte ihr Hoffnung gemacht, dass er seine Frau verlassen wollte, hatte davon gesprochen, die Kanzlei zu schließen und im Ausland ein neues Leben zu beginnen. Anke Hinrichs schwebte im siebten

Himmel und war bereits am Planen. Stoever dachte über eine Villa auf Mallorca nach, direkt am Meer mit Pool und viel Platz. Sie suchten gemeinsam nach Häusern, verbrachten sogar drei Tage auf der Insel, um die verschiedenen Immobilien vor Ort anzuschauen.

»Von einem Tag auf den anderen änderte Klaas seine Meinung. Er habe eine Frau kennengelernt, hat er mir gesagt. Wie immer die große Liebe, aber nach drei Monaten war alles vorbei.«

»Wie lange liegt das jetzt zurück?«, frage ich.

»Fünf Monate. Wir haben in der ganzen Folgezeit nur wenig miteinander gesprochen. Ich habe hier meine Arbeit gemacht und sonst …« Sie bricht ab und schließt die Augen. »Ich wollte nicht mehr, habe mich nach einer neuen Stelle umgeschaut. Aber dann hat mich jedes Mal der Mut verlassen, endlich einen Schlussstrich zu ziehen. Jetzt hat es jemand anders für mich erledigt.«

»In der Zeit, in der Klaas Stoever Sie …« Ich suche nach den richtigen Worten, aber Anke Hinrichs kommt mir zuvor.

»… abserviert hat.«

»Ja, also in diese Zeit fiel die Angelegenheit mit Herrn Hempen?«

Anke Hinrichs nickt. »Ja, zumindest sollte ich da die Ausdrucke machen. Seit wann er die Daten schon hatte, weiß ich nicht.«

»Sind die Ausdrucke im Tresor aufbewahrt worden?«

»Nein, ich bin mir sicher, dass er sie geschreddert hat. Normalerweise habe ich das immer gemacht, aber eine Woche nachdem ich die Daten ausgedruckt hatte, war der Schredderkorb voll. Ich habe mir die Schnipsel angeschaut und bin mir sicher, ein Foto wiedererkannt zu haben.«

»Und der Datenstick?«

Sie zuckt mit den Schultern. »Den hat er verwahrt.«

»Sie haben den Tresor danach abgesucht?«

»Ja, es war kein Stick im Tresor. Ganz sicher nicht. Und sonst habe ich ihn auch nirgendwo in der Kanzlei gefunden.«

»Wissen Sie, an wen die Daten im Falle von Herrn Hempens Tod übergeben werden sollten?«

Anke Hinrichs nickt. »An die Auricher Polizei.«

Zurück im Büro rufe ich Kriminaldirektor Carstens an und berichte ihm von meinem Verdacht.

»Ich bin natürlich informiert, was bei Ihnen in Aurich passiert ist. Dass sich jetzt ausgerechnet der tote Kollege als unser Mann entpuppt, macht die Angelegenheit nicht gerade leichter.«

»Können Sie in Osnabrück einen Beschluss erwirken, damit die Bank- und Telefondaten von Lothar Hempen eingesehen werden können?«

»Das sollten wir auf jeden Fall von hier aus machen. Ich kümmere mich darum. Lassen Sie Ihre Kollegen vorläufig noch aus dem Spiel. Wir entscheiden später, wie es weitergehen soll.«

Ich verabschiede mich von ihm, will aufstehen, sinke aber gleich wieder auf meinen Schreibtischstuhl zurück. Erst jetzt merke ich, wie wenig ich in der Nacht geschlafen habe und wie sehr Lothars Tod mich mitgenommen hat. Nach einer gefühlten Ewigkeit raffe ich mich auf und suche nach Kea und Hauke. Ich finde sie in Keas Büro und erfahre, dass sie sich gerade auf den Weg in die Niederlande aufmachen wollen.

Ich gebe beiden einen Kurzbericht des gestrigen Tages und erfahre, dass Lothar mit einem Scharfschützengewehr getötet wurde. Für weitere Diskussionen ist keine Zeit, also beschließen wir, uns am nächsten Tag um acht Uhr im Kommissariat zusammenzusetzen. Auf meine Nachfrage, ob Lothars Mutter schon informiert wurde, bittet Kea mich, das zu übernehmen.

Anschließend spreche ich kurz mit Birte. Sie wird mich informieren, wenn etwas Wichtiges passiert. Frank und Kirsten haben sich schon vor zwei Stunden verabschiedet, Jörn ist für die Zeit der internen Ermittlungen freigestellt. Morgen ist Sonntag, und wir haben beschlossen, die Arbeit ruhen zu lassen.

Auf dem Weg zum Auto rufe ich Jana an und frage, ob wir uns treffen können.

»Ist etwas passiert?«, fragt sie sofort.

»Ja, ich erzähle es dir später. Kannst du kommen?«

»Ja, ich mache mich gleich auf den Weg.«

Ich atme erleichtert auf. »Danke.«

Dreissig

Kea

Lars Snietjer kommt am Montagmorgen mit einer zehnminütigen Verspätung zu unserer Besprechung. »Ich hatte noch schnell einen Job zu erledigen«, entschuldigt er sich. »Aber ich denke, es hat sich gelohnt.«

»Du hast einen Treffer bei den Fingerabdrücken gelandet?«, frage ich hoffnungsfroh. Den ganzen Sonntag über, an dem wir uns alle eine Pause gegönnt haben, um den tief sitzenden Schock zu verdauen, habe ich immer und immer wieder im Kopf die Szenarien durchgespielt, die in den nächsten Tagen auf mich und mein Team zukommen könnten. Als ich mich mehr und mehr in meinem Gedankenkarussell verlor, habe ich schließlich beschlossen, mich mit meiner Freundin Rena, die erst einen Tag zuvor aus ihrem Sommerurlaub zurückgekehrt war, auf ein Eis zu treffen. Mit dem Ergebnis, dass mich mein Gedankenkarussell in der Nacht wieder einholte.

»Ja, exakt. Nachdem Arie van Dijk mir die Fingerabdrücke der Lkw-Fahrer noch am Samstagabend hat zukommen lassen, konnte ich heute als Allerserstes einen Abgleich machen.«

»Und?« Ich schaue in die Runde. Außer mir scheint sich nur Hauke wirklich für das zu interessieren, was Lars gerade berichtet. Alle anderen scheinen immer noch nicht wieder ganz bei der Sache zu sein oder – ich schlucke schwer – einfach nicht hier. Lothars Stuhl wird, wenn auch nicht für immer, so lange frei bleiben, bis jemand Neues seinen Platz einnimmt. Auch Jörns Stuhl bleibt bis auf Weiteres verwaist. Zwar sieht es laut dem schriftlichen Bericht der Internen, der mir heute früh zugestellt wurde, nicht so aus, als würden irgendwelche Zweifel an der Angemessenheit seines Schusses oder gar an unserer ganzen Aktion gehegt; doch dauern die internen Ermittlungen mindestens noch so lange an, bis alle Berichte und Aussagen der mittel- und unmittelbar an der Aktion beteiligten Personen und Abteilungen vorliegen.

»Treffer«, sagt Lars, und nun schauen plötzlich alle auf. »Die Fingerabdrücke eines der Fahrer sind identisch mit denen auf den Laborinstrumenten, die wir im Keller des abgebrannten Stalls sichergestellt haben.«

»Um welchen Fahrer handelt es sich?«, fragt Hauke.

»Timo Kluge.«

»Sehr gut.« Ich atme erleichtert auf. »Damit kriegen wir ihn dran.«

»Was ist mit dem anderen Fahrer?«, fragt Kirsten. »Bernhard Harms.«

»Kein Treffer«, antwortet Lars. »Wenn er etwas mit dem Laborkram zu tun hat, dann hat er sich geschickter angestellt als sein Kollege.«

»Fakt ist, wir können Harms derzeit nichts nachweisen«, ergänze ich. »Weder wurde auf seinem Lkw etwas Illegales gefunden noch liegt sonst irgendetwas gegen ihn vor.«

»Ihr wart doch gestern in den Niederlanden, um die beiden zu verhören«, meldet sich Lina zu Wort, die heute ungewöhnlich müde und, ja, gleichzeitig nervös wirkt. Ich kenne sie nicht gut genug, um einschätzen zu können, ob es allein Lothars Tod ist, der ihr zu schaffen macht, oder ob noch etwas anderes an ihren Nerven zerrt. »Hat denn einer von beiden eine Aussage gemacht?«

»Nein. Sie haben sich beide geweigert, ohne ihren Anwalt irgendetwas zu sagen.«

Lina seufzt. »Die Kriminellen mögen manchmal so dumm sein wie Stroh, aber über ihre Rechte wissen sie immer Bescheid.«

»Harms haben wir gehen lassen, da es keinen Grund gab, ihn festzuhalten«, erkläre ich. »Wir werden ihn als Zeugen vernehmen.«

»Und wie geht's jetzt weiter?«, möchte Lina wissen.

»Arie van Dijk hat mir zugesagt, dass Kluge heute zu uns nach Aurich überstellt wird. Hauke und ich werden ihn im Beisein seines Anwalts vernehmen.«

»Was ist mit den Chemikalien, die auf Kluges Lkw gefunden wurden?«, erkundigt sich Hauke bei Lars. »Gibt es schon irgendwelche brauchbaren Laboranalysen?«

»Ja, die gibt es. Wie ganz richtig vermutet wurde, handelt es sich um Phenylaceton, und das in größeren Mengen.« Er verzieht das Gesicht. »Wenn ihr mich fragt, dann dürfte dies spätestens dann klar gewesen sein, als man eines der Fässer öffnete. Das Zeug hat nämlich einen, nun ja, spezifischen Geruch. Außerdem sind in kleineren Mengen noch andere Substanzen sichergestellt worden, die man zur Herstellung von Methamphetamin verwendet.«

»Welche Substanzen genau?«

Lars grinst. »Unter anderem die, die Doktor Hoffer euch unlängst auf den Zettel gekritzelt hat.«

»Du hast das bereits abgeglichen?«

»Selbstverständlich.«

»Also können wir davon ausgehen, dass damit Crystal Meth hergestellt werden sollte«, schlussfolgere ich.

»In Kombination mit dem Laborequipment deutet zumindest sehr vieles darauf hin«, bestätigt Lars.

»Ich möchte mal wissen, in welchem Auftrag dieser Timo Kluge handelt«, sagt Kirsten. »Ich meine, man steigt doch nicht so einfach ins Drogengeschäft ein, ohne sich gewaltigen Ärger einzuhandeln. Die Claims sind abgesteckt, das weiß selbst jeder Laie. Sich als No Name in den Markt drängeln zu wollen, käme einem Selbstmord gleich.«

»Denkst du an jemand Bestimmten?«, erkundige ich mich.

»Natürlich denke ich an jemand Bestimmten!« Kirsten klingt nun fast ärgerlich. »Aber hier scheint ja ein jeder darauf bedacht zu sein, den Namen de Jong zu vermeiden. Darf man erfahren, warum?«

»Weil es bislang keinerlei Beweise gibt?«, schlage ich vor, während ich es gleichzeitig vermeide, Hauke und Lina anzusehen. Schon wieder bringt mich deren unseliger Deal in die Situation, nicht das sagen zu können, was ich weiß. Natürlich hat Kirsten recht. Man muss schon ziemlich verblendet oder ignorant sein, um die de Jongs nicht auch in diesem Fall wenigstens in Betracht zu ziehen.

»Dann sehen wir eben zu, dass wir Beweise beschaffen!«, schnauzt Kirsten. »Herrgott, du redest doch sonst nicht ständig um den heißen Brei herum, Kea!«

»Vielleicht könnt ihr das später ausdiskutieren«, sagt Lars, noch bevor ich etwas erwidern kann. Einen vorwurfsvollen Blick in meine Richtung aber verkneift auch er sich nicht. »Ich würde nämlich gern noch auf einen weiteren Punkt zu sprechen kommen. Immerhin hat es am Samstag ja nicht nur den armen Lothar erwischt, sondern auch noch einen anderen Mann. Sollte der Ausweis, den er bei sich trug, nicht gefälscht sein – und danach sieht es nicht aus –, handelt es sich bei ihm um einen gewissen Piet Hoekstra.«

»Das klingt niederländisch«, stelle ich fest.

Kirsten zieht eine Grimasse in meine Richtung. »Na, da guck mal einer an.«

»Da er in unserem Melderegister nicht auftaucht«, erklärt Lars weiter, »habe ich heute Morgen einmal mehr unseren Kollegen van Dijk um Amtshilfe gebeten. Piet Hoekstra ist bei der niederländischen Polizei kein Unbekannter. Diverse Vorstrafen, unter anderem wegen schwerer Körperverletzung und …«, Lars hebt den Zeigefinger, »wegen Delikten gemäß BtMG.«

»Im Konflikt mit dem Betäubungsmittelgesetz, da guck mal einer an.« Kirsten schnaubt. »Sein Name ist aber nicht zufällig schon in Zusammenhang mit den de Jongs aufgetaucht?«

»Das überprüft van Dijk gerade. Er gibt mir Bescheid.«

»Auf alle Fälle reicht das, was wir jetzt wissen, mit Sicherheit dafür aus, der Spedition die Betriebserlaubnis zu entziehen«, stelle ich fest. »Kirsten, würdest du dich bitte mit den zuständigen Kollegen in Verbindung setzen, damit sie das veranlassen?«

»Geht klar.«

»Danke. Ich gehe davon aus, dass Kluge jeden Moment hier eintrifft, dicht gefolgt von seinem Anwalt. Hauke und ich werden also eine Weile beschäftigt sein. Gibt es sonst noch was zu unseren beiden Fällen, das wir besprechen sollten?«

Als alle schweigen, sage ich nach einem Räuspern: »Dann sollten wir noch mal über Lothar sprechen.« Ich bitte Lars, seine Erkenntnisse über die Schusswaffe noch einmal zu erläutern, woraufhin im Raum für eine ganze Weile bedrücktes Schweigen herrscht. Dass Lothar von dem Schützen womöglich gezielt ins Visier genommen wurde, will erst mal verdaut sein.

»Wie sieht es aus, Lina, hast du im Pflegeheim seiner Mutter jemanden erreicht?«

»Ich habe versucht, die Leiterin an die Strippe zu bekommen, aber die war am Wochenende nicht da. Ich versuche es gleich noch mal.«

»Lothar hatte außer seiner Mutter keine Angehörigen«, sage ich. »Ich frage mich, wer nun die Beerdigung organisiert.« Ich schaue zu Frank, der auch heute noch ziemlich elend aussieht. »Weißt du was darüber?«

»Nein, darüber habe ich mit Lothar nie gesprochen. Wenn ich aber die Gelegenheit bekomme, in seine Wohnung zu gehen, dann würde ich in seinen Unterlagen nachschauen, ob er zu Lebzeiten etwas verfügt hat. In diesem Fall – und auch ansonsten – würde ich mich darum kümmern, dass er einen würdevollen Abschied bekommt.«

»Das ist lieb von dir, danke. Das mit dem Zugang zur Wohnung kriegen wir sicherlich hin. Am besten nimmst du zunächst mal Kontakt zu seinem Vermieter auf.«

Es klopft, und Birte kommt herein. »Timo Kluge ist jetzt da.«

»In Begleitung seines Anwalts?«

»Ja.«

»Sehr gut. Dann knöpfen wir ihn uns gleich mal vor. Danke, Birte. Wenn es sonst nichts mehr zu besprechen gibt, würde ich die Sitzung hiermit schließen.«

Als keine Einwände erhoben werden, nicke ich Hauke auffordernd zu, und wir machen uns auf den Weg.

Einunddreissig

Lina

Ich stehe vor meiner Bürotür und suche nach dem Türschlüssel. Habe ich ihn nach der Besprechung in Keas Büro liegen gelassen? Als ich ihn endlich in der Hand habe, stehe ich unschlüssig herum. Der gestrige freie Sonntag hat mir gutgetan. Ich habe lange geschlafen, bin mit Jana spazieren gegangen und habe versucht, meinen Kopf freizubekommen. Trotzdem habe ich mich unzählige Male gefragt, was ich noch in Aurich mache. Wenn Lothar als Maulwurf enttarnt wird, ist meine Arbeit getan. Ich kann zurück nach Osnabrück, zurück in mein altes Leben.

Aber will ich das überhaupt? Ich schüttele energisch den Kopf, wende mich von der Tür ab und verlasse das Kommissariat. Ich kann unmöglich hinter meinem Schreibtisch sitzen und so tun, als wäre nichts passiert, nichts in meinem Leben, nichts bei der Suche nach dem Maulwurf.

Ich laufe durch die Fußgängerzone, hole mir einen Kaffee zum Mitnehmen und bleibe vor einem Brunnen stehen. Das Wasser fließt aus einem Loch im Stein nach unten, um gleich darauf wieder nach oben gepumpt zu werden. Ein ewiger Kreislauf, solange niemand den Stecker zieht.

Ich muss an Jana denken, an Steffen und Beene, an Hauke und Kea und die anderen Kollegen. Ist hier das Ende meiner Mission erreicht? Habe ich die Ziellinie schon überschritten, ohne es gemerkt zu haben? Kea und Hauke habe ich bisher nichts von meinem Verdacht gegen Lothar erzählt. Und das nicht nur, weil Carstens mich darum gebeten hat. Ich konnte nicht, weil mir klar geworden ist, was das bedeuten würde. Müssen die Kollegen überhaupt davon erfahren? Sollte Lothar Informationen an den Clan weitergegeben haben, würden die Ermittlungen eingestellt werden. Gegen Tote wird in Deutschland kein Verfahren eröffnet. Warum sollten meine Kollegen erfahren, was Lothar gemacht hat? Es würde die Arbeit im Kommissariat um Monate, wenn nicht Jahre zurückwerfen und den Zusammenhalt, den wir gerade jetzt brauchen, für immer zerstören. Hatte Carstens genau das gemeint, als er mich bat, die Informationen zurückzuhalten?

Mein Handy macht sich bemerkbar. Ich schaue aufs Display und muss mich zwingen, das Gespräch anzunehmen.

»Hallo Lars. Ich bin gerade nicht im Kommissariat. Gibt es etwas Wichtiges?«

»Das kann man wohl sagen. Die niederländischen Kollegen haben einen Treffer. Thijs Bakker, dreiundvierzig, in Groningen gemeldet. Sie haben seine DNA in der Datenbank, weil er für einen schweren Raub verurteilt wurde und dafür zwei Jahre in Haft saß.«

Ich habe nur mit halbem Ohr zugehört. »Seine DNA ist also in der Kanzlei gefunden worden?«

»Klar, wovon rede ich denn die ganze Zeit? Wo bist du, bitte schön, mit deinen Gedanken? Bakker war definitiv dort. Ich überprüfe gerade noch, an welchen Stellen wir seine DNA gefunden haben, aber du solltest schleunigst mit dem Staatsanwalt sprechen und eine Auslieferung beantragen.«

»Schick mir bitte die Daten per Mail. Ich kümmere mich darum.«

»So wie ich das sehe, steht der Fall also kurz vor der Aufklärung. Gratulation!« Er hält kurz inne. »Das mit dem Scharfschützengewehr ist der Hammer, oder?«

»Ja, da hattest du wohl den richtigen Riecher«, sage ich ausweichend.

»Hast du irgendeine Ahnung, warum gerade Lothar erschossen wurde? Oder haben die einfach einen von euch ausgesucht?«

Nein, will ich schreien, *Lothar hat uns verraten*, aber ich reiße mich zusammen und antworte Lars: »Darüber haben wir doch schon gesprochen, Lars. Das wird Zufall gewesen sein.«

»Ja, wahrscheinlich hat Lothar einfach nur Pech gehabt. Trotzdem verrückt. Es hätte jeden von euch treffen können.«

»Lars, ich muss jetzt hier rein. Wir sprechen uns später.« Hastig verabschiede ich mich von ihm und gehe weiter.

Kurz bevor ich wieder im Kommissariat ankomme, schickt Carstens mir eine Nachricht. Die Beschlüsse für Bank- und Telefondaten sind durch und inzwischen auch weitergeleitet an die zuständigen Stellen. Carstens hofft, dass er die Daten in ein bis zwei Tagen bekommt.

Im Büro rufe ich Staatsanwalt van Zoest an, berichte ihm von den Ermittlungen und bitte darum, für Thijs Bakker einen internationalen Haftbefehl ausstellen zu lassen und einen Auslieferungsantrag zu stellen.

»Die Daten aus den Niederlanden schicke ich Ihnen gleich per Mail«, schließe ich meinen Bericht.

»Gratulation, Frau Hauptkommissarin. Sehr gute und auch noch schnelle Arbeit. Frau Krutisch ist in Osnabrück sicher aufgehoben? Wir werden sie als Hauptbelastungszeugin brauchen.«

»Ja, das ist so weit alles geregelt. Es wäre nützlich, wenn Frau Krutisch ins Zeugenschutzprogramm aufgenommen wird oder zumindest bis zum Prozess Personenschutz bekommt. Wie Sie wissen, ist der De-Jong-Clan durchaus nachtragend.«

»Darum werde ich mich gleich kümmern und mich mit Kriminaldirektor Carstens kurzschließen.« Er räuspert sich. »Der Tod Ihres Kollegen Hempen ist eine ausgesprochen tragische Angelegenheit. Wissen Sie schon, wer dahintersteckt?«

»Nein, das habe ich als Nächstes auf dem Zettel. Der Tote, den unser Kollege Jörn Thiessen angeschossen hat, ist ebenfalls Niederländer: Piet Hoekstra. Wir haben einen Ausweis bei ihm gefunden und die Daten an die niederländischen Kollegen weitergegeben. Aber Sie wissen ja, dass die Ermittlungen aus Osnabrück gesteuert werden.«

»Niederlande. Schon wieder? Hat der Tod Ihres Kollegen auch mit dem De-Jong-Clan zu tun?«

»Das kann ich Ihnen noch nicht beantworten«, sage ich, obwohl ich inzwischen davon ausgehe, dass Lothars Tod ein geplanter Mord war, der vom De-Jong-Clan in Auftrag gegeben wurde. Schon der Tipp, den Frank von seinem ehemaligen Informanten bekommen hat, muss Teil des Plans gewesen sein. Es sollte so aussehen, als wenn Lothar beim Versuch, das Drogenlabor auszunehmen, getötet wurde. Ein perfider Plan, um keine umfangreichen Ermittlungen zum Motiv der Tat auszulösen.

»Ich werde mit Kriminaldirektor Carstens sprechen. Er wird sicher auf dem aktuellen Stand sein.«

Ich verabschiede mich vom Staatsanwalt und falle wieder in meine depressive Stimmung. Erst das Klingeln meines Handys lässt mich aufschrecken. Steffen ruft an.

»Steffen, so früh am Tag?«

»Aber ja doch, Liebes«, antwortet Steffen zuckersüß. »Hast du vergessen, dass wir uns zum Mittagessen verabredet haben?«

Ich muss unwillkürlich schmunzeln. Nicht zum ersten Mal zieht mich Steffen mit einem angeblich vergessenen Termin auf.

»Mach dich auf den Weg. Kennst du den Inder, der vor drei Wochen aufgemacht hat?«

»Nein, nie davon gehört.«

Er erklärt mir den Weg und sagt, er habe für uns in zwanzig Minuten einen Tisch reserviert. »Also auf! Ein *Nein* akzeptiere ich nicht.«

»Schmeckt es?«, fragt Steffen, der schon eine ganze Weile versucht, meine Stimmung aufzuhellen.

»Sehr gut«, antworte ich einsilbig.

Steffen wartet, bis unsere Teller abgeräumt sind und wir Kaffee bestellt haben, bevor er mich ernst ansieht. »Wenn du mir jetzt nicht sofort verrätst, was mit dir los ist, rede ich nie wieder ein Wort mit dir.«

»Leere Drohungen«, murmele ich.

»Lina! Was ist los?«

Ich sehe mich im Restaurant um, aber niemand scheint in Hörweite zu sitzen. »Ich habe ihn«, sage ich leise.

»Wen?«

Ich rolle mit den Augen. »Hast du vergessen, warum ich hier bin?«

Steffen starrt mich mit offenem Mund an und braucht eine Weile, bevor er mir antwortet. »Und? Ist er oder sie schon verhaftet?«

Ich schüttele den Kopf. »Er ist tot. Es ist der Kollege, der Samstag erschossen wurde. Du musst das aber absolut für dich behalten. Niemand darf etwas erfahren. Niemand!«

Steffen nickt nachdenklich. Ihm scheint inzwischen die Bedeutung der Angelegenheit klar geworden zu sein. »Du gehst zurück nach …« Er bricht ab und schaut mich mit flehendem Blick an.

»Erst mal nicht.«

Steffen atmet erleichtert auf. »Aber bald?«

Ich zucke mit den Schultern. »Wir müssen erst diese Leute vor Gericht bringen. Drei Tote in einer Woche.«

Steffen schlägt die Hand vor den Mund. »Dieser Notar hatte auch mit diesem miesen Clan zu tun?«

Ich nicke. »Und ein weiterer Mann. Aber …« Ich drohe ihm mit erhobenem Zeigefinger. »Zu niemandem ein Wort.«

»Du weißt, dass du dich vollkommen auf mich verlassen kannst.«

Ich seufze. Was ist in mich gefahren, Steffen so zu behandeln? Ich erzähle ihm schon seit Jahren von meinen Fällen, und er hat noch nie auch nur ein Wort darüber verloren. »Sorry! Ich bin etwas durch den Wind.«

»Du willst nicht weg aus Aurich, oder?«

»Wie auch? Würde Jana mitkommen? Würde Beene in Osnabrück eine neue Kneipe aufmachen?«

»Um mich brauchst du dir nun wirklich keine Gedanken zu machen«, versucht Steffen, mich zu beruhigen. Seine Blicke haben mir aber verraten, wie entsetzt er über die Aussicht ist, dass ich mich zurück nach Osnabrück versetzen lassen könnte.

»Carstens will das mit dem Maulwurf nicht offenlegen. Sie brauchen mich hier noch. Wie lange, weiß ich nicht.«

Steffen beugt sich zu mir über den Tisch und greift nach meiner Hand. »Alles wird gut, Lina.«

Zurück im Kommissariat schaue ich bei Birte vorbei und erfahre, dass die beiden Fahrer der Spedition de Vries von Kea und Hauke vernommen werden.

Zum ersten Mal seit der schrecklichen Nachricht vom Samstag nehme ich Birte wahr. Sie ist blass und übermüdet und hat verweinte Augen. »Wie geht es dir, Birte?«

Sie seufzt. »Nicht gut. Aber einer muss ja die Stellung halten, sonst bricht doch hier alles auseinander.«

»Ja, es ist verdammt schwer. Ich kannte Lothar noch nicht lange, aber …« Ich breche ab. Mir fehlen die richtigen Worte, und ich habe Angst, etwas Falsches zu sagen.

»Lass gut sein«, sagt Birte. »Ich sehe dir doch an, wie nah dir Lothars Tod geht. Du solltest auf dich aufpassen. Ihr alle solltet auf euch aufpassen.«

Zweiunddreissig

Kea

Timo Kluge sitzt mit verschränkten Armen da und schaut uns aufmüpfig entgegen, als wir den Vernehmungsraum betreten. Neben ihm sitzt sein Anwalt. Dunkler Anzug, weißes Hemd, gelb gemusterte Krawatte, moderner Kurzhaarschnitt. Ich schätze ihn auf Mitte vierzig. Er erhebt sich von seinem Stuhl, reicht uns die Hand und stellt sich als Matthias Lewrenz vor.

Auch Hauke und ich nennen unsere Namen und setzen uns.

»Ich möchte zunächst einmal von Ihnen wissen, was gegen meinen Mandanten vorliegt«, steigt Lewrenz ins Gespräch ein. »Ich muss mich doch sehr wundern, dass man ihn behandelt wie einen Schwerverbrecher, während man seinen Kollegen einfach laufen lässt, wie mir zu Ohren kam.«

»Nun, um den Kollegen von Herrn Kluge geht es hier nicht«, erwidere ich. »Konzentrieren wir uns auf Ihren Mandanten. Erlauben Sie mir, Ihnen die Zusammenhänge zu erklären. Dafür muss ich ein wenig ausholen. Aber ich bin mir sicher, dass Sie dann nachvollziehen können, warum Ihr

Mandant übers Wochenende die Gastfreundschaft unserer niederländischen Kollegen in Anspruch nehmen durfte.«

Nachdem ich die wichtigsten Fakten zu unseren Ermittlungen im Fall Keno de Vries benannt habe, sage ich schließlich: »Angesichts der Umstände müssen wir davon ausgehen, dass die illegalen Transporte, die Ihr Mandant durchgeführt hat, in direktem Zusammenhang mit dem mutmaßlichen Mord an Keno de Vries stehen.«

»Nun, meines Wissens können Sie meinem Mandanten lediglich diesen einen Transport nachweisen«, hakt Lewrenz ein. »Außerdem können Sie nicht beweisen, dass er überhaupt wusste, was für brisante Chemikalien er auf seinem Lkw hat.«

»Herr Kluge ist ausgebildeter Chemielaborant«, sagt Hauke. »Kaum anzunehmen also, dass er nicht weiß, was er da transportiert.«

»Aber ich …«, setzt Kluge zum Reden an, doch hält sein Anwalt ihn zurück. »Sie äußern sich zunächst einmal nicht. Lassen Sie mich das machen.«

Aus irgendeinem Grund grinst mich Kluge nun triumphierend an, aber ich tue ihm nicht den Gefallen, darauf zu reagieren.

»Die Fässer waren, so haben Sie es gerade selbst gesagt, in Kisten mit der Aufschrift *Stalldesinfektion* verpackt«, sagt Lewrenz. »Mein Mandant hat diese Kisten ungeöffnet übernommen. Woher also sollte er von ihrem Inhalt wissen?«

»Von wem genau haben Sie die Kisten denn übernommen?«, wende ich mich an Kluge. »Wir haben die Frachtpapiere geprüft. Der Betrieb, der den Transport der angeblichen *Stalldesinfektion* in Auftrag gegeben haben soll, hat schon im letzten Jahr Konkurs angemeldet.«

»Ich …«

»Sie sagen nichts, Herr Kluge!«, hält Lewrenz ihn erneut vom Sprechen ab. Er beugt sich zu ihm herüber und sagt leise, aber bestimmt: »Können wir uns nun endlich darauf einigen?«

Kluge wirkt darüber nicht glücklich, aber er nickt.

Ich blättere ein paar Fotos vor dem Anwalt auf den Tisch. »Dieses Laborzubehör haben wir in dem versteckten Kellerraum eines Stalls gefunden, der Keno de Vries gehörte. Unsere Kriminaltechnik bestätigt, dass es sich in der Summe um die voll funktionstüchtige Ausstattung eines Drogenlabors handelt. Wir konnten auf ihm die Fingerabdrücke Ihres Mandanten nachweisen.«

Während ich spreche, beobachte ich Kluge ganz genau. Anscheinend war ihm bis zu diesem Zeitpunkt nicht klar, dass wir das Laborzubehör gefunden und sichergestellt haben, denn er kann sein Erschrecken nicht verbergen.

»Die Chemikalien, die auf Kluges Lkw sichergestellt wurden, sind allesamt Vorläufersubstanzen, die zur Herstellung von Methamphetamin, besser bekannt als Crystal Meth, benötigt werden«, fahre ich fort. »Zählt man eins und eins zusammen, dann wusste Ihr Mandant – zumal als Chemielaborant – ganz genau, an welchen Geschäften er beteiligt ist. Die Frage ist nun nur noch, in wessen Auftrag er diese abgewickelt hat.«

Kluge beginnt bei diesen Worten, unruhig auf seinem Stuhl hin und her zu rutschen, während sein Anwalt versucht, sein Pokerface zu bewahren, indem er zunächst einmal zu seinem Kaffee greift und einen Schluck nimmt. Die kurz aufblitzende Irritation in seinen Augen aber ist mir keineswegs entgangen.

»Es mag ja sein, dass mein Mandant das Zeug unwissentlich hin und her gefahren hat«, sagt Lewrenz, nachdem er seine Tasse wieder abgestellt hat. »Das ist sein Job. Ihm aber zu unterstellen, er hätte sich dadurch bewusst an der Herstellung von illegalen Drogen beteiligt – nun, das scheint mir dann ja doch sehr weit hergeholt.«

»Es ist mit Macht versucht worden, Spuren zu verwischen«, sagt Hauke. »Der Stall, in dem wir das Laborzubehör gefunden haben, ist abgebrannt, gleich nachdem wir auch dort Spuren von Phenylaceton gefunden hatten. Es war nachweislich Brandstiftung.« Er schaut Kluge nun direkt in die Augen. »Sagt Ihnen der Name de Jong etwas, Herr Kluge?«

Die Antwort scheint ein klares Ja zu sein, denn der Mann wirft seinem Anwalt einen fast panischen Blick zu. Allem Anschein nach hat er nicht damit gerechnet, dass wir die de Jongs auf dem Schirm haben.

»Wer soll dieser de Jong sein?«, erkundigt sich Lewrenz.

»Bei den de Jongs handelt es sich um einen berüchtigten niederländischen Familienclan, der in den Niederlanden in diverse groß angelegte Drogengeschäfte verwickelt ist. Wir haben Grund zu der Annahme, dass sie seit geraumer Zeit ihre Aktivitäten auf Norddeutschland ausdehnen«, erkläre ich. Nicht zufällig schaue ich bei meiner weitergehenden Erläuterung Kluge an. »Wir gehen anhand der Beweislage davon aus, dass Keno de Vries seit Jahren mit den de Jongs kooperiert hat.« Ich mache eine rhetorische Pause, um die Aussage meines nächsten Satzes zu unterstreichen. »Auch wissen wir, dass es zum Selbstverständnis des Clans gehört, untreue oder unliebsame Mitwisser auf brutalste Weise aus dem Weg zu räumen. Zum Beispiel mittels fingierter Verkehrsunfälle.«

Kluge ist bei meinen letzten Worten der Schweiß auf die Stirn getreten, was vermutlich nicht an der Hitze liegt.

»Gehörte Ihr Chef zu diesen untreuen Mitwissern, Herr Kluge?«, fragt Hauke. »Musste er deswegen sterben?«

»Jetzt aber mal langsam!«, faucht Lewrenz. »Ich kann nicht gestatten, dass Sie meinen Mandanten derart unter Druck setzen!« Anscheinend ist auch ihm nicht entgangen, dass Kluge gerade ordentlich die Flatter geht.

Ich hebe erstaunt meine Brauen. »Wir üben keinen Druck aus, Herr Lewrenz. Wir stellen lediglich fest und formulieren Fragen. Und das alles basierend auf Fakten. Wenn Sie später Einsicht in die Ermittlungsakten nehmen, werden auch Sie zu dieser Erkenntnis kommen.«

»Was werden die de Jongs wohl dazu sagen, dass man Herrn Kluge erwischt hat?«, stellt Hauke eine Frage in meine Richtung. »Es kann ihnen nicht gefallen, dass er der Polizei faktisch ein ganzes Labor und die dazugehörigen Chemikalien in die Hände hat fallen lassen. Oder was meinst du, Kea?«

»Definitiv wird ihnen das nicht gefallen«, gehe ich auf die Taktik meines Kollegen ein. »Da können wir Herrn Kluge wohl nur viel Glück wünschen, wenn er wieder draußen ist.«

»Natürlich könnten wir ihm Polizeischutz geben, wenn er bereit ist, auszusagen.«

Ich nicke. »Das könnten wir tun, ja.«

Von Kluge kommt ein ungesundes Krächzen. »Aber ich …«

»Sie halten den Mund!«, schnauzt Lewrenz. Sein Gesicht ist puterrot angelaufen, und seine angeschwollene Halsschlagader pocht. Er streckt mir seinen Zeigefinger entgegen. »Und Sie hören jetzt gefälligst mit Ihren Spielchen auf!«

»Spielchen?« Ich beuge mich mit gerunzelter Stirn vor. »Sie halten das alles hier für ein Spiel, Herr Lewrenz? Dann will ich Ihnen mal was sagen: Wenn Sie Ihrem Mandanten gegenüber auch nur einen Funken Verantwortungsgefühl haben, dann raten Sie ihm, mit uns zu kooperieren. Er hat sich auf die de Jongs eingelassen …«

»Was keinesfalls bewiesen ist«, fährt Lewrenz mir dazwischen. »Noch mal, Frau Hauptkommissarin: Ich werde nicht zulassen, dass Sie meinen Mandanten derart unter Druck setzen!«

Ich seufze. »Nun schauen Sie sich Ihren Mandanten doch mal an, Herr Lewrenz! Sieht so jemand aus, der mit sich und der Welt – und vor allem mit einem skrupellosen Drogen-Clan – im Reinen ist? Wenn Sie der Meinung sind, dass ich Druck auf ihn ausübe, dann werde ich mit Interesse beobachten, wie er es schaffen wird, den viel weniger zimperlichen Methoden der de Jongs standzuhalten.«

»Hier geht es nicht um das Hin- und Herfahren von ein bisschen Laborausrüstung und Chemikalien«, ergänzt Hauke ruhig. »Es geht um einen mutmaßlichen Mord. Und vor allem geht es um ein Milliardengeschäft, das sich die de Jongs nicht aus der Hand nehmen lassen wollen. Ich muss meiner Kollegin recht geben: Niemand kann für die Sicherheit Ihres Mandanten garantieren, wenn Sie dafür sorgen, dass er dieses Kommissariat nachher wieder verlässt. Niemand.«

Im Raum breitet sich eine angespannte Stille aus.

»Ich verlange Akteneinsicht«, sagt Lewrenz schließlich. »Danach brauche ich Zeit, um mit meinem Mandanten unter vier Augen zu reden.«

»Natürlich, kein Problem.« Ich schaue auf die Uhr. »Gehen wir in mein Büro, dann zeige ich Ihnen gern noch mal die Fakten auf. Und dann entscheiden Sie gemeinsam mit Herrn Kluge, welcher Weg Ihnen als der richtige erscheint.«

Nach mehr als zwei Stunden, in denen Matthias Lewrenz zunächst ausführlich mit mir, dann mit Staatsanwalt van Zoest und schließlich mit Timo Kluge gesprochen hat, finden wir uns erneut im Vernehmungsraum ein. Als wir alle unsere Plätze eingenommen haben, nickt Lewrenz seinem Mandanten zu, der nun alles andere als aufmüpfig daherkommt. Vielmehr hockt er da wie ein Häuflein Elend und wünscht sich offensichtlich ganz weit weg.

Hauke schaltet das Aufnahmegerät ein.

»Ich … ich habe es ihm gesagt«, stammelt Kluge.

Ich warte darauf, dass noch mehr kommt, aber er schweigt.

»Wem haben Sie was gesagt?«, hake ich daher nach.

»Keno. Ich hab ihm gesagt, dass er das nicht machen soll.« Als ich ihn fragend ansehe, fügt er hinzu: »Sein eigenes Ding. Also, dass er nicht sein eigenes Ding machen soll.«

»Das heißt also, bis dahin hat Herr de Vries nicht sein eigenes Ding gemacht?«

Kluge schüttelt den Kopf.

»Und wessen Ding hat er dann gemacht?«

»De Jongs«, sagt Kluge. Er schaut sich verstohlen um, als hätte er Angst, dass ihn jemand belauschen könnte.

Ich lasse mir nicht anmerken, wie erleichtert ich bin, dass endlich dieser Name gefallen ist. Nun kann alles, was jetzt noch ansteht, seinen offiziellen Weg gehen, ohne dass wir so tun müssen, als wüssten wir von nichts.

»Worum genau sollte es bei dem eigenen Ding gehen?«, fragt Hauke.

»Keno wollte selber Drogen herstellen und vertreiben.«

Hauke und ich sehen uns bedeutungsvoll an. Diese Aussage bestätigt, was wir uns nach dem Gespräch mit dem Chemiker schon gedacht haben. Aber wie naiv kann man sein, den de Jongs ins Handwerk pfuschen zu wollen und zu glauben, dass die es als gegeben hinnehmen, wenn sie davon erfahren? Und davon erfahren hatten sie ja ganz offensichtlich, denn ansonsten wäre Keno de Vries jetzt sicherlich noch unter den Lebenden.

»Wie sahen denn die Pläne von Herrn de Vries aus?«, fragt Hauke. »Hatte er, außer der Laborausstattung, beispielsweise auch schon Lieferanten für die benötigten Chemikalien?«

»Ja, die sollten aus Bulgarien kommen.«

Auch das entspricht dem, was wir vom Chemiker wissen.

»Warum Bulgarien?«

»Wir … also Keno … er hat da viele Kontakte. Spezielle Kontakte, wie er immer sagte.«

»Können Sie uns diese Kontakte nennen?«

»Nee. Die kennt nur Keno.«

»Ich nehme an, der Name Simon Hoffer sagt Ihnen was?«, frage ich.

»Keno hat ihn mal erwähnt, ja. Er sagte, mit Hoffer gemeinsam könnten wir ganz groß ins Geschäft einsteigen.«

»War Hoffer derselben Meinung?«

»Ja. Also das ist zumindest das, was Keno gesagt hat.«

Also doch! Schade nur, dass wir es Hoffer nicht beweisen können.

»Noch mal zurück zu dem, was Sie Ihrem Chef gesagt haben«, meint Hauke. »Es klang, als hätten Sie ihn vor irgendetwas gewarnt. Gab es dafür einen konkreten Grund?«

Kluge vergewissert sich bei seinem Anwalt, dass es in Ordnung ist, auf diese Frage zu antworten. Als der nickt, sagt er: »Ich war dabei, also bei Keno im Büro, als jemand anrief. Keno hatte das Telefon laut gestellt, damit ich mithören kann.«

Ich nicke zufrieden. Mit dieser Aussage hat Kluge bewusst oder unbewusst zugegeben, dass er über die Geschäfte seines Chefs informiert war. »Wer war der Anrufer?«

»Es war ein Holländer. Also, er hatte so einen Akzent. Den Namen weiß ich nicht. Er hat zu Keno gesagt, dass dieser Anruf die letzte Warnung ist. Und dass es für ihn schlecht ausgeht, wenn er seine Pläne nicht beerdigt.«

»Aber Ihr Chef hat sich offensichtlich nicht davon beeindrucken lassen«, stelle ich fest.

»Nein. Keno hat gemeint, dass die sich schon wieder beruhigen. Er würde noch mal mit denen sprechen, dann würden sie die Chance schon erkennen.«

»Welche Chance?«, erkundigt sich Hauke.

Kluge zuckt mit den Schultern. »Keine Ahnung, was er damit gemeint hat, das hat er nicht gesagt.«

»Hat er noch mal mit denen gesprochen?«

»Das weiß ich nicht.«

»Wann hat dieses Telefonat stattgefunden, bei dem Sie dabei waren?«

»Zwei Tage vor Kenos … Unfall.«

»Wer hat den Unfallwagen gelenkt?«, frage ich.

Kluge schüttelt erneut den Kopf. »Das weiß ich nicht. Wirklich nicht. Damit habe ich nichts zu tun.«

»Sie haben aber geahnt, dass es kein Unfall war?«

»Ja.«

»Was hatte Ihr Kollege Bernhard Harms mit alldem zu tun?«, will Hauke wissen.

»Von dem Labor weiß er nichts. Das war eine Sache zwischen Keno und mir.«

»Und Simon Hoffer«, ergänze ich.

»Kann sein.«

»Aber Herr Harms wusste von den illegalen Transporten?«

»Ich denke schon.«

»Hat er finanziell davon profitiert?«

Kluge zuckt mit den Schultern.

»Könnte er von Keno de Vries eine Art Schweigegeld kassiert haben?«

Erneutes Schulterzucken. »Das müssen Sie ihn schon selbst fragen.«

»Es wird zum Prozess gegen Sie kommen, Herr Kluge«, kläre ich ihn auf. Ich weiß, dass auch sein Anwalt ihm das schon gesagt hat. »Sind Sie bereit, dort noch mal das Gleiche auszusagen, was Sie uns gerade erzählt haben?«

Noch einmal vergewissert Kluge sich bei seinem Anwalt, dann nickt er. »Herr Lewrenz sagt, Sie können mich schützen.«

»Wir werden unser Bestes tun, um Sie zu schützen, Herr Kluge. Vielen Dank, dass Sie mit uns kooperieren. Das Gericht wird es Ihnen hoch anrechnen.«

Kaum, dass Hauke und ich wieder in meinem Büro sind, stellt Birte einen Anruf von Arie van Dijk durch.

»Arie, was gibt's?«, melde ich mich.

»*Hé*, Kea. Nur ganz schnell, ich habe nicht viel Zeit. Ich hoffe aber, dir geht es besser!«

»Sagen wir mal, es geht schon irgendwie.«

»Das wird schon. Warum ich anrufe: Es geht um den Mann, den euer Kollege am Samstag angeschossen hat. Piet Hoekstra.«

»Du hast was über ihn rausgefunden?«

»Ja. Er gehörte zum engsten Zirkel des De-Jong-Clans. Piet Hoekstra ist der Schwiegersohn des Clan-Chefs Marten de Jong.«

Ich schließe für einen Moment die Augen. »Das könnte bedeuten, dass die de Jongs für Lothars Tod verantwortlich sind«, sage ich mit dünner Stimme.

»Es sieht zumindest danach aus, ja.«

»Danke, Arie.« Ich lege den Hörer zurück auf die Gabel und schaue Hauke an. »Wir kriegen die Schweine dran, oder?«

»Und wenn es das Letzte ist, was ich tue«, knurrt Hauke.

Dreiunddreissig

Lina

Ich begleite Frank bis zum Hauptausgang. Nach unserer kurzen Teambesprechung habe ich ihn dazu genötigt, nach Hause zu fahren. Trotz des gestrigen Sonntags wirkt er auf mich, als wenn er jeden Augenblick zusammenklappen würde. Ich weiß, dass er mit hohem Blutdruck zu kämpfen hat, der gerade in Stresssituationen ansteigt und ihn in der Vergangenheit auch schon mal für ein paar Tage aus dem Verkehr gezogen hat.

Ich greife zum Telefon. Der Anruf beim Seniorenheim auf Norderney lässt sich nicht weiter hinausschieben. Ich werde nach einer kurzen Erklärung zur Geschäftsführerin durchgestellt. Rose Timmers hat eine freundliche, aber feste Stimme. Ich erkläre ihr die Situation und frage, ob ich mit Frau Hempen sprechen könnte.

»Tut mir leid, aber Frau Hempen ist nicht in der Lage, mit Ihnen zu telefonieren. Falls Sie mit dem Gedanken spielen, nach Norderney zu kommen, würde ich Ihnen davon abraten.« Sie legt eine kurze Pause ein. »Sie wissen um die Spezialisierung unserer Einrichtung?«

»Ja. Ihr Sohn hat uns erzählt, dass seine Mutter demenzkrank ist, aber ich weiß nicht, in welchem Stadium.«

»Sehr weit. So viel kann ich sagen. Sie steht unter ständiger Betreuung, und wir geben, wie bei allen unseren Gästen, unser Bestes, um ihr den letzten Abschnitt so lebenswert wie möglich zu machen.«

»Darf ich fragen, ob die finanzielle Seite für Frau Hempen ausreichend abgesichert ist?«

»Das ist alles geregelt. Herr Hempen hat für ein ausreichendes finanzielles Polster gesorgt. Nähere Auskünfte darf ich Ihnen dazu leider nicht geben. Das verstehen Sie als Polizistin sicher.«

»Kann ich also davon ausgehen, dass Frau Hempen nicht zur Beerdigung ihres Sohnes aufs Festland kommen wird?«

»Ja, der Gesundheitszustand von Frau Hempen wird das nicht zulassen.«

Ich bedanke mich und beende das Gespräch.

Lothar scheint für den Fall seines Todes finanziell vorgesorgt zu haben. Hatte er bereits die Befürchtung, dass der De-Jong-Clan ihn ausschalten könnte? Wenn ich Frau Timmers Worte richtig interpretiere, hat Lothars Mutter nur noch einen begrenzten Zeitraum zu leben. Hat Lothar, den Tod seiner Mutter und damit das Ende seiner hohen finanziellen Belastung vor Augen, den de Jongs womöglich seine Mitarbeit aufgekündigt? War das beim Notar Stoever hinterlegte Dossier ein Zeichen dafür, dass er aussteigen wollte und dafür Sicherheiten hinterlegt hat? Ein Puzzlestein nach dem nächsten fügt sich ins Bild. Lothar hat anscheinend zu hoch gepokert und den Clan unterschätzt. Das hat ihn das Leben gekostet.

Es wird immer klarer, dass das Dossier hochgefährlich für den Clan sein muss. Ich gehe inzwischen davon aus, dass der Überfall aufs Notariat ausschließlich der Auffindung des

Dossiers galt. Nachdem die de Jongs im Besitz der Daten waren, war es der nächste Schritt, Lothar zu töten.

Die Frage ist, ob eine weitere Kopie des Dossiers existiert.

Ich rufe Birte an und frage, ob die Osnabrücker Kollegen schon in Lothars Wohnung waren.

»Nein, das soll – wie ich am Rand mitbekommen habe – erst später passieren. Warum fragst du?«

»Ich habe gerade beim Seniorenheim auf Norderney angerufen, um mit Lothars Mutter zu sprechen«, weiche ich Birtes Frage aus. »Sie ist leider nicht in der Lage dazu. Auch zu Lothars Beerdigung kann sie nicht kommen.«

»Oh, das ist sehr traurig. Soweit ich weiß, hatte Lothar auch keine weiteren Verwandten.«

Nach dem Gespräch mit Birte verlasse ich das Kommissariat und fahre zu Lothars Wohnung. Die Haustür steht offen, auf dem Flur im ersten Stock ist alles ruhig. Ich brauche nur wenige Sekunden, um das Türschloss zu öffnen.

Auch in der Wohnung zeigt sich Lothars Ordnungssinn. Ich ziehe mir Latexhandschuhe über und gehe vorsichtig durch die Räume. Mein Verdacht bestätigt sich. Jemand war vor mir da. Zwar steht alles ordentlich in den Regalen und Schränken, aber ich finde mehrere Hinweise, die auf eine Durchsuchung hindeuten. Die Spuren in der dünnen Staubschicht verraten mir, dass Gegenstände erst vor Kurzem bewegt wurden. Ich konzentriere mich bei meiner Suche auf mögliche Verstecke, die schwer zu finden sind, gebe aber nach einer Viertelstunde auf. Der gesuchte Datenträger ist entweder schon in den Händen des De-Jong-Clans, oder er hat sich nie in der Wohnung befunden.

Als ich auf den Flur trete, höre ich Schritte und Stimmen aus dem Erdgeschoss, die darauf hindeuten, dass die Osnabrücker Kollegen auf dem Weg zu Lothars Wohnung sind. Ich eile in den zweiten Stock und warte. Meine Vermutung war richtig.

Zwei Männer unterhalten sich über den Fall, die Wohnungstür wird aufgeschlossen und wieder geschlossen. Ich laufe die Treppe hinunter und aus dem Haus heraus.

Als ich zurück im Kommissariat bin, meldet sich Kriminaldirektor Carstens bei mir.

»Die Bankdaten sind bereits heute am frühen Vormittag eingetroffen. Lothar Hempen hat regelmäßige Bareinzahlungen auf seinem Konto. Über die letzten zwei Jahre sind es über achtzigtausend Euro. Da er selten bis nie Auszahlungen vorgenommen hat, können wir davon ausgehen, dass die Summe, die er mutmaßlich als Informant bezogen hat, noch um einiges höher liegt.«

»Und die Telefondaten?«, frage ich.

»Müssten Sie jetzt gerade bekommen haben. Schauen Sie sie bitte durch und melden sich gleich wieder bei mir.«

Eine halbe Stunde später habe ich den Kriminaldirektor wieder in der Leitung und kann ihm bestätigen, dass die Telefonnummer, mit der Hauke Kontakt zum Clan hat, die gleiche ist, die ich sechsmal in der drei Monate umfassenden Liste gefunden habe.

»Die Gespräche gingen zum Teil über eine halbe Stunde, andere waren relativ kurz mit bis zu zehn Minuten«, schließe ich meinen Bericht.

»Ich habe mit keinem anderen Ergebnis gerechnet«, sagt Carstens. »Hempen ist unser Mann.«

»Was passiert jetzt? Wie gehen wir vor?«

»Herr Hempen ist tot. Es liegt nahe, dass er nicht zufällig getötet wurde, sondern es sich um eine gezielte Tötung handelt, die verschleiert werden sollte.«

Ich stimme ihm zu und berichte von meinem Gang durch Lothars Wohnung.

»Das war riskant«, bemerkt Carstens. »Aber das wissen Sie selbst. Wir müssen also tatsächlich davon ausgehen, dass ein digitales Dossier existiert, das dem Clan gefährlich werden kann.«

»Oder existiert hat.«

»Das wissen wir noch nicht. Lothar Hempen scheint sehr vorsichtig gewesen zu sein. Eventuell gibt es weitere Datenträger. Auch aus diesem Grund werden wir die ganze Angelegenheit geheim halten. Ich habe bereits mit der Osnabrücker Staatsanwaltschaft gesprochen. Sie bleiben vor Ort, Frau Lübbers. Ihr Auftrag ändert sich, hat aber letztlich das gleiche Ziel. Wir brauchen dieses Dossier. Und Sie müssen Hauke Behrends als Informant des Clans anleiten und unterstützen. Sosehr ich Frau Siefkens Arbeit und Engagement schätze, ist sie in diesem Fall nicht die richtige Ansprechpartnerin für den Kollegen Behrends.« Carstens macht eine kurze Pause. »Ich gehe mal davon aus, dass Sie zustimmen?«

»Ich bleibe in Aurich und bringe die Ermittlungen zu Ende.« Ich atme erleichtert auf. Es ist entschieden – ich habe mich entschieden.

Hauke schaut in mein Büro herein. »Hast du Zeit?«

Ich nicke, wir setzen uns an meinen Besprechungstisch. »Wie läuft es bei euch?«

»Wenn mich nicht alles täuscht, sind wir kurz vor dem Durchbruch. Zumindest in der Speditionssache. Ich hoffe, Kluge kann uns auch noch was zum Tod seines Chefs erzählen. Warten wir ab. Gerade ist Pause.«

»Wie geht es dir?«

»Frag nicht. Ich bin froh, wenn ich morgens aus dem Bett komme und den Tag überstehe. Kaup lässt mich zum Glück im Moment in Ruhe. Ich hoffe, das bleibt noch ein paar Tage so.«

»Aufgeschoben ist nicht aufgehoben. Er wird sich wieder melden und dich weiter anzapfen wollen.«

Hauke seufzt. »Was meinst du, was mir im Moment am meisten Kopfzerbrechen bereitet!«

»Wir brauchen diese Verbindung, wenn wir dem Clan beikommen wollen. Bisher haben sich die Ereignisse überschlagen, und wir hatten mit den laufenden Ermittlungen alle Hände voll zu tun. Das wird sich über kurz oder lang ändern. Das ist unsere Chance.«

Hauke wirft mir einen verzagten Blick zu. »Chance? Ich bin da weniger optimistisch als du.«

»Wir schaffen das. Zu dritt. Wir haben gar keine andere Wahl.«

»Nein, nach Lothars Tod schon gar nicht.«

Wir sitzen eine Weile schweigend am Tisch, bis Hauke auf die Uhr schaut und aufspringt. »Ich muss wieder. Bis später.«

Kaum ist er aus meinem Büro gestürmt, als Arie van Dijk sich meldet. »Eure Kriminaltechnik hat bei uns eine Anfrage gestellt zu einem DNA-Fund. Der Abgleich hat ja einen Treffer ergeben. Thijs Bakker, der kein Unbekannter bei uns ist.«

»Ich bin informiert. Der zuständige Auricher Staatsanwalt sollte inzwischen einen internationalen Haftbefehl erwirkt haben.«

»*Precies*. Das wurde uns auch angekündigt, und vor zehn Minuten ist der Beschluss hier angekommen. Ich war so frei und habe Bakker schon direkt nach eurer ersten Anfrage observieren lassen.«

Ich setze mich aufrecht im Stuhl hin. »Das klingt gut.«

»Da meine Leute der Meinung waren, dass Bakker seine Flucht vorbereitet, habe ich sie angewiesen, den Mann vorläufig festzunehmen. Inzwischen liegt ja der Haftbefehl vor. Es wird aber einige Tage dauern, bis Bakker an euch ausgeliefert werden kann. Soweit ich das beurteilen kann, könnten weitere Beweismittel den Vorgang durchaus beschleunigen.«

Ich überlege fieberhaft, wie ich den niederländischen Kollegen unterstützen kann. »Wie wäre es, wenn wir ihn morgen in Groningen vernehmen? Ich denke, wir werden ausreichend Beweise vorlegen können.« Ich bitte van Dijk um ein Foto von Bakker und verabrede mich mit ihm für den morgigen Nachmittag.

Direkt vor dem Gebäude der Groninger Polizei finde ich einen Parkplatz. Ich melde mich an und werde von Arie van Dijk abgeholt.

»Es könnte Probleme mit der Sprache geben«, sagt er auf dem Weg zum Vernehmungsraum. »Bakker spricht kein Deutsch, *denk ik*.«

»Dann probieren wir es auf Niederländisch.«

Van Dijk schaut mich erstaunt an. »Sie sprechen unsere Sprache?«

Ich antworte ihm auf Niederländisch. »Es geht. Ich habe vor ein paar Jahren Online-Kurse belegt.« Ich lächle ihn an. »Sie werden mir sicher helfen, wenn ich nicht weiterkomme.«

»Sehr gern sogar.«

Thijs Bakker sitzt neben einem Mann in dunklem Anzug und schaut mir grimmig entgegen, als ich hinter Arie van Dijk den Raum betrete. Mein niederländischer Kollege stellt mich vor, leitet die Vernehmung ein und überlässt mir die erste Frage.

»Waren Sie in den letzten zwei Wochen in Deutschland?«

Bakker wirft seinem Anwalt einen Blick zu, der beugt sich leicht vor. »Mein Mandant ist häufiger im Nachbarland. Er kann nicht genau sagen, wann er das letzte Mal dort war.«

»Kennen Sie das Notariat von Herrn Klaas Stoever?«

Bakker schweigt. Erneut antwortet sein Anwalt. »Mein Mandant kann sich im Moment nicht an ein Notariat beziehungsweise an den genannten Herrn erinnern. Er schließt aber nicht aus, dass er ihm schon einmal in Aurich begegnet ist.«

»Aurich? Ich habe nicht davon gesprochen, dass das Notariat in dieser Stadt ist.«

Der Anwalt zuckt leicht zusammen, fängt sich aber gleich wieder. »Sie wurden uns vorgestellt als Kriminalpolizistin aus Aurich. Liegt es da nicht nahe, dass Sie von dieser Stadt sprechen?«

»Gut, halten wir einmal fest: Ihr Mandant kann sich nicht daran erinnern, dass er in den letzten zwei Wochen in Deutschland war. Vielleicht kann ich da aushelfen. Wir haben Zeugen, die Herrn Bakker eindeutig erkannt haben, als er in der Nacht von Sonntag auf Montag der letzten Woche das Notariat Stoever betrat.«

»Wie gesagt, mein Mandant schließt nicht aus, dass …«

»Ich spreche hier nicht von einem normalen Besuch, sondern von einem Überfall auf ein Notariat, der zwischen einundzwanzig Uhr und Mitternacht erfolgt ist«, unterbreche ich den Anwalt.

Bakker beugt sich zu seinem Anwalt hinüber und flüstert ihm etwas ins Ohr.

»Mein Mandant hat häufiger Termine außerhalb der regulären Öffnungszeiten. Es mag sein …«

»Herr Klaas Stoever ist im Verlauf des Überfalls gestorben«, unterbreche ich den Anwalt ein zweites Mal. »Möchte sich Ihr Mandant dazu äußern?«

Der Anwalt beugt sich empört nach vorn. »Mein Mandant verwahrt sich dagegen, mit einem Überfall auf ein Notariat in Verbindung gebracht zu werden.«

»Herrn Stoever sind seine Hände und Füße am Stuhl fixiert worden. Am Klebeband wurde die DNA Ihres Mandanten gefunden. Ebenfalls auf der Kleidung von Herrn Stoever und in der gesamten Kanzlei verteilt. Haben Sie auch hierfür eine Erklärung?«

Der Anwalt schweigt zunächst. Diesmal ist er es, der sich dann zu seinem Mandanten hinüberbeugt und ihm etwas ins Ohr flüstert.

»Es kann sich hierbei nur um einen Irrtum handeln. Ich werde die Auslieferung meines Mandanten an Ihr Land anfechten. Sollte es sich Ihrerseits nicht um ein Versehen handeln, liegt Vorsatz nahe.«

Arie van Dijk räuspert sich hörbar. »Sie werfen der deutschen Polizei vor, die Beweise manipuliert zu haben. Ist das Ihr Ernst?«

Der Anwalt lächelt süffisant. »Wir werden sehen, wer am Schluss recht behält, Herr Inspecteur.«

Auf der Rückfahrt von Groningen rufe ich Frank im Kommissariat an.

»Wie ist es gelaufen?«, fragt er.

Den Vormittag haben wir gemeinsam damit verbracht, Frau Schulte zu befragen, die gegenüber vom Notar Stoever wohnt. Sie konnte zwar Bakker nicht als den Mann identifizieren, der spätabends allein ins Notariat gegangen ist, hat uns aber darauf hingewiesen, dass ihre Nachbarin Frau Thole von einem Besuch bei ihrer Tochter zurück sei und dass sie in der besagten Nacht ebenfalls aus dem Fenster geschaut habe. Frau Thole hat zwei Männer gegen neun Uhr ins Notariat gehen sehen, von denen sie einen als Thijs Bakker identifiziert hat. Zu guter Letzt rief Lars Snietjer mich an und überraschte mich mit der Nachricht, wo genau Bakkers DNA-Spuren gefunden wurden.

»Wie zu erwarten. Bakker hat nichts gesagt und alles seinem Anwalt überlassen. Die neue Zeugenaussage, der DNA-Fund

und die Aufzeichnung der Vernehmung werden laut unserem niederländischen Kollegen für eine Auslieferung ausreichen.«

»Wir haben ihn also?«

»Ja, zumindest einen der Täter. Bakkers DNA kann nur ans Klebeband gekommen sein, als er Klaas Stoever an den Stuhl gefesselt hat. Seine DNA auf Stoevers Kleidung sind ein deutliches Indiz dafür, dass er zugeschlagen hat. Ja, ich denke, wir haben den Haupttäter.«

»In welchem Auftrag hat er gehandelt? Oder ging es nur um das Schwarzgeld im Tresor?«

»Das ist noch nicht klar«, sage ich wider besseres Wissen. »Warten wir ab, was der Strafprozess bringen wird.«

Ich verabschiede mich von Frank und atme tief durch. Bakker war nur ein Handlanger, aber ich werde die Hintermänner finden. Mag da kommen, was wolle.

Vierunddreissig

Kea

Hatte ich die Befürchtung gehabt, dass an diesem Samstagmittag kaum jemand zu Lothars Beerdigung kommen würde, so sehe ich mich jetzt getäuscht. Zwar hatte mein Kollege bis auf seine Mutter keine Angehörigen, doch an Freunden und Bekannten hat es ihm offenbar nicht gemangelt. Die Kirche jedenfalls ist bereits gut gefüllt, als ich sie betrete, die Stimmung dem Anlass gemäß gedrückt. Aus den Bankreihen, in denen heute die Farbe Schwarz dominiert, ist unterdrücktes Gemurmel zu hören.

Unmittelbar vor dem Altar steht Lothars Sarg, geschmückt mit einem üppigen Blumenbouquet, in dem Sonnenblumen dominieren. Um den Sarg herum hängen und liegen diverse Kränze in den unterschiedlichsten Farben.

Ich gehe durch den Kirchengang nach vorn. Vor dem Sarg bleibe ich stehen, mit gefalteten Händen, den Blick auf das großformatige Schwarz-Weiß-Foto gerichtet, das auf einer Staffelei steht. Der in die Kamera lächelnde Lothar ist auf dem Bild gut getroffen, und einmal mehr geht mir auf, was für ein gut aussehender Mann er war.

»Es tut mir so leid«, sage ich lautlos und darum bemüht, meine aufsteigenden Tränen zu unterdrücken. »Es tut mir so unendlich leid, Lothar. Das hätte nicht passieren dürfen. Danke für alles, Kollege.« Ich deute eine Verbeugung an und mache dem nächsten Trauernden Platz.

Hauke winkt mir aus einer der vorderen Reihen zu, und ich schiebe mich zu ihm in die Bank. Kaum, dass ich meinen Platz neben ihm eingenommen habe, setzt gemächliches, wenn auch lautes Orgelspiel ein.

Mit einem Nicken begrüße ich meine Kollegen. Kirsten, Frank, Birte, Lars. Selbst Jörn ist gekommen. Er sieht blass und mitgenommen aus. Ich nehme mir vor, ihn am Wochenende anzurufen. Wie ich hörte, sucht er regelmäßig unsere Polizeipsychologin auf. Ich hoffe sehr, dass die ihm helfen kann, das Trauma zu verarbeiten. Er entwickelt sich zu einem guten Ermittler, und ich würde nur ungern auf ihn verzichten.

Nun entdecke ich in der Bankreihe schräg hinter mir auch Lina. Sie ist mit ihrer Freundin Jana gekommen. Lina lässt ihren Kopf auf Janas Schulter ruhen und lächelt mir zu, als sich unsere Blicke begegnen. Wie wir alle wirkt sie nach einer weiteren anstrengenden Arbeitswoche erschöpft. Was kein Wunder ist, hatten und haben wir doch noch etliches zu tun, um unsere Ermittlungen in absehbarer Zukunft sauber abschließen zu können.

Unweit von Lina sitzt ein Mann, der grüßend seine Hand hebt. Er kommt mir bekannt vor, doch kann ich ihn nicht sofort zuordnen. Als er sich nun aber zu Lina hinüberbeugt, sie anspricht und dabei auf mich deutet, fällt es mir wie Schuppen von den Augen. Kriminaldirektor Phillip Carstens! Natürlich! Es ist schon eine ganze Weile her, dass ich mal persönlich mit ihm zu tun hatte. Er scheint mir seit unserem letzten Treffen gealtert. Aber nun gut, wir werden alle nicht jünger.

Das Orgelspiel wird kraftvoller, und der Pastor schreitet den Gang hinunter. Auch er bleibt ein paar Augenblicke vor dem Sarg stehen, den Kopf zum Gebet geneigt, dann steigt er die Kanzel hinauf. »Liebe Trauergemeinde, wir sind heute zusammengekommen, um Lothar Hempen auf seinem letzten Weg …«

Auf einer Beerdigung ist es immer wieder erstaunlich und manchmal auch ernüchternd zu erfahren, was man alles nicht über den Verstorbenen wusste. Gut, Lothar gehörte nicht zu meinem Freundeskreis; aber hätte ich als seine Vorgesetzte nicht trotzdem wissen müssen, was für ein fürsorglicher Sohn er war und in wie vielen Vereinen und gemeinnützigen Einrichtungen er sich engagiert hat? Warum habe ich ihn nie danach gefragt?

Der Gottesdienst endet mit dem Lied *So nimm denn meine Hände*, und eine lange Schlange Trauernder folgt dem Sarg, um Lothar an diesem heißen und sonnigen Sommertag zu seiner letzten Ruhestätte zu geleiten. Ich freue mich für ihn, dass ihm in seinem viel zu kurzen Leben anscheinend so viele Menschen zugetan gewesen waren.

»Treffen wir uns heute Abend in der *Arche*?«, flüstert Hauke mir ins Ohr, als wir nach der Beisetzung in Begleitung etlicher Kollegen dem Ausgang des Friedhofs zustreben.

Ich zögere. »Kommt sonst noch jemand?«

Hauke verzieht gequält das Gesicht. »Das weiß ich nicht. Aber ich habe dir einiges zu sagen, was mir bei einem Glas Bier sicherlich leichter über die Lippen kommt.« Er sieht mich flehend an. »Bitte, Kea.«

Es ist der vorerst letzte Abend, an dem ich frei über meine Zeit verfügen kann. Morgen kommen meine Kinder aus dem Urlaub zurück. Eigentlich hatte ich ihn allein verbringen wollen. »Ist gut«, höre ich mich sagen. »Wäre neunzehn Uhr okay?«

Hauke wirkt erleichtert, und er schenkt mir ein Lächeln. »Wenn es für dich okay ist, dann ist es auch für mich okay.«

Ich komme nicht dazu, etwas zu erwidern, denn nun tritt Kriminaldirektor Carstens in Begleitung von Lina auf mich zu. Er gibt Hauke und mir die Hand und sagt: »Ich weiß, dass es nicht der richtige Anlass ist …« Er zögert und wirft einen Blick zurück auf Lothars Grab, an dem nun ein paar Männer mit Spaten zugange sind und es mit Erde auffüllen. »Oder vielleicht doch, denn wir wären nicht hier, wenn nicht einer von uns von den de Jongs …« Er räuspert sich. »Nun, was ich Ihnen sagen will: Sie wissen, dass wir die Sache noch nicht zu Ende gebracht haben. Solange wir die de Jongs ungestört schalten und walten lassen, wird es mehr Opfer geben.« Er schaut jedem von uns beschwörend in die Augen. »Es muss also was passieren. Und Sie sollen wissen, dass Sie meine volle Unterstützung haben.«

Fünfunddreissig

Lina

Meine Schritte hallen auf dem langen Flur des Kommissariats wider. Ich bin auf dem Weg zu Keas Büro, wo wir uns zu dritt treffen wollen. Lothars Tod ist inzwischen über zwei Wochen her, aber mir kommt es vor, als wäre es gestern gewesen. Sein Foto mit dem Trauerflor hängt auf dem Gang vor der Teeküche. Immer noch bleiben viele der Kollegen kurz stehen, wenn sie daran vorbeikommen.

Ich klopfe an und betrete das Büro meiner Chefin. Kea sitzt hinter dem Schreibtisch, schaut auf und nickt mir zu. »Hauke holt gerade Kaffee für uns.«

Ich setze mich an den Besprechungstisch, Kea kommt zu mir. »Bakker ist gestern von den Niederlanden ausgeliefert worden?«

»Ja. Der Staatsanwalt klagt ihn wegen räuberischer Erpressung und fahrlässiger Körperverletzung mit Todesfolge an. Hinzu kommen Einbruch und Diebstahl sowie unterlassene Hilfeleistung.«

»Da können schon ein paar Jährchen zusammenkommen, wenn er verurteilt wird. Ist denn jetzt klar, wie viel Geld im Tresor lag?«

Hauke kommt rein, stellt das Tablett mit den drei Kaffeebechern auf dem Tisch ab und setzt sich zu uns.

»In Bakkers Wohnung sind hundertzwanzigtausend Euro in bar gefunden worden«, antworte ich Kea. »Auf einigen der Geldscheine befanden sich Klaas Stoevers Fingerabdrücke. Der Staatsanwalt geht davon aus, dass das Geld aus dem Einbruch im Notariat stammt.«

»Und Bakker hat definitiv Kontakt zum De-Jong-Clan?«, fragt Hauke.

»Das sind zumindest die Informationen von Arie van Dijk. Ich glaube kaum, dass Bakker uns sagen wird, ob er im Auftrag gehandelt hat oder auf eigene Rechnung. Weiterhin steht noch nicht fest, ob er allein dort war, und ebenfalls nicht, wer der Mann ist, der später hinzugekommen ist.«

»Der den Tresor aufgeschweißt hat?«, fragt Kea.

»Genau. Ein Kollege aus der Kriminaltechnik hat zwar inzwischen mithilfe von Frau Schulte eine Phantomzeichnung angefertigt, aber bisher haben wir noch keine Rückmeldung aus den Niederlanden.«

»Da werden wir abwarten müssen«, sagt Kea. »Im De-Vries-Fall muss Timo Kluge mit einer Anklage rechnen, aber der Staatsanwalt wird sich wohl mit einer Bewährungsstrafe zufriedengeben. Bernhard Harms kommt besser weg. Sein Anwalt hat einer Geldstrafe im Zuge eines Strafbefehls zugestimmt. Keno de Vries ist tot und entgeht so einem Gerichtsverfahren. Dabei scheint er der eigentliche Drahtzieher der kriminellen Machenschaften gewesen zu sein.«

»Und der Fahrer des SUV?«, frage ich.

Kea und Hauke schütteln gleichzeitig den Kopf. »Nichts. Und ich habe die Hoffnung auch inzwischen aufgegeben, dass wir ihn noch finden«, sagt Kea.

»Geht ihr denn inzwischen davon aus, dass de Vries getötet werden sollte?«, frage ich weiter.

»Ob es jetzt eine letzte Warnung war, die aber tödlich ausgegangen ist, oder ob es sich um einen geplanten Mord, getarnt als Unfall, handelt, ist bisher schwer zu sagen. Nach Absprache mit dem Staatsanwalt haben wir den Fall erst mal auf Eis gelegt.« Kea hält kurz inne. »Mir wurde übrigens heute mitgeteilt, dass Luis Gómez aus dem Koma aufgewacht ist. Aber bevor ihr euch zu früh freut, die Ärzte gehen davon aus, dass er eine Weile braucht, bevor er mit uns sprechen kann.«

»Wie lange?«, fragt Hauke.

»Das konnte mir keiner sagen. Die Wache im Krankenhaus ist verstärkt worden und der Staatsanwalt ist im ständigen Kontakt mit den Ärzten. Gómez wird sofort in die JVA verlegt, wenn es sein Zustand erlaubt.«

Ich werfe Hauke einen Blick zu. »Hat sich Kaup eigentlich inzwischen bei dir gemeldet?«

»Ja, gestern Abend. Er wollte wissen, ob es weitere Erkenntnisse über den Fahrer des Unfallwagens gibt. Ich habe das verneint, und er meinte, ich solle ihn gleich informieren, falls es Neuigkeiten gibt.« Hauke stöhnt leise. »Es ist also noch nicht vorbei.«

Kea nickt. »Es fängt gerade erst richtig an, würde ich mal sagen.«

»Das sind wir Lothar schuldig«, werfe ich ein. »Er ist von einem Schergen der de Jongs ermordet worden. Warum auch immer.« Ich erschrecke über meine eigenen Worte. Ich weiß genau, warum unser Kollege tot ist, und irgendwann werden es auch Hauke und Kea wissen. Ich habe Angst vor dem Tag der Wahrheit und vor dem, was gerade mit mir passiert.

Und ich habe Angst, Jana zu verlieren.

Folge den Autorinnen auf Amazon

Wenn dir dieses Buch gefallen hat, folge Anna Johannsen und Elke Bergsma auf Amazon. Dann erhältst du eine Benachrichtigung, wenn die Autorinnen ihr nächstes Buch veröffentlichen. Um den Autorinnen zu folgen, gehe bitte folgendermaßen vor:

Desktop:

1) Suche auf Amazon.de oder in der Amazon App nach dem Namen der Autorinnen.
2) Klicke auf den Namen der Autorinnen, um auf die Autorinnenseite zu gelangen.
3) Klicke auf den »Folgen«-Button.

Smartphone und Tablet:

1) Suche auf Amazon.de oder in der Amazon App nach dem Namen der Autorinnen.
2) Klicke auf einen Titel der Autorinnen.
3) Klicke auf den Namen der Autorinnen, um auf die Autorinnenseite zu gelangen.
4) Klicke auf den »Folgen«-Button.

Kindle eReader und Kindle App:

Wenn du dieses Buch auf einem Kindle eReader oder in der Kindle App liest, wird dir automatisch angeboten, den Autorinnen zu folgen, nachdem du die letzte Seite des Buches gelesen hast.

Printed in Great Britain
by Amazon

55605315R00180